Eckart zur Nieden

Rotkäppchen und die Killer

Eckart zur Nieden

Rotkäppchen und die Killer

Kriminalroman

ONCKEN VERLAG WUPPERTAL UND KASSEL

ERF-VERLAG WETZLAR

ABCteam-Bücher erscheinen in folgenden Verlagen:

Aussaat Verlag Neukirchen-Vluyn
R. Brockhaus Verlag Wuppertal
Brunnen Verlag Gießen und Basel
Christliches Verlagshaus Stuttgart
Oncken Verlag Wuppertal und Kassel

Umschlag: Junge & Kleschnitzki, Witten
Gesamtherstellung: Breklumer Druckerei Manfred Siegel KG

ISBN 3-7893-1212-6 (Oncken)
Bestell-Nr. 111 212 (Onken)

ISBN 3-89562-488-8 (ERF)
Bestell-Nr. 75 129 (ERF)

1

Das Klopfen klang zaghaft, aber nicht flüchtig, sondern langsam und bewusst.

Henriette Sailer wusste gleich, dass ihre Urenkelin vor der Tür stand.

»Herein!«, rief sie, das »ei« lang gezogen auf zwei verschiedenen Tönen. Es sollte extra fröhlich klingen. Das wäre gar nicht nötig gewesen, denn ihre Stimme klang auch so schon freundlich. Dünn und etwas brüchig, was in ihrem Alter nicht verwunderlich war, aber immer freundlich.

Marilena kam herein. »Uroma, du sollst mal runterkommen.«

Die Alte senkte den Kopf, so dass sie über den Rand ihrer Lesebrille sehen konnte, die absturzgefährdet vorn auf ihrer kleinen Nase saß.

»So, ich soll mal runterkommen. Hat das Mama gesagt?«

»Ja.«

»Oder hat sie vielleicht gesagt: ›Uroma möchte bitte mal runterkommen‹?«

»Ja, so.«

»Gut.«

Sie klappte ihr Buch zu und legte es auf das Tischchen neben ihrem Sessel, ein altmodisches dunkles Holzmöbel mit einer hellen gehäkelten Decke.

»Ist es denn schon so weit, dass sie fahren wollen?«

»Nein, noch nicht. Aber da ist so'n Mann.«

»Ach.«

Henriette Sailer stand auf. Man kann nicht gerade sagen, dass es sportlich wirkte, aber es ging schneller, als man von einer Sechsundachtzigjährigen erwarten würde. Stehend wirkte sie klein, war auch ein wenig gekrümmt, aber nicht zerbrechlich. Das vornehm freundliche Gesicht und das weiße Haar gaben ihr etwas Würdevolles.

Marilena lief voran bis zum Treppenabsatz. Die Stufen hinunter ging sie vorsichtiger, nur wenig schneller als ihre Uroma.

In der Küche räumte Marilenas Mutter das Geschirr in den Schrank.

»Großmutter, kannst du mir einen Gefallen tun? Da ist ein Gast, der ein Zimmer für ein paar Tage haben möchte. Ich habe keine Zeit mehr, mich um ihn zu kümmern. Wir fahren ja gleich.« »Geh nur, ich mache das schon. Wo ist er denn?«

»Im Moment geht er draußen um den Hof herum und bewundert die Stille und Abgeschiedenheit.«

»Ich sehe mal nach ihm.«

»Ach ja, und Thomas ist noch nicht aus der Schule zurück. Das wird noch eine halbe Stunde dauern. Kannst du ihm dann bitte sein Essen warm machen?«

»Natürlich.«

»In fünf Minuten oder so werden wir fahren. Ich dränge ein bisschen. Wer weiß, wie der Verkehr ist und wo ich einen Parkplatz finde.«

Die alte Frau ging hinaus auf den Hof. Vorn, direkt an der Einfahrt zu der schmalen Straße, stand ein vornehm wirkender silbergrauer Wagen. Mit Automarken kannte sie sich nicht aus. Sie ging hin und sah sich um.

Der Fremde kam auf sie zu, ein Mann um die vierzig mit spärlichem Haarwuchs und gedrungener Gestalt in einem graublauen Anzug.

»Sie gehören hier zum Haus, nicht wahr? Krohn ist mein Name. Ich habe eben mit Ihrer . . . mit einer jungen Frau gesprochen . . .«

»Das war meine Enkelin.«

»Frau Wend oder so ähnlich . . .«

»Ja. Wendt mit dt. Meine Enkelin. Mein Name ist Sailer.«

»Dann sind Sie die Urgroßmutter von dem kleinen Mädchen, das vorhin hier rumlief?«

Frau Sailer nickte und lächelte stolz.

»Ein nettes Mädchen!«, sagte der Mann. »Äh – Frau Sailer, Sie vermieten Zimmer, sagte Ihre Enkelin.«

»Ja, wir haben vier. Eins können Sie bestimmt haben. Zwei oder drei sind gebucht für demnächst. Den Tag weiß ich nicht auswendig, aber ich sehe gleich mal nach. Es ist nur im Moment ein bisschen hektisch. Meine Kinder verreisen . . .«

»Macht doch nichts! Ich habe Zeit! Es ist so herrlich still hier draußen, weit ab von allem Verkehr. Ganz wunderbar!«

Er blickte sich um. Nach Osten zu senkten sich die Äcker. Dahin führte die schmale Straße, und von da war er gekommen. Man konnte nur die Spitze des Kirchturms über dem Maisfeld sehen. In den anderen Himmelsrichtungen erstreckten sich Wiesen und Felder bis an den Waldrand, nur hier und da von einigen Baumgruppen und Gebüschen aufgelockert.

»Wir haben den Aussiedlerhof hier in den fünfziger Jahren gebaut«, erklärte Henriette Sailer gerade.

»Aber Vieh haben Sie nicht – oder ist das irgendwo auf der Weide?«

»Nein, wir haben fast ganz aufgehört. Mein Schwiegersohn ist ja nicht mehr der Jüngste. Und es ist auch niemand da, der die Landwirtschaft mal übernehmen könnte. Jedenfalls können sie jetzt endlich mal in Urlaub fahren. Stellen Sie sich vor, die beiden sind in ihrer ganzen Ehe erst zweimal für eine Woche in Urlaub gewesen, meine Tochter und mein Schwiegersohn. Da freuen sie sich natürlich.«

»Wohin soll's denn gehen?«

»Nach Schottland. Da wollte Erwin schon immer mal hin. Sie fliegen nach Edinburgh. Aber erst nach London. Zum ersten Mal fliegen sie.«

Frau Sailer kam mit dem Gast langsam auf den Hof geschlendert. Die Gebäude waren L-förmig angeordnet: Das große Wohnhaus hatte zwei Haustüren. Links wohnte unten die junge Familie, oben die Uroma. Rechts waren unten die Gästezimmer, darüber wohnten die Großeltern. Ein kleiner Verbindungstrakt verband das Wohnhaus mit der riesigen Scheune und den Ställen links. Rechts wurde der Hof von einer leeren Rübenmiete, einem Abstellplatz für landwirtschaftliche Geräte und einem kleinen Schuppen begrenzt.

»Meine Enkelin macht das eigentlich mit den Zimmern. Aber sie will gleich ihre Eltern zum Flughafen nach Frankfurt bringen.«

»Der Mann Ihrer Enkelin ist kein Landwirt?«

»Sie ist geschieden.«

»Ach so.«

In diesem Moment kam ihre Enkelin mit einem Koffer aus einer der Haustüren. Sie zog ihn auf seinen Rollen bis zu dem hellblauen Opel vor der Scheune. Das war nicht einfach, weil der Boden uneben war, so dass der Koffer dauernd kippte.

»Warten Sie, ich helfe Ihnen!«, rief Herr Krohn und ging mit großen, eiligen Schritten auf sie zu.

»Danke, sehr freundlich von Ihnen!«

Oben öffnete sich ein Fenster, und ein Mann schaute heraus. »Ute, hast du etwa den Koffer . . . Lass mich das doch machen!«

Sie rief hinauf: »Schon erledigt, Papa! Außerdem sollst du nicht die schweren Sachen die Treppe runtertragen! Am Ende kriegst du's wieder im Kreuz, und dann ist euer Urlaub gelaufen!«

»Ach, der eine Koffer!«

»Der hat bestimmt mehr als die erlaubten zwanzig Kilo!«

»Du kennst doch deine Mutter. Kleidung, als wollten wir nicht nach Schottland, sondern nach Spitzbergen. Für ein halbes Jahr.«

Von weiter hinten hörte man eine Stimme, ohne die Sprecherin zu sehen: »Übertreib nicht so, Erwin!«

Herr Krohn sagte: »Ich helfe Ihnen gern, das restliche Gepäck herunterzubringen.«

Ute hatte inzwischen den Kofferraum geöffnet. Krohn hob den Koffer hinein und begleitete dann die junge Frau zum Eingang. Henriette Sailer ging zu der anderen Haustür. Gleich im Flur lag auf einem Schränkchen der Kalender mit den Buchungen der Zimmer. Sie kniff die Augen zusammen, um die Bleistifteintragungen besser lesen zu können. Da sie die Lesebrille nicht dabeihatte, war manches schwer zu erkennen. Sie überlegte kurz, ob sie ihre Enkelin fragen sollte, entschied sich dann aber dagegen. Ute hatte so schon genug zu tun. Die alte Frau griff zum Telefon und wählte eine Nummer, die groß und deutlich oben auf dem Kalender notiert war.

»Märchen-Reisen, Huber. Guten Tag.«

»Guten Tag, hier spricht Henriette Sailer in Erlenbach. Sie haben sonst immer mit meiner Enkelin zu tun, Frau Wendt. Ich wollte nur noch mal nachfragen, ob das stimmt, dass am Mittwoch nur zwei Gäste zu uns kommen.«

»Einen Moment, bitte.«

Frau Sailer hörte das dünne Klappern der Computer-Tastatur. »Ja, das stimmt. Der Bus ist nicht ganz ausgebucht. Es ist eine japanische Reisegruppe. Da muss alles übersetzt werden. Deshalb füllen wir solche Gruppen nicht gern mit deutschen Einzelgästen auf. Die ärgern sich dann nur über das viele Gequassel, das sie nicht verstehen. Also nur zwei Gäste diesmal.«

»Gut, dann weiß ich Bescheid und kann eins der anderen Zimmer anderweitig vermieten. Ich danke Ihnen.«

Henriette Sailer legte auf und ging auf den Hof hinaus. Gerade hob der neue Gast die restlichen Gepäckstücke in den Kofferraum. Weder Kinder noch Enkelin waren zu sehen. Nur die kleine Marilena stand am Tor zur Scheune, die Hände hinterm Rücken versteckt, wie sie das manchmal tat, und schaute dem Fremden zu.

»Herr Krohn, es klappt mit dem Zimmer. Ich habe mich noch mal erkundigt.«

»Freut mich.«

»Vielen Dank für Ihre Hilfe mit dem Gepäck.«

»Ach, ist doch nicht der Rede wert! Ich gehe noch ein paar Schritte Richtung Wald. Wenn wieder Ruhe eingekehrt ist, komme ich zurück. Ich habe ja Zeit.«

»Bis später also, Herr Krohn«, nickte sie.

Henriette Sailer sah dem gut gekleideten Mann nach. Sie wunderte sich, dass jemand, der nach eigenem Bekunden viel Zeit hatte, so rasch ausschritt.

Kaum war der Mann außer Hörweite, zog er sein Handy aus der Jackentasche, tippte eine Nummer ein und begann kurz darauf zu telefonieren. Es schien Henriette Sailer, als stritte er mit jemandem. Er machte heftige Bewegungen mit dem freien Arm, blieb kurz stehen und ging dann mit unregelmäßigen Schritten weiter. Und eben hatte der freundliche Herr noch so ruhig gewirkt.

Sie hörte Poltern und die Stimmen ihrer Lieben auf der Treppe. Da stand Marilena plötzlich neben ihr und fasste ihre Hand. »Wenn wir gleich alleine sind, Uroma, machen wir dann was Schönes zusammen?«

»Mal sehen«, lächelte die.

2

»Frau Melzer?«

Die Frau war um die fünfzig und elegant gekleidet, wobei mindestens drei Ketten um ihren Hals drapiert waren, und das pechrabenschwarze Haar war offensichtlich gefärbt. Sie strahlte das junge Mädchen an. »Ja, das bin ich – und Sie sind Sigrid Langefeld, vermute ich mal. Schön, dass Sie pünktlich sind. Es tut mir Leid, ich hätte auch ein Café als Treffpunkt benennen können, aber ich wusste, dass es bei mir knapp wird, und da dachte ich, der *Meeting point* ist, wie der Name schon sagt, der geeignetere Treffpunkt.«

Sie redete schnell und ohne Absatz. Fast auch ohne Luft zu holen, wenn man von kurzen Schnappatmungen absah, die an einen Fisch auf dem Trocknen erinnerten, und die sie ganz willkürlich einschob. Dabei bevorzugte sie Stellen, an denen in einer schriftlichen Fassung ihrer Reden weder Punkt noch Komma ständen.

Sigrid Langefeld wusste nicht so recht, was sie antworten sollte. Aber das war auch gar nicht nötig, denn Frau Melzer fuhr schon fort. Sie unterstrich ihre Worte mit temperamentvollen Armbewegungen.

»Zur Ankunft müssen wir da hinüber. Ich habe ein Schild, das wir hochhalten, damit sich unsere Gäste um uns sammeln können.

Wenn Sie so gut sein wollen, das mal zu nehmen . . . danke! Ich trage die Tasche mit den Unterlagen. Vielleicht sollten wir aber nachher tauschen. Sie können sicher die Namen besser aufrufen als ich. Wie kommen Sie überhaupt dazu, Dolmetscherin zu werden, ausgerechnet für Japanisch? Ich meine, das ist doch etwas ganz Ungewöhnliches für eine Deutsche.«

»Ich bin in Japan . . .« Sigrid merkte erst jetzt, als sie selbst sprechen wollte, wie schwer es war, sich gegen den Lärm in der Flughafenhalle durchzusetzen. Bei Frau Melzers lauter Stimme war das gar nicht aufgefallen. Aber ehe sie neu ansetzen konnte, redete die Ältere schon weiter.

»Sie können ja mal kontrollieren, ob Ihr Kollege, der früher für uns übersetzt hat, das hier richtig geschrieben hat.«

Sie deutete auf die japanischen Schriftzeichen im unteren Feld des Schildes, das ihre Begleiterin trug, ging aber dabei weiter. »Es muss dasselbe bedeuten wie das, was in Deutsch drüber steht: Märchen-Reisen. Die Gäste sollen . . .«

»Es ist alles richtig«, versuchte Sigrid dazwischenzuschieben.

». . . sofort wissen, wo sie sich sammeln müssen. Man ist ja immer unsicher in einem fremden Land mit fremder Sprache und wenn man noch nicht mal jemanden kennt. Da dient es dem Wohlbefinden unserer Gäste, wenn wir . . . Sehen Sie: Nach der Anzeigetafel kommt das Flugzeug aus Tokio pünktlich. Es ist ja eine mörderisch weite Strecke. Darum gönnen wir den Gästen zunächst etwas Ruhe im Hotel. Sie könnten sicherlich gar nichts aufnehmen, wenn wir gleich mit Besichtigungen und Erklärungen loslegen würden. Hier entlang bitte.«

Sie arbeiteten sich durch einen Pulk von Menschen, was selbst Frau Melzer zwang, in ihrem Redefluss innezuhalten. Sigrid hatte Mühe, mit dem großen Schild niemanden anzustoßen, und ging darum etwas langsamer. Am Anfang zur Rolltreppe wartete Frau Melzer auf sie.

»Kommen Sie, Sigrid!«, übertönte sie mühelos den Lärm. »Ich darf doch Sigrid sagen, nicht wahr? Geben Sie mir besser das

Schild, ich habe Erfahrung mit so etwas. Und Sie nehmen die Tasche mit den Unterlagen, die brauchen Sie gleich sowieso. Sehen Sie, so mache ich das.«

Sie nahm das Schild und hielt es hoch über sich, als sie nun die Rolltreppe betrat. Es sah aus, als wollte sie schon hier eine Reisegruppe um sich versammeln. Der Anblick entbehrte nicht einer gewissen Komik, zumal auf dem großen Schild neben der deutschen und japanischen Beschriftung links das Rotkäppchen und rechts der böse Wolf aufgemalt war. Sigrid war froh, dass niemand wusste, dass sie dazugehörte.

Endlich hatten sie in der Nähe der Zollabfertigung Aufstellung genommen. Frau Melzer lehnte das Schild an ihr Bein und erklärte Sigrid, was sie machen sollte. Auf der Namensliste standen die Gäste verzeichnet. Sie sollte die Namen aufrufen, Anwesende abhaken, sie freundlich begrüßen und jedem den Umschlag mit seinem Namen aushändigen. Die Umschläge enthielten wichtige Unterlagen, Informationen zur Reise und Namensschilder. Sie waren alphabetisch nach der deutschen Schreibweise in der großen Tasche geordnet, für die Ehepaare nur je ein Umschlag. Alles klar?

Sigrid nickte nur. Das Reden hatte sie schon ganz aufgegeben. Aber als sie nun untätig dastanden und warteten, ergab sich doch noch so etwas wie ein Gespräch.

»Wie kommen Sie eigentlich dazu, Sigrid – ich darf doch Sigrid sagen, ja? Sie sind noch so jung . . .« Für einen Moment dachte die Studentin, sie sollte tatsächlich antworten. Aber nein, die Reiseleiterin schnappte nur nach Luft und stellte die andere Frage, die sie schon mal geäußert hatte: »Wie kommen Sie eigentlich dazu . . . ich meine, Japanisch ist doch eine schwierige Sprache, oder nicht? Und die schreiben so ganz anders!«

»Ja«, sagte Sigrid. Als sie aber merkte, dass die Pause sich dehnte, fügte sie hinzu: »Ich habe schon als Kind japanisch gesprochen. Ich bin in Japan aufgewachsen. Mein Vater war Missionar auf Hondu.«

»Ach.«

Ermutigt durch diese kurze Erwiderung, die fast so etwas wie Neugier bei der Reiseleiterin vermuten ließ, fuhr Sigrid fort: »Ich bin da auch zur Schule gegangen. Erst als ich sechzehn war, sind wir nach Deutschland zurückgekommen.«

»Und da haben Sie Ihre Kenntnisse gleich beruflich genutzt! Sehr vernünftig finde ich das! Sehr vernünftig. Da können Sie sicher mal in der Industrie als Dolmetscherin gutes Geld verdienen.«

»Im Moment studiere ich ja noch. Außer einigen schriftlichen Übersetzungen habe ich noch nicht viel gemacht. Dies hier ist mein erster größerer Auftrag. Ich freue mich, dass ich mir auf diese Weise etwas für mein Studium verdienen kann.«

So. Die wichtigsten Informationen war Sigrid losgeworden. Ganz automatisch hatte sie auch hastig gesprochen, um nicht unterbrochen zu werden.

»Man hat Sie mir ja wärmstens empfohlen, Sigrid. Unser Dolmetscher, den wir bisher hatten, war selbst Japaner. Aber er ist wieder nach Japan . . . Moment – sind das schon die ersten aus unserem Flieger? Nein, bis jetzt nur europäische Gesichter. Der da sieht wie ein Chinese aus. Ich will mal das Schild . . . Wissen Sie, wir machen das seit sechs Jahren. Eine Agentur in Japan wirbt dafür und vermittelt uns die Gäste. Märchen-Reisen auf den Spuren der Brüder Grimm. Sie glauben nicht, wie das ankommt! Total begeistert sind sie. Manche haben Tränen in den Augen, wenn sie durch die Fachwerkdörfer fahren und wir ihnen erzählen, dass hier König Drosselbart durchgeritten ist, oder wenn wir vor dem Schloss von Dornröschen stehen. Die kennen die Märchen fast alle. Verstehen Sie mich recht, nicht alle Japaner vermutlich, das wissen Sie sicher, aber die, die sich zu so einer Reise anmelden, die sind da manchmal besser informiert als wir. Aber ich bemühe mich natürlich, alles richtig zu erklären. Sind Sie denn mit der Materie vertraut, Sigrid?«

»Etwas.«

»Nun ja, Sie müssen ja nur übersetzen. Wissen Sie denn, wie Schneewittchen auf Japanisch heißt? Oder Rumpelstilzchen? Na ja, wenn nicht, gibt es bestimmt unter den Gästen jemand, der es weiß. Das da könnten Japaner sein, die da kommen, meinen Sie nicht?«

Sigrid hatte inzwischen die Liste überflogen. Jetzt blieb ihr Blick an einem Namen hängen. »Kato Sakonu?«

»Kennen Sie jemanden von unseren Gästen?«

»Sicher nur ein Zufall. Das ist ein gebräuchlicher Name. Ich kenne einen Kato Sakonu. Er war in dem Jugendkreis der Gemeinde, die mein Vater gegründet hat.«

»Und wenn er es doch ist?«

»Wir schreiben uns gelegentlich. Ich habe wohl erzählt, dass ich hier als Dolmetscherin arbeite. Aber dann hätte er doch sicher erwähnt, dass er diese Reise macht.«

»Na – er wird schon seine Gründe haben. Ah, da kommen schon die Ersten auf uns zu.«

Einige Japaner unterschiedlichen Alters machten sich gegenseitig auf das Schild aufmerksam, das Frau Melzer hochhielt, und kamen lächelnd herüber.

»Jetzt sind Sie dran, Sigrid«, sagte die Reiseleiterin.

Aber die Angeredete hörte nicht so richtig zu. Eben war ein junger Mann durch die Schranke gekommen und hatte sich umgesehen. Ihre Blicke trafen sich, und beide lächelten schüchtern.

3

Erwin Schwarzenberg wurde langsam wach, sehr langsam. Er blinzelte. Wo war er? Irgendetwas war nicht wie sonst. Wo waren die Leuchtziffern der Uhr? Und das schwache Licht vom Fenster kam von der falschen Seite! Hatte er sich im Schlaf umgedreht, die Füße zum Kopfkissen?

Ach nein, er war ja im Urlaub! Ferienwohnung in Schottland. Richtig. Als ihre Tochter zur Verbesserung ihrer englischen Sprachkenntnisse hier war, hatte sie die Leute kennen gelernt, die ihnen nun diese Ferienwohnung vermittelt hatten.

Helga wälzte sich herum. Es war noch früh, aber wenn der Körper sich jahrzehntelang auf eine bestimmte Zeit zum Aufstehen eingestellt hat, fällt es ihm schwer, von der plötzlichen Möglichkeit des Ausschlafens Gebrauch zu machen.

Erwin konnte sich einen kleinen Scherz nicht verkneifen: »Helga! Aufstehen! Melken!«

»Tyrann!«, murmelte sie und zog die Decke über den Kopf.

»Ach nein, nicht melken! Wandern!«

»Sei nicht so grausam!«

»Wieso grausam? Du wolltest doch wandern!«

»Freiwillig, ja. Aber nicht als Pflichtprogramm. Wenn ich hier auch so früh aufstehen und mich so anstrengen muss wie die letzten vierzig Jahre, hätte ich nicht in den Urlaub zu fahren brauchen.«

»Na schön. Ich studiere mal die Kaffeemaschine. Und wenn ich mit ihr zurechtkomme, koche ich ein paar Tassen.«

Er blieb aber noch liegen.

»Na, wenigstens die Hälfte«, murmelte sie.

»Wie? Die Hälfte von ein paar Tassen?«

»Die Hälfte von deinem Versprechen erfüllst du wenigstens.«

»Was für ein Versprechen?«

Sie drehte sich langsam und mit einem Seufzer zu ihm um. Wobei nicht zu erkennen war, ob diese Äußerung ein Zeichen der Anstrengung beim Umdrehen war, oder ein Ausdruck ihrer Enttäuschung, dass er sein Versprechen vergessen hatte.

»Bei meinem Geburtstag hast du mir etwas versprochen. Weißt du das nicht mehr?«

»Hm. Das ist mir jetzt aber peinlich. Wir hätten es vielleicht schriftlich festhalten sollen.«

»Denk mal nach! Es war kurz, nachdem wir die Kühe abgeschafft haben.«

»Ach. Hat es damit zu tun?«

»Ja, weil wir damit die Möglichkeit hatten, morgens länger zu schlafen.«

»Und mit Kaffee hat es auch zu tun?«

»Mehr Tipps gebe ich dir aber nicht mehr. Jetzt müsstest du wirklich allein drauf kommen.«

»Ach, ich weiß es wieder! Habe ich dir nicht versprochen, im Urlaub immer das Frühstück zu machen? Ich erinnere mich schwach. Ist ja auch nur recht und billig. Wo du vierzig Jahre für mich das Frühstück gemacht hast.«

»Ja, das war die eine Hälfte.«

»Noch was? Hm. Dass ich frische Brötchen hole? Ich weiß gar nicht, ob es so was hier gibt.«

»Nein, was ganz anderes.« Helga schmollte. »Wie du mich immer wecken wolltest!«

»Mit einem Kuss? Das kannst du haben!«

Er beugte sich herüber, aber sie wich aus. »Nein.«

Jetzt spielte er den Beleidigten. »Du willst meinen Kuss nicht!«

»Nicht ehe du . . ., na, was du mir versprochen hast!«

Er zermarterte sich das Gehirn, aber es fiel ihm einfach nicht ein.

»Überleg doch mal«, gab sie ihm nun doch noch einen Hinweis, »worüber ich mich an meinem Geburtstag besonders gefreut habe.«

»Ach – meinst du das Gedicht, das ich dir gemacht habe?«

»Ja.« Sie strahlte ihn hoffnungsvoll an.

»Jetzt erinnere ich mich. Ich wollte dir im Urlaub auch ein Gedicht machen?«

»Eins? Ganz viele! Jeden Morgen wolltest du als Erster aufstehen, hast du gesagt, das Frühstück vorbereiten und mich dann mit einem selbst gemachten Gedicht wecken.«

»Das habe ich versprochen?«

»Jawohl!«

»Und wovon soll das Gedicht handeln?«

»Das bleibt dir überlassen. Vielleicht, dass das Frühstück fertig ist. Oder von dem, was wir Schönes vorhaben. Oder dass du mich liebst.«

»So. Hm. Na ja, versprochen ist versprochen. Aber da muss ich natürlich erst ein wenig nachdenken.«

»Das erwarte ich auch. Es soll ja nicht aus dem Ärmel geschüttelt sein.«

»Hm. Hm, hm, hm.« Er brummte die Laute wie einen Sprachrhythmus ins Kopfkissen.

»Ausnahmsweise erlaube ich dir heute mal, erst das Gedicht zu sagen und dann das Frühstück zu machen.«

Er richtete sich auf, legte die Stirn in Falten und proklamierte feierlich:

»Ich lieb dich, Liebste ohne Tadel,
du liebst mich, Liebste ohne Fehl.
Ja, du gehörst zu mir, mein Madel,
so wie der Höcker zum Kamel.«

Sie lachte. »Ist ja ein bisschen komisch, aber wenn's ernst gemeint ist . . .«

»Todernst!«, beteuerte er und gab ihr einen Kuss.

4

»Heute haben wir ja friedliche Zeiten«, sagte Frau Melzer zu einer kleinen Gruppe von Japanern, die am Frühstücksbuffet anstanden. Sigrid Langefeld übersetzte. »Grausamkeiten sind sehr viel seltener geworden als in der Zeit, als die Märchen entstanden sind. Wie Hänsel und Gretel die Hexe in den Ofen schieben, würde man in neuen Geschichten für Kinder nicht mehr erzählen. Aber auch nicht, dass die Eltern die Kinder im Wald aussetzen, damit das karge Essen wenigstens für die Erwachsenen reicht.«

Einer der Japaner, ein seriös wirkender Herr von etwa sechzig Jahren, deutete auf das Buffet und sagte: »Ist schwer zu vorstellen, bei so viel Essen, wie Menschen haben müssen verhungern.«

»Oh – Sie sprechen Deutsch?«, rief Frau Melzer so begeistert, dass man den Eindruck hatte, als würde sie ihm gleich vor Freude um den Hals fallen.

»Ein bisschen weniges«, lächelte der Asiate.

»Woher können Sie es denn? Waren Sie schon mal hier?«

»Nein. Ich habe ein weniges studiert. Weil bin ich Professor für Literatur in Kobe, und will gerne deutsche Dichter lesen in ihre selbsteigene Sprache. Goethe, Lessing und viele, viele. Auch Grimmelshausen.«

»Wer?«

»Grimmelshausen.«

»Es ist vielleicht eine Schande, aber ich muss gestehen, ich kenne den Herrn nicht.«

»Oh, das ist nicht . . . nicht . . . Sie sollen nicht schämen, dass Sie ihm nicht kennen. Ich habe Literatur studiert und muss es wissen. Wir sind hier in Hanau, stimmt, ja?«

»Ja. Hier fängt die deutsche Märchenstraße an, weil hier die Brüder Grimm geboren wurden.«

»Ja«, lächelte der Professor, »und hier ist . . . nein, handelt die Geschichte von Simpi . . . Simplisi . . .«

Sigrid sprang ihm bei: »Simplizissimus.«

»Ja. Ist für einen Japaner schwer zu sprechen.« Er lächelte entschuldigend. »Grimmelshausen geboren wurde in Gelnhausen, wo wir heute fahren.«

»Was Sie alles wissen!«, staunte Frau Melzer.

»Ich habe gut mich bevorreitet.«

»Vorbereitet«, verbesserte die Dame.

»Danke«, lächelte der Herr.

Jetzt grüßte die Reiseleiterin freundlich einige Neuankömmlinge, und der Professor goss sich ein Glas Orangensaft ein. Ein Junge, der nicht zu ihrer Gruppe gehörte, drängte sich zwischen die Erwachsenen, grabschte mit der Hand nach einer Scheibe Schinken und huschte an seinen Platz zurück.

»Sigrid«, meinte leise Frau Melzer, »Sie müssen beim Frühstück nicht für mich übersetzen. Zumal sich jetzt herausgestellt hat, dass der Herr Professor Deutsch spricht. Ich werde mich an seinen Tisch setzen. Setzen Sie sich ruhig irgendwo anders hin!«

Trotz der allgemeinen Formulierung deutete sie gezielt zu dem Tisch hinüber, an dem der junge Herr Kato saß und an dem noch zwei Plätze frei waren.

Sigrid wurde ein bisschen rot, aber sie warf Frau Melzer einen dankbaren Blick zu und stellte ihre Tasche auf einen der Stühle, damit er nicht besetzt wurde, während sie sich am Buffet anstellte.

Drei Minuten später saßen der Professor aus Kobe und Frau Melzer an einem Zweiertisch. Am Nebentisch mampfte der Junge im Grundschulalter vor sich hin, während seine Mutter ihn ermahnte: »Nimm doch die Gabel, Oliver!« »Mach doch langsam, Junge!« »Trink mal zwischendurch deine Milch.« Keine dieser Aufforderungen hatte irgendeine Veränderung im Verhalten ihres Sohnes zur Folge.

Gut, dass ich nicht für die Erziehung fremder Kinder verantwortlich bin, dachte Frau Melzer. Um sich von dem Ärgernis abzulenken, nahm sie den Gesprächsfaden wieder auf. »Dann interessieren die Märchen Sie wohl auch mehr vom wissenschaftlichen Standpunkt aus, Herr Professor?«

»Ja, das ist richtig. Ich vergleiche auch mit alten Geschichten aus Japan und aus andere Länder. Das ist sehr interessant.«

»Kann ich mir denken. Aber leider weiß ich zu wenig über Märchen aus anderen Kulturen.«

Nebenan sagte der Junge mit vollem Mund: »Mama, ich will ein Nutellabrot. Aber die haben gar kein Nutella.«

»Dann isst du eben etwas anderes«, meinte seine Mutter, »es gibt doch so viele gute Sachen auf dem Tisch. Es muss ja nicht immer Nutella sein.«

»Das mag ich aber alles nicht.«

»Probier mal die Marmelade! Die schmeckt sehr gut! Oder willst du lieber von dem Käse?«

»Iiii - so'n doofer Käse.«

»Hier ist auch Honig.«

»Aber kein Nutella. Mama, frag doch mal, ob sie das nicht haben.«

»Unsinn! Bei so einer großen Auswahl kann ich doch nicht hingehen und . . .«

Die Stimme des Jungen wurde lauter und quäkte unangenehm. »Ich will aber Nutella! Alles andere schmeckt mir nicht!«

»Warum hast du dir denn dann so viel genommen?«

»Ich hab ja gar nicht gewusst, dass es nicht schmeckt!«

»Na gut, ich frage mal«, sagte die Mutter und stand auf.

Der Professor begann das Gespräch erneut. »Was Sie eben sagten, Frau Melzer, das ist ein interessantes Thema.«

»Was meinen Sie?«

»Wir erzählen Kinder nicht Gräulichkeit.«

»Sie meinen Grausamkeiten.«

»Ja. Verzeihung für mein schlechten Deutsch!«

»Oh - Verzeihung für mein gar nicht vorhandenes Japanisch!«

»Ich habe darauf . . . darüber gelesen. Manche sagen, Sie sollen nicht dem Kinder . . . den Kindern erzählen solche grausame Märchen. Andere sagen, sollen erzählen viel Märchen.«

»Ja, ich weiß, da gibt es ganz unterschiedliche Ansichten drüber. Immerhin werden die Märchen trotz dieser grausamen Stellen weitererzählt oder gelesen und sind immer noch beliebt.«

Die Mutter am Nebentisch kam mit einem kleinen Gefäß zurück, was ihrem Sohn ein zufriedenes Grunzen entlockte.

»Du hast ja die Cornflakes gar nicht gegessen!«

»Nee, die will ich nicht. Ich esse jetzt ein Nutellabrot.«

»Das ist aber nicht gut, wenn man sich so viel nimmt und es dann einfach stehen lässt. Denk doch mal an die hungernden Kinder in Afrika! Die wären froh, wenn sie so gute Cornflakes zum Frühstück hätten!«

Am Gesicht des Jungen war nicht abzulesen, ob er der Aufforderung Folge leistete und an die hungernden Kinder in Afrika dachte.

Frau Melzer war froh, dass der Professor nun den Mund geleert hatte und antworten konnte. Das lenkte sie von dem Schauspiel am Nebentisch ab.

»Kinder freuen sich, wenn das Gute ist oben . . . oder . . .«

»Wenn das Gute siegt.«

»Ja, wenn das Gute siegt und das Böse nicht. Und wird bestraft. Zum Beispiel, wenn Hänsel und Gretel drückt Hexe in Ofen, die Kinder nicht denken: Hexe ist ein Mensch, ein alte Frau. Denken: Das Böse verbrennt. Kinder freuen, wenn das Böse bekommt Strafe. Sie denken an den Sieg von Hänsel und Gretel und freuen mit ihnen.«

»Ja, so muss es wohl sein.«

»Erst später sie können sehen auch mit das Augen von die Hexe. Leben ist kom . . . äh . . .«

»Kompliziert?«

»Nein . . . äh . . .«

»Komplex?«

»Ja, komplex. Aber Kinder sehen erst sehr einfach. Das muss so sein.«

Nebenan sagte der Junge mit vollem Mund: »Die Milch schmeckt anders als bei uns.«

»Ist aber gut«, beteuerte seine Mutter.

»Ich will lieber Cola.«

»Ach – Cola ist doch nichts für das Frühstück!«

»Warum nicht?«

»Weil es nicht gesund ist. Trink lieber deine Milch. Lass das, Oliver!«

Frau Melzer wagte einen Blick hinüber, um zu sehen, was den ärgerlichen Ausruf seiner Mutter verursacht hatte. Oliver hatte sich seine Hand voll Zuckerstücke aus der Dose geschüttet und stopfte sie nun in den Mund.

»Der Zucker ist für Tee oder Kaffee gedacht! Aber doch nicht zum Essen! Außerdem ist er nicht gut für die Zähne.«

Unbeeindruckt von dieser zweifachen Argumentation naschte Oliver weiter.

»Holst du mir ’ne Cola, Mama?«

»Kommt gar nicht infrage!«

»Dann geh ich selber und frag die Leute . . .«

Der Blick seiner Mutter machte deutlich, dass sie das nicht für eine gute Idee hielt. Seufzend stand sie auf und sagte: »Na schön, weil du’s bist. Aber nur eine!« Froh, mit dieser zahlenmäßigen Begrenzung der Colaflaschen ihre Autorität unterstrichen zu haben, ging sie, um ihrem Liebling seinen bescheidenen Wunsch zu erfüllen.

»Hänsel und Gretel«, sagte der Professor aus Kobe in Japan, »haben nicht Essen gehaben. Das war schlecht. Aber heute manche haben zu viel. Das ist auch schlecht.«

Frau Melzer nickte heftig. Die eine von ihren drei Halsketten, die lang genug war, über ihren mächtigen Busen hinauszureichen, baumelte bestätigend. Die anderen beiden hielten sich diskret zurück.

5

Als Henriette Sailer die Stimmen auf dem Hof hörte, hob sie den Kopf und lauschte überrascht. Männerstimmen. Dabei war doch der einzige Mann im Haus der Gast mit dem silbergrauen Wagen. Die Stimmen wurden lauter. Streit offenbar. Verstehen konnte Henriette nichts. Sie legte das Album mit den alten braunen Fotos ohne es zuzuklappen auf das Tischchen neben ihrem Sessel, stand auf und trat ans Fenster. Bei den drei Schritten dorthin nahm sie ihre Lesebrille ab und ließ sie an dem daran befestigten Kettchen auf ihrer Brust baumeln.

Auf dem Hof standen zwei fremde Männer und stritten sich mit Herrn Krohn. Der eine von ihnen war stämmig, mit sehr kurz geschnittenen Haaren und bekleidet mit einer schwarzen Lederjacke; der andere hager und lang, jünger als der erste, mit einem blonden Pferdeschwanz, in Jeans und einem bunt karierten Holzfällerhemd. Alle drei redeten durcheinander und gestikulierten heftig.

Uroma Sailer öffnete das Fenster, um verstehen zu können, was geredet wurde.

Da sah sie, wie der Fremde eine Pistole unter seiner Lederjacke hervorholte und auf Krohn richtete. Ihr stockte der Atem.

Eine Weile standen die drei nur still da. Der laute Streit war verstummt. Jetzt, bei geöffnetem Fenster, hätte Henriette alles verstehen können. Sie wusste nicht, wie lange die Männer so dagestanden hatten, als der mit der Pistole plötzlich leise etwas sagte. Krohn antwortete mit ebenso gedämpfter Stimme und deutete mit der Rechten zum Haus herüber. Dabei schüttelte er den Kopf.

Dann ertönte ein Knall, und Krohn sank in sich zusammen.

Henriettes Herz setzte einen Schlag aus. Sie konnte nicht glauben, was sie da eben gesehen hatte. Ein Mord? Hier draußen auf ihrem friedlichen Hof? Nein, das musste sie sich eingebildet haben! Sie war ja auch schon alt, und vielleicht hatte sie nicht mehr alles so unter Kontrolle, was in ihrem Kopf vorging.

Aber dann sah sie, wie die zwei Männer den regungslosen Krohn zu seinem silbergrauen Wagen schleppten, und langsam wurde ihr klar, dass dies kein Traum war. Ihr wurde heiß, dann ein wenig schwindelig. Voller Entsetzen und unfähig, irgendetwas Sinnvolles zu tun, starrte Henriette Sailer immer noch auf den Hof hinunter.

Die Männer suchten in den Taschen ihres Opfers, fanden seinen Autoschlüssel und öffneten den Kofferraum. Dann hoben sie den leblosen Körper hinein und schlugen die Klappe zu.

Die Männer sahen sich um. Plötzlich rief der Jüngere zum Haus hinüber: »He, du, Kleine! Komm mal her!«

Marilena! Henriette hätte sich aus dem Fenster beugen müssen, um sie zu sehen, aber irgendetwas in ihrem Kopf – keine klare Überlegung, eher so etwas wie Intuition – warnte sie davor. Wahrscheinlich hatte das Kind unten an der Haustür gestanden und alles beobachtet!

Auf einmal hörte sie ein schrilles Rufen, ein Schreien vielmehr: »Marilena! Lauf ins Haus! Schnell! Und schließ die Tür zu! Lauf weg! Schnell! . . .«

Schon nach den ersten Worten wurde Henriette klar, woher der Schrei kam: Marilenas Mutter war vorn an der Straße, wo sie Kirschen gepflückt hatte. Aus dem Baum hatte auch sie alles beobachtet, ohne dass die Männer sie aber sehen konnten. Die Leiter lehnte an dem größeren der beiden Bäume, und jetzt suchten Utes Füße in Panik unter sich nach den Sprossen der Leiter.

Die zwei Männer gestikulierten, dann trennten sie sich. Der Stämmige rannte zum Kirschbaum, der mit dem Pferdeschwanz kam gemächlicher auf das Haus zu.

Jetzt kam Leben in die alte Frau. Eben war sie noch wie gelähmt gewesen, jetzt handelte sie auf einmal schnell und zielstrebig. Sie lief, so schnell ihre alten Beine es zuließen, die Treppe hinunter und riss die Haustüre auf. Da stand ihre Urenkelin, stocksteif, wie zur Salzsäule erstarrt.

Der lange Fremde war vielleicht noch zwanzig Schritte entfernt. Als ein lauter Schrei ertönte, huschte Henriettes Blick hinüber zum Kirschbaum. Sie sah, wie der Mann an der Leiter rüttelte, bis sie sich vom Geäst löste und umfiel. Ute konnte sich nicht mehr halten und stürzte zu Boden. Der dumpfe Aufprall ging Henriette Sailer durch und durch.

Der Mann mit dem Pferdeschwanz war bei dem Schrei kurz stehen geblieben und hatte sich umgesehen. Jetzt wandte er sich wieder dem Kind zu. Aber Henriette hatte den Moment genutzt. Sie hatte zwei Schritte nach vorne getan, das verstörte Kind gepackt und ins Haus gezogen. Mit klopfendem Herzen schlug sie die Tür zu. Ehe der Mann begriff, was geschehen war, hatte Henriette schon den Schlüssel umgedreht.

Doch was jetzt?

Das Haus war nicht sicher. Diese Verbrecher würden vor nichts zurückschrecken. Sollten sie sich verstecken? Im Keller? In der Scheune? Unsinn, die würden sie finden! Ganz bestimmt!

Fliehen mussten sie! Aber wie? Und wohin?

Plötzlich kam ihr ein Gedanke. Die Idee war verrückt, aber sie hatte keine Zeit, darüber nachzudenken. Während der Mann draußen fluchte, rannte sie durch den Verbindungstrakt in die Scheune. Marilena war inzwischen aus ihrer Regungslosigkeit erwacht und ließ sich weinend von ihr mitziehen. Hinter sich hörten sie eine Scheibe klirren.

»Da hinauf!«, keuchte die alte Frau und zeigte auf den großen Traktor. Dann hastete sie zu dem Tor, das nach hinten hinausführte und riss es auf. Als sie zurückkam, war das Mädchen schon oben auf dem Traktor. Sie kletterte auch hinauf, was sehr mühsam war, weil man mit einem Schritt eine große Höhe überwinden musste und weil sie es schon lange nicht mehr versucht hatte. Aber die Verzweiflung gab ihr Kraft.

Kaum saß sie, drehte sie den Schlüssel. Der Dieselmotor sprang tuckernd an. Sie legte den Gang ein, und mit einem Ruck, der die Maschine fast wieder abgewürgt hätte, setzte sich das hohe Gefährt in Bewegung.

Ohne auf irgendetwas Rücksicht zu nehmen, fuhr sie mitten durch den Gemüsegarten, der ihr ganzer Stolz war. Hinter sich hörten sie Geschrei und Fluchen.

»Hock dich runter, Schatz, falls sie schießen«, sagte Henriette sachlich. In den letzten Sekunden war sie plötzlich ganz gelassen geworden wie ein erfahrener Kämpfer. War das schon Erleichterung? Dann war sie verfrüht, denn sie waren noch lange nicht in Sicherheit. War es irgendein innerseelischer Vorgang, der den Zweck hat te, sie vor dem Zusammenbruch zu bewahren? Jedenfalls war sie jetzt hellwach. Und sie wusste, was sie tun musste.

Sie steuerte nach rechts, da konnten sie ihr nur auf einem holperigen Feldweg folgen. Und das taten sie auch. Sie war mit dem Traktor etwa dreihundert Meter vom Haus entfernt, da tauchte der dunkelblaue Wagen auf, mit dem die Männer anscheinend gekommen waren. Der raste über den grasbewachsenen Feldweg, dass er bei Löchern jedes Mal einen kleinen Satz machte.

»Da kommen sie, Uroma«, flüsterte Marilena. Ob sie ihren Schock überwunden hatte? Oder würden dessen schlimmste Auswirkungen noch nachkommen?

»Ich weiß, mein Schatz. Aber sei ganz ruhig, sie kriegen uns nicht!« Es sah nicht so aus, als sollte sie Recht behalten. Das Auto kam näher, aber nur, weil Henriette einigermaßen parallel zu dem Feldweg fuhr. Jetzt drehte sie das Steuer etwas und entfernte sich im spitzen Winkel von dem Weg. Das Auto konnte ihr nicht über den Acker folgen, und der Abstand vergrößerte sich.

»Er kann nicht hinter uns her, Uroma. Fahr noch weiter da rüber!«

»Nein, mein Kind. Er soll weiter hoffen, dass er mich kriegen kann. Ich will ihn in die Schweinesenke runterlocken.«

»Warum?«

»Wegen Thomas. Er muss jeden Moment von der Schule nach Hause kommen.«

Thomas ging immer hinten vom Dorf herauf, die alte Allee mit den Apfelbäumen entlang und dann über die Feldwege zum Hof. Wenn es nicht zu matschig war. Bei Regen nahm er die Straße. Aber jetzt war es nicht nass.

O ja, Henriette Sailer wusste genau, was sie tat! Sie zog das Auto hinter sich immer weiter weg von dem Weg, den der Junge kommen musste.

Jetzt war der Verbrecher – oder saßen beide in dem Wagen? – in der Schweinesenke. Seinen Namen hatte der kleine Taleinschnitt aus einer Zeit, die Henriette nicht mehr kannte. Hier führte der Feldweg in einem weiten Bogen zum Dorf hinunter und eine Abzweigung zum Wald. Henriette bog rechtwinklig ab, quer durch ein Weizenfeld. Zu anderen Zeiten hätte es ihr das Herz umgedreht, aber jetzt dachte sie überhaupt nicht an die Zerstörung, die sie dabei anrichtete.

Das Auto war stehen geblieben, wie sie mit einem kurzen Blick über die Schulter feststellte.

»Jetzt kriegen sie uns nicht mehr!«

»Halt dich gut fest, Kind!«

»Er fährt zurück, Uroma.«

»Rückwärts? Oder dreht er?«

»Rückwärts.«

»Das dachte ich mir. Er hat nicht genug Platz zum Wenden.«

Jetzt waren die Verfolger nicht mehr zu sehen. Dafür hatten Uroma und Urenkelin, als sie die Geländewölbung überfahren hatten, wieder Sicht zur Straße hin.

»Da ist Thomas!«

Tatsächlich. Gemächlich schlenderte der Junge mit dem Ranzen auf dem Rücken zwischen den Getreidefeldern entlang. Jetzt blieb er stehen und blickte dem Traktor entgegen, der da mitten über die Felder auf ihn zukam. Starr und mit vor Staunen offenem Mund stand er da, bis das große Fahrzeug direkt neben ihm anhielt.

»Komm schnell hier rauf, Thomas!«

»Uroma, du?«

»Los, schnell!«

Mit großen Augen kletterte der Junge hinauf, und schon fuhr seine Urgroßmutter weiter.

Marilena stotterte eine Erklärung: »Mama ist ... Mama ist vom Baum gefallen. Und da ... da sind so Männer, die haben geschossen. Die wollen uns auch totschießen, glaube ich.«

»Was?«

Aber niemand antwortete ihm oder erklärte genauer, was passiert war. Schweigend preschten sie weiter, Uroma schaute nur verbissen vor sich. Nach wenigen Minuten blieben sie vor dem ersten Haus des Dorfes stehen, einem Fachwerkhaus, das auf der Wetterseite verschindelt war.

»Lotte!«, rief Henriette Sailer und bemühte sich abzusteigen. Thomas war aber schon runtergesprungen und klingelte Sturm. Eine Frau mittleren Alters erschien in der Haustür.

»Was ist ...«

»Lotte! Ruf schnell die Polizei an. Bei uns war ein Überfall. Und den Krankenwagen! Ute ist ... Ute ist ... ich weiß nicht, ob sie noch lebt.«

Jens, der halbwüchsige Sohn der Familie, hatte alles vom geöffneten Fenster aus mitgehört. Jetzt sprang er einfach heraus, während seine Mutter ans Telefon stürzte. Er kam zum Traktor und half Frau Sailer herunter. Dann hob er Marilena herab.

Die alte Frau fühlte sich plötzlich sehr schwach. Ihre Beine versagten den Dienst. Sie sank nieder, wo sie gerade stand. Ohnmächtig war sie nicht, aber völlig kraftlos. Gut, dass sie sich an das große Rad des Traktors anlehnen konnte.

»Alles erledigt. Sie kommen. Was ist denn . . .?« Als Lotte herankam, fand sie die alte Bäuerin auf dem Boden sitzend, den Blick starr geradeaus gerichtet, als schaute sie durch das Fachwerkhaus hindurch in weite Ferne. Die Hände streichelten wie mechanisch die Haare des Mädchens, das leise weinend in ihren Armen lag und am ganzen Körper zitterte. Lottes Sohn und der kleine Thomas standen verlegen daneben und wussten nicht, was sie tun sollten.

6

»Glaubst du, dass es früher mal Ungeheuer gegeben hat?«

»Natürlich!«

Herr und Frau Schwarzenberg schritten kräftig aus. Die karge schottische Landschaft gab dem Blick viel Freiheit, rundum den fernen Horizont zu suchen, und die kühle Luft ließ sie genussvoll durchatmen. Sie hatten Anoraks an, kräftige Wanderschuhe an den Füßen, und Herr Schwarzenberg trug einen Rucksack.

»Warum soll es sie dann heute nicht mehr geben?«, fragte Frau Schwarzenberg.

»Du meinst da unten?« Er deutete zum Loch Ness hinunter, von dessen Wasserspiegel hier nur ein kleines Stück zu sehen war. »Ich weiß nicht . . .«

»Ich weiß es natürlich auch nicht. Aber warum sollte es nicht möglich sein?«

»Sicher. Aber grade, weil es so sensationell wäre, wenn ein Urzeitvieh da auftauchen würde, bin ich skeptisch. Die Leute wollen so was glauben. Und je größer der Wunsch ist, etwas zu sehen, desto wahrscheinlicher wird, dass man es auch tatsächlich sieht, ob es nun wirklich da ist oder nicht.«

»Das verstehe ich nicht.«

»Na, wer hierher kommt, um eine Seeschlange oder einen Drachen zu sehen, der wird manche zufällige Naturerscheinung bei Dunkelheit und Nebel sicher als Ungeheuer deuten. Der Skeptiker nicht.«

»Immerhin hat es die Saurier gegeben.«

»Ja, vor vielen Millionen Jahren.«

»Da kann doch so eine Gruppe überlebt haben.«

»Eine Population, sagen die Fachleute, glaube ich.«

»In der Abgeschiedenheit! Ist doch möglich.«

»Ich weiß zu wenig, um das beurteilen zu können. Was mir nur zu denken gibt, ist, dass in Sagen und Märchen Drachen vorkommen, die den Sauriern verblüffend ähnlich sehen. Das könnte darauf hindeuten, dass Menschen Saurier lebend gesehen haben. Aber das ist natürlich absurd bei dem zeitlichen Abstand zwischen den letzten Sauriern und den ersten Menschen. Wenn man der gängigen Vorstellung von der Chronologie der Erde und vom Leben hier Glauben schenken will.«

»Lass uns mal ein Päuschen machen, Erwin!« Sie deutete auf einen flachen Stein, der sich zum Sitzen eignete. Ihr Mann nickte und nahm den Rucksack ab.

»Möchtest du etwas essen?«

»Gegen eins von den gekochten Eiern hätte ich nichts einzuwenden. Und einen Schluck aus der Thermoskanne.«

Erwin öffnete den Rucksack und holte das Gewünschte heraus.

Frau Schwarzenberg setzte sich, schlug das Ei an dem Stein auf und begann, es zu schälen. Die Eierschalen ließ sie in die Hand fallen, um sie, ihrer Erziehung zu Sauberkeit und Ordnung folgend, nachher in dem Sammelbehälter für Abfälle mit nach Hause zu nehmen.

»Nicht nur in Sagen und Märchen gibt's Drachen«, sagte sie und biss in das Ei. Als ihr Mann sie fragend ansah, fügte sie kauend hinzu: »Auch in der Bibel.«

»Ach – wirklich?« Herr Schwarzenberg wählte eine Frikadelle.

»Ja, bei Hiob gibt es die Beschreibung eines Tieres, die auf kein lebendes Wesen passt. Aber für einen Saurier wäre sie sicher zutreffend.«

»Interessant! Du kennst dich da ja besser aus. Musst mir die Stelle mal zeigen.«

Eine Weile kauten sie still vor sich hin.

Dann meinte Frau Schwarzenberg: »Ganz ehrlich, ein bisschen Sorgen mache ich mir schon.«

»Wegen des Ungeheuers?«

»Unsinn!«

»Du meinst, weil heute Morgen zu Hause keiner abgenommen hat?«

»Ja, Mutter, Ute und die Kinder. Vier Leute. Gut, vielleicht war Thomas noch in der Schule. Aber drei hätten mindestens da sein müssen. Aber keiner nimmt ab.«

»Ach, Helga! Ute war sicher im Garten, Marilena hat ihr geholfen, und Mutter hat das Telefon nicht gehört, weil der Fernseher lief.«

»Vormittags?«

»Ist doch nicht so unwahrscheinlich, dass sie alle irgendwo waren, nur nicht in der Nähe des Telefons. Wir versuchen es später noch mal.«

Sie nickte und stand auf. »Wollen wir mal ein bisschen weiter da rüber gehen? Dann sehen wir mehr vom See.«

»Und entdecken vielleicht das Untier.«

»Du bestimmt nicht. Du glaubst ja nicht dran. Also nach deiner Theorie von eben . . .«

»Ich hab auch nicht so eine brennende Sehnsucht nach alten Ungeheuern. Die heutigen menschlichen Ungeheuer reichen mir.«

Er schulterte seinen Rucksack, und sie schritten kräftig aus.

7

»Sitzt du gut, Tante Henriette?«

Die Anrede war noch ein Überbleibsel aus Kindheitstagen. Als Kinder hatten die heute erwachsenen Frauen »Tante« zu der Bäuerin vom Aussiedlerhof gesagt und das bis heute beibehalten.

»Ich bin nicht krank, Lisbeth!«

»Nein, natürlich nicht! Ist schon klar!« Trotzdem klopfte die korpulente Frau aus dem Dorf die Kissen auf und stopfte sie um die alte Frau herum. Daneben stand Lotte und telefonierte. Genau genommen hatte sie im Moment nur den Hörer am Ohr und wartete. Unten beschäftigte sich Lisbeths Tochter mit den Kindern. Draußen auf dem Hof liefen Polizisten herum.

»Ja, einen Moment bitte«, sagte Lotte ins Telefon und gab der alten Frau den Hörer.

»Hier spricht Henriette Sailer«, meldete die sich.

Eine männliche Stimme, ruhig und sachlich, antwortete: »Sie sind Verwandtschaft von Frau Wendt?«

»Ja, ich bin die Großmutter. Im Moment die einzige Verwandte, mit der sie reden können.«

»Gut, Frau Sailer. Ihre Enkelin wird von uns künstlich im Koma gehalten. Das macht man in solchen Fällen, weil sie sonst große Schmerzen hätte. Also, Koma heißt, dass sie ohne . . .«

»Das weiß ich, Herr Doktor.«

»Ah ja. Sie hat innere Verletzungen, über die wir uns noch kein genaues Bild machen konnten. Das rechte Bein ist an zwei Stellen gebrochen und das linke Handgelenk. Im Übrigen ist ihr Zustand stabil. Das kann man als positives Zeichen nehmen.«

»Ja - äh - heißt das, dass sie nicht in Lebensgefahr ist?«

»In Lebensgefahr ist man mit solchen Verletzungen immer, Frau Sailer, aber - ich will es mal so sagen: Die Wahrscheinlichkeit ist groß, dass sie wieder gesund wird. Es wird allerdings eine ganze Weile dauern.«

»So - ja - vielen Dank, Herr Doktor.«

»Es hat im Moment nicht viel Sinn, dass jemand zu Besuch kommt. Sie liegt auf der Intensivstation und würde sowieso nichts mitbekommen. Aber sie können anrufen und sich erkundigen, wie es ihr geht. Dann sagen wir Ihnen auch, wann ein Besuch möglich ist.«

»Gut. Ich danke Ihnen, Herr Doktor.«

»Keine Ursache. Auf Wiederhören.«

Lotte nahm ihr den Hörer ab und legte ihn auf die altmodische Gabel. »Und? Was sagt er?«

Frau Sailer ließ in einem Gefühl der Erleichterung die angehaltene Luft ausströmen. »Sie lebt. Und wahrscheinlich überlebt sie's auch.«

»Wie schön.«

»Gott sei Dank!«, ergänzte Lisbeth. »Ich kann dich gerne mal hinfahren, wenn du sie besuchen willst. Vielleicht mal vormittags, das würde mir am besten passen, wenn Karl . . .«

»Danke, Lisbeth, aber das hat jetzt noch keinen Sinn, meint der Doktor. Später vielleicht mal.«

»Sollen wir denn . . .«

Sie wurde von kräftigem Klopfen an der Tür unterbrochen. Ohne ein »Herein« abzuwarten traten zwei Männer ein: der jüngere von beiden in Polizeiuniform, der andere in Zivil. Der Ältere setzte sich unaufgefordert auf einen Stuhl und sagte: »Ja, Frau Sailer, das ist so eine Sache.«

Lisbeth, obwohl sie eigentlich gar nichts damit zu tun hatte, fragte: »Was ist was für eine Sache?«

»Für all das, was Sie uns erzählt haben, gibt es keine Spuren.«

»Was denn für Spuren?«, fragte Frau Sailer.

»Na - eben gar keine. Wo der Mann nach Ihren Angaben erschossen wurde, ist zum Beispiel kein Blut.«

Lisbeth mischte sich wieder ein. »Vielleicht hat er gar nicht geblutet. Oder es wurde weggespült. Der Wasserschlauch ist ja gleich daneben.«

»In dem Zimmer haben wir auch nichts gefunden. Das Bett war unbenutzt.«

»Das hatte ich auch schon bemerkt«, nickte Henriette Sailer. »Und es hat mich gewundert. Er hätte ja in der letzten Nacht drin schlafen müssen. Er war abends noch mal weggefahren. Vielleicht hat es so lange gedauert, bis er zurückkam. Davon habe ich nichts mitgekriegt. Ich weiß nur, dass das silbergraue Auto wieder dastand, als ich heute Morgen aufgestanden bin.«

»An genau der gleichen Stelle?«

»So ziemlich, ja.«

»Wir haben nämlich auch keine Reifenspuren.«

»Es ist ja auch asphaltiert da vorne.«

»Sicher. Hm. Und unglücklicherweise ist keine Eintragung in Ihrem Buch.«

»Ich sagte ja schon, wir wollten das nachholen. Er hatte seinen Personalausweis im Auto, und da habe ich gesagt, es eilte ja nicht so.«

»Zu dumm. Hm.« Der Beamte murmelte etwas Unverständliches vor sich hin.

»Wie meinen Sie?«, fragte Frau Sailer.

Der Beamte sah sie so merkwürdig an. »Wir haben auch sonst in dem Zimmer nichts gefunden. Die Fingerabdrücke müssen natürlich noch untersucht werden. Aber sonst – keine Haare im Waschbecken, keine Zigarettenkippen ...«

»Was wollen Sie denn damit sagen?« Frau Sailer richtete sich etwas auf.

»Könnte es vielleicht sein ...« Der Mann überlegte offenbar, wie er es möglichst schonend formulieren könnte, und kratzte sich dabei mit dem rechten Mittelfinger an der schlecht rasierten Wange.

»Ich meine, vielleicht haben Sie sich so erschrocken, als Sie sahen, wie Ihre Enkelin von der Leiter fiel ... so was kommt vor. Da meint man dann in dem Schreck etwas zu sehen, was gar nicht da ist. Das kann jedem passieren ...«

»Wollen Sie damit andeuten«, Henriette Sailer richtete sich noch höher auf, »ich hätte mir das alles nur eingebildet? Den Mord an Herrn Krohn, die Verfolgung?«

»Unerhört!«, kommentierte Lotte.

»Unglaublich!«, ergänzte Lisbeth.

»Ich bin ja alt, das ist unbestreitbar«, sagte Henriette mühsam beherrscht. »Aber ich bin nicht beschränkt!«

Der Beamte nickte gelassen, als unterhielte man sich grade über das Wetter. »Da haben Sie natürlich Recht, Frau Sailer. Ich wollte auch keineswegs ihre geistigen Fähigkeiten anzweifeln. Solche Dinge haben aber oft nichts mit dem Verstand zu tun, sondern mit der Psyche. In so angespannten . . .«

»Marilena hat es doch auch gesehen!«, unterbrach ihn Henriette.

»Ihre Urenkelin sagt nichts. Das ist auch der Schock. Natürlich haben wir sie nicht gedrängt. Wir werden uns hüten. Wir haben eine gute Psychologin, die in solchen Fällen . . .«

Lisbeth meinte, Partei ergreifen zu müssen: »Da Sie ja das Kind vorsichtig behandeln! Es hat schon genug mitmachen müssen!«

»Eben!«, meinte der Beamte.

Jetzt ergriff der uniformierte Polizist das Wort. »Natürlich nehmen wir die Sache sehr ernst, Frau Sailer. Wir werden diese Nacht einen Beamten hier bei Ihnen einquartieren, wenn es Ihnen recht ist.«

»Einen Polizisten? Sie meinen, falls die Mörder wiederkommen?«

»Wäre immerhin möglich. Wenn es sich alles so zugetragen hat, wie Sie es geschildert haben . . .«

»Es hat sich so zugetragen!«

». . . dann haben die Männer Sie verfolgt, weil Sie Zeugen sind. Jedem Verbrecher ist unwohl bei dem Gedanken, dass er bei seiner Tat beobachtet wurde. Dass Sie ihnen entwischt sind, heißt nicht, dass . . .«

Eine heftige Handbewegung des anderen ließ den Uniformierten verstummen.

Lisbeth sagte: »Tante Henriette, du solltest bei uns wohnen, eine Zeit lang wenigstens, mit den Kindern! Eine alte Frau mit zwei kleinen Kindern so weit hier draußen! Und dann auch noch, wenn Mörder herumstreunen!«

»Ach nein, lasst mich hier! Am Ende bringe ich euch noch in Gefahr! Und wenn sie den Kindern was tun wollen, erwischen sie sie sowieso. Man kann sich doch nicht verschanzen. Und außerdem – besonders Marilena ist jetzt ganz durcheinander. Wenn man sie jetzt noch aus ihrer gewohnten Umgebung reißt . . .«

»Aber, meine Damen!«, meldete sich wieder der ältere Beamte zu Wort. »Sie tun so, als stünde fest, dass Ihnen jemand nach dem Leben trachtet.«

»Es steht auch fest«, behauptete die alte Frau trotzig.

»Wie gesagt, ein Beamter wird diese Nacht hier bleiben. Und auch später wird immer mal ein Streifenwagen vorbeikommen und nach dem Rechten sehen. Sie können sicher sein, dass wir das nicht auf die leichte Schulter . . .«

»Die Scheibe!«, unterbrach ihn Henriette. »Als wir in die Scheune geflohen sind, hat jemand im Haus eine Scheibe eingeschlagen, um uns verfolgen zu können. Ich habe deutlich das Klirren gehört!«

»Ja, ja«, nickte der Beamte. Er wirkte fast ein wenig müde dabei. »Die zerbrochene Glasscheibe haben wir gefunden.«

»Sehen Sie!«, triumphierte Frau Sailer. »Glauben Sie, ich habe mir das auch nur eingebildet, und die Scheibe war schon kaputt? Oder dass Thomas einen Stein hineingeworfen hat? Glauben Sie mir doch, die Mörder haben sie eingeschlagen. Vorher war sie noch ganz!«

Der Beamte stand auf. »Ja, sicher«, murmelte er, »möglich ist vieles.« Dann ging er grußlos hinaus. Der andere folgte ihm.

8

Die Sekretärin nahm den Hörer ab. »Bitte?«

»Frau Kramer, da ist eine Frau in der Leitung, die will Herrn Wendt sprechen. Soll ich mal durchstellen?«

»Ja, sicher, warum nicht?«

»Ich meine nur, weil sie so . . . ja, ich weiß nicht, sie hörte sich so komisch an. Sie hat so was zusammengestottert.«

»Stellen Sie mal durch!« Es knackte. »Guten Tag, Sekretariat, Kramer ist mein Name. Sie wollen Herrn Wendt sprechen?«

»Ja, bitte. Verbinden Sie mich doch bitte mal mit ihm!«

Frau Kramer merkte, was die Frau in der Telefonzentrale wohl gemeint hatte. Die alte Stimme klang unsicher, erregt.

»Geht es um eine geschäftliche Angelegenheit?«

»Nein, eher um was Persönliches, was Familiäres, verstehen Sie? Ich bin seine . . . also, ich bin die Großmutter seiner früheren Frau, und um die geht es, und um seine Kinder.«

»Ich verbinde Sie. Einen Moment bitte.« Sie tippte auf den entsprechenden Knopf. »Ein privates Gespräch für Sie.«

»Danke.«

Der Chef übernahm. »Wendt.«

»Guten Tag, Christian. Hier ist Großmutter Henriette.«

»Ach – Großmutter . . . du! Äh . . . wieso rufst du . . . ist was passiert?«

»Ja, leider. Deine Fr . . . also, ich meine, Ute ist schwer verletzt. Sie liegt in der Uniklinik in Gießen. Ich weiß ja nicht, ob dich das überhaupt interessiert . . .«

»Aber natürlich interessiert es mich! Was war denn – ein Autounfall?«

»Nein, wir . . . wir sind überfallen worden. Hier auf dem Hof. Ein Gast war hier, der wurde erschossen.«

»Was??? Erschossen? Das gibt's doch nicht!«

»Doch! Vor unseren Augen! Und die Leiche haben sie weggebracht, so dass die Polizei nichts gefunden hat, hinterher . . .«

»Kann ich denn mal mit Utes Eltern sprechen?«

»Die sind nicht da. Sie sind im Urlaub in Schottland. Ich bin die Einzige, mit der du im Moment sprechen kannst. Aber falls du glaubst, ich wäre verkalkt und wüsste nicht mehr, was ich sage und tue . . .«

»Nein, Großmutter, das glaube ich nicht. Entschuldige, wenn ich ... das klingt alles so ... so unglaublich. Was hat Ute denn?«

»Sie hat Brüche und innere Verletzungen. Man kann sie nicht besuchen, sie liegt im Koma.«

»Ist sie in Lebensgefahr?«

»Die Ärzte ... vielleicht ...« Henriette Sailer musste auf einmal schluchzen, obwohl sie sich fest vorgenommen hatte, ihre eigenen Gefühle hintanzustellen.

»Wein doch nicht, Großmutter! Es wird bestimmt wieder alles gut werden!« Wendt schämte sich für diesen banalen Satz. Aber er wusste keinen besseren.

Jetzt hatte Henriette sich wieder in der Gewalt. »Da ist noch etwas, Christian.«

»Was?«

»Ute ist nicht verunglückt, sondern die Mörder haben die Leiter umgeworfen. Sie wollte Kirschen pflücken ...«

»Ein Mordanschlag?«

»Ich nehme an, weil Ute gesehen hat, wie sie den Mann erschossen haben – sie wollten eine Zeugin loswerden, verstehst du?«

Christian Wendt konnte gar nichts sagen.

»Aber es gibt noch zwei Zeugen – Marilena und mich. Das wissen die Verbrecher auch. Sie waren schon hinter uns her. Aber sie haben uns nicht erwischt. Jetzt habe ich nur Angst, sie versuchen es wieder.«

»Aber ... was ... hast du das alles der Polizei erzählt?«

»Natürlich. Aber ich habe den Eindruck, sie glauben mir nicht so richtig. Ihren Untersuchungen trauen sie mehr als einer sechsundachtzigjährigen Urgroßmutter.«

»Das ist ja ... aber was soll ich jetzt tun?«

»Ich weiß nicht. Oder – kannst du nicht die Kinder zu dir nehmen? Dann wären sie weit weg von hier, und die Verbrecher würden sie nicht finden.«

»Wie stellst du dir das vor, Großmutter! Ich lebe allein. Wer soll sich denn um sie kümmern, wenn ich bei der Arbeit bin? Ich kann im Moment auch unmöglich Urlaub nehmen!«

»Es sind deine Kinder, Christian.«

»Das weiß ich auch. Versteh mich bitte richtig! Ich will mich ja nicht aus der Verantwortung stehlen, aber ...«

»Aber?«

»Ich weiß nicht, wie ich helfen kann.«

»Na schön. Dann muss ich mich eben kümmern. Vielleicht finde ich im Dorf jemand ...«

»Aus deinem Ton höre ich einen Vorwurf heraus. Sei mir bitte nicht böse, aber meine Möglichkeiten sind begrenzt, ich kann ...«

»Ich bin dir nicht böse. Ich habe Angst, verstehst du? Nicht in erster Linie um mich. Ich bin eine alte Frau. Aber um die Kinder.«

Sie wartete keine Antwort ab und legte einfach auf.

9

»Wronski, Mordkommission«, sagte der junge Mann. Der Polizist nickte und deutete auf den Mann, der sich mit dem Oberkörper tief in das verbeulte und verbrannte Fahrzeug hineinbeugte.

Soll der erst mal seine Arbeit machen, dachte Wronski und blickte sich um. Er war umgeben von Laubwald, durch den eine schmale Nebenstrecke führte. Die hohen Buchen bildeten so etwas wie ein Dach. Man fühlte sich wie in einem Dom. Na ja, das vermutete Michael Wronski natürlich nur, genau genommen wusste er nicht, wie man sich in einem Dom fühlt, weil er als Kind zum letzten Mal in einer Kirche gewesen war.

Jedenfalls lud der Wald hier zum Spaziergang ein und der ganze Ort konnte als Inbegriff von Frieden gelten. Wenn da nicht die verbrannte Leiche gewesen wäre.

Als der Mann seinen Oberkörper aus den Trümmern zog, wiederholte der junge Beamte seine Vorstellung: »Tag. Wronski, von der Mordkommission.«

»Aha. Ein Mitarbeiter von Magnus, wie?«

Wronski nickte. Der andere konnte das aber nicht sehen, weil er gerade seine schmutzigen Hände betrachtete.

»Mit Magnus habe ich schon mal zusammengearbeitet. Einen guten Mann haben Sie da als Chef.«

»Das ist mir schon klar, Herr . . . äh . . .«

»Seibel! Entschuldigung!«

»Herr Seibel, das sieht auf den ersten Blick doch eher wie ein Unfall aus. Wieso sind wir dann benachrichtigt worden?«

»So sollte es aussehen, junger Mann. Ich schwöre Ihnen, wenn wir den Toten obduziert haben, können wir sagen, dass er schon tot war, als das hier passierte. Man wollte sicher nur einen Mord als Unfall kaschieren.«

»Und wie kommen Sie darauf? Ich meine, so schnell . . .«

Der andere ging nach vorn, und Wronski folgte ihm.

»Sehen Sie: Der vordere Teil des BMW ist nicht stark eingedrückt.«

Die Stoßstange und ein Teil der Kühlerhaube schienen Anstalten zu machen, die kräftige Buche liebevoll zu umarmen, aber das gelang nicht so recht.

»Nach meiner Erfahrung«, fuhr der Ältere fort, »kann der höchstens mit fünfzig, vielleicht noch weniger, dagegen geprallt sein. Sicher, man darf sich nicht täuschen, das ist auch unangenehm. Aber der Airbag wurde ausgelöst. Zwar war der Mann nicht angeschnallt, aber da er wegen des Airbags kaum Verletzungen am Kopf hat, hätte er nicht sterben müssen.«

»Aber er ist doch angeschnallt!«

»Das hat man erst hinterher gemacht. Das Feuer . . .« – er ging näher an den Wagen heran und zeigte in den Innenraum – ». . . das Feuer ist wahrscheinlich auch später gelegt worden. Benzin verspritzt und hier . . .«, er zeigte auf einen schwarz verkohlten Streifen auf dem Boden, ». . . haben die Täter sich eine Art Zündschnur gemacht. Aber wir untersuchen das noch genauer.«

»Das leuchtet mir ein.«

»Aber der deutlichste Hinweis ist hier. Sehen Sie mal!« Er zeigte in das Wageninnere. »Dieser Aktenkoffer liegt auf dem Gaspedal. Offensichtlich hat jemand es damit beschwert und den Wagen so gegen den Baum rasen lassen. Ich vermute mal, der Täter hatte vor, den Koffer wieder herauszunehmen, ehe er Feuer legte. Aber er hat sich verklemmt. Sehen Sie – da! Also hat er es so gelassen. Wir könnten ja denken, der Aktenkoffer sei bei dem Unfall dahingerutscht. Manchmal ist es fast beleidigend, wie die Verbrecher unsere Fähigkeiten einschätzen.«

»Hm. Aus alldem kann man dann wohl schließen, dass dies nicht das Werk von Profis ist.«

»Das zu beurteilen ist Ihre Sache, Herr . . . äh . . .«

»Wronski.«

»Ja. Denkbar ist natürlich auch, dass sie es eilig hatten. Oder dass ihnen das mit der Vertuschung des Mordes gar nicht so wichtig war.«

»Oder«, ergänzte Wronski, »dass sogar bestimmte Leute wissen sollten, dass hier ein Mord geschehen ist. Im organisierten Verbrechen kommt so etwas öfter vor.«

Er nahm sein Handy aus der Tasche und tippte eine Nummer ein. »Grüß dich, Chef Herbert. Michael hier, dein Zauberlehrling. Ich würd's dir ja gerne ersparen, aber wir haben schon wieder einen neuen Fall.«

Seibel machte ein Zeichen mit der Hand.

Wronski sagte in das Gerät: »Moment mal.« Dann zu dem andern: »Ja?«

»Grüßen Sie Magnus von mir!«

»Ich soll dich grüßen von Herrn Seifert.«

»Seibel!«, verbesserte der.

»Entschuldigung, Seibel. Alles klar. Bis dann!« Er schaltete das Handy aus und steckte es ein. »Viele Grüße zurück. Mein Chef meint, Sie seien ein guter Mann.«

»Das hat er klar erkannt, Ihr Chef. Ich wusste doch, dass er ein gutes Urteilsvermögen hat.«

Grinsend fragte Wronski: »Wann kriegen wir einen Bericht?«

»Von uns wahrscheinlich morgen. Von der Obduktion, vermute ich, erst übermorgen. Aber da könnt ihr ja selbst nachhaken.«

Wronski nickte und begann, sich das Fahrzeug und die nähere Umgebung genauer anzusehen.

10

»Mama soll kommen!«, jammerte Marilena leise.

»Du weißt doch, mein Schatz«, ihre Uroma beugte sich über das Bett und streichelte der Kleinen über das Haar, »Mama ist im Krankenhaus. Sie kann jetzt nicht kommen. Das dauert noch ein Weilchen. Aber ich bin ja da.«

Ihre Urenkelin sah sie mit großen Augen an, aus denen Angst und Verwirrung sprach, antwortete aber nicht.

»Sieh mal«, fuhr Henriette Sailer fort, »wir haben das Bett von Thomas schon hier ins Zimmer gebracht. Er geht auch gleich schlafen, wenn er die Zähne geputzt hat. Und ich stelle nachher einen Sessel vom Wohnzimmer hier herein und bleibe bei euch. Dann sind wir alle drei zusammen.«

»Aber wenn die bösen Männer wiederkommen . . .?«

»Die kommen nicht, Marilena.« Henriette wünschte, sie könnte es selbst glauben. »Außerdem ist ja auch der Polizist da. Der passt auf uns auf.«

Thomas kam herein und hörte die letzten Worte. »Hat der auch eine Pistole?«

»Ja, bestimmt«, nickte seine Uroma. »Komm, leg dich hin, Thomas. Soll ich euch denn noch was vorlesen?«

»Ja.«

»Was denn?«

Marilena deutete auf ein Regal, wo einige Kinderbücher lagen. »Das von dem kleinen Bär und der großen Katze.«

Frau Sailer betrachtete sich die Bücher und blätterte etwas darin.

»Habt ihr denn keine Kinderbibel?«, fragte sie dann.

»Nee.«

»Aber ihr lernt doch Geschichten aus der Bibel, oder?«

Thomas zuckte die Achseln, aber seine Schwester antwortete: »Ja, zum Beispiel, wie David den Goliath erschlagen hat. Und wie Jesus auf dem Wasser rumgelaufen ist und keine nassen Füße gekriegt hat. Und auch . . . einmal, da war einer krank, der musste immer betteln, und da hat Jesus gesagt: Mägdelein, ich sage dir, stehe auf und verwandle dich.«

»Quatsch!«, schaltete sich Thomas ein. »Mit dem Mägdelein, das war die Tochter vom Pfarrer, und mit dem Betteln, das war 'ne ganz andere Geschichte.«

»Ist doch egal. Oma erzählt uns so was, wenn Mama keine Zeit zum Vorlesen hat.«

Frau Sailer setzte sich auf den Rand von Marilenas Bett und schwieg eine Weile. »Ich habe euch wohl schon lange keine Gutenachtgeschichte mehr erzählt?«, fragte sie dann, obwohl ihr die Antwort grade schmerzlich bewusst geworden war.

»Überhaupt noch nie!«, behauptete ihre Enkelin.

»Doch, ganz früher mal, als ich noch klein war«, korrigierte Thomas.

»Hat Opa euch auch schon mal was vorgelesen?«

Thomas sagte: »Ja, Märchen. Opa liest immer Märchen.«

»Rotkäppchen und Schneewittchen und so.«

»Aber das kommt nicht so oft vor. Meistens ist Mama da.«

»Ich werde euch eine Geschichte aus der Bibel erzählen, wenn ihr die so selten hört.«

»O ja«, freute sich Thomas, »von David, wie der den Stein rum und rum und rum und dann sssst – wumm, dem Goliath an den Schädel.«

Frau Sailer schüttelte den Kopf. »Ich glaube, die Geschichte eignet sich nicht so gut vor dem Schlafengehen.«

»Nicht so was«, wünschte sich Marilena. »Mehr was Schönes.«

»Es soll aber spannend sein!«

»Nee, nicht so ...«

Ihre Uroma wusste Rat. »Ich erzähle euch was von David, das ist erst spannend, und dann wird es schön. Also: David war noch ein Hirtenjunge. Er saß draußen auf der Weide und passte auf seine Schafe auf. Weil ihm langweilig war, spielte er auf seiner Harfe. Auf einmal merkte er, wie die Schafe unruhig wurden. Er stand auf und sah sich nach allen Seiten um. Aber er konnte nichts feststellen. Da legte er die Harfe weg und nahm seinen Hirtenstock. Vorsichtig ging er um seine Herde herum. Plötzlich sah er etwas Dunkles von links heranhuschen. Ein Bär! So schnell ihn seine nackten Füße trugen, lief er ihm entgegen und stellte sich zwischen das Raubtier und die Schafherde. Seine Schafe liefen laut blökend davon. Der Bär hielt an und schien zu überlegen, ob er den Menschen angreifen oder lieber ein Lämmchen jagen sollte. Ehe er zu einem Schluss kam, hob David den Knüppel und lief laut schreiend auf den Bär zu. Da kriegte das Tier einen Schrecken. Er wäre natürlich stärker gewesen als der Hirtenjunge. Aber das Geschrei machte ihm Angst. Er drehte sich um und lief davon.

Nun hatte David ganz schöne Mühe, die Schafe wieder zusammenzutreiben. Sie waren vor Angst in alle Richtungen davongelaufen. Als er endlich wieder auf seinem Stein saß und beobachtete, dass die Tiere sich beruhigt hatten, dachte er: Ich bin ein guter Schafhirte. Ich passe auf und beschütze meine Herde. Und Gott beschützt mich. Der Bär hätte mich auch fressen können. Gott passt auf mich auf wie ich auf meine Schafe. Er ist ein guter Hirte.

Auf einmal hatte er eine Idee: Darüber wollte er ein schönes Lied machen. Er dachte ein wenig nach, dann zupfte er seine Harfe und sang:

›Der Herr ist mein Hirte.
Mir fehlt nichts.
Er weidet mich auf einer grünen Wiese
und führt mich zum frischen Wasser.‹

Die Schafe hörten ihren Hirten singen, hoben die Köpfe und schauten neugierig herüber. David sang weiter:

›Und wandre ich durch ein dunkles Tal,
fürchte ich doch kein Unglück,
denn du bist bei mir.
Dein Hirtenstab nimmt mir die Angst.‹«

Marilena hatte sich im Bett aufgesetzt und sich an ihre Uroma angeschmiegt. Jetzt sah sie ihr ins Gesicht, lächelte ein wenig und sagte: »Schön.«

Thomas bestätigte: »Ja, war ganz gut. Nur ein bisschen kurz.«

»Morgen erzähle ich euch eine längere Geschichte. So, und jetzt beten wir noch. Lieber Gott, beschütze uns alle bitte in dieser Nacht wie ein guter Hirte. Und mach Mama wieder gesund. Amen.«

Als Henriette Sailer aufsah, stand der Polizist in der Tür.

»Ich stehe schon eine Weile hier, Frau Sailer, ich wollte Sie nicht unterbrechen.«

»Das wäre aber nicht schlimm gewesen. Was gibt es denn?«

»Eine Frau steht draußen. Ich wollte sie ohne Ihre Erlaubnis nicht reinlassen.«

»Ich komme. So, schlaft gut, ihr beiden. Ich komme später auch.«

Sie ging hinaus und löschte das Licht, ließ aber die Tür zum erleuchteten Flur einen Spalt offen.

Lotte stand draußen.

»Du musst entschuldigen, Lotte, aber der Polizist kannte dich nicht.«

»Macht doch nichts. Ich muss mich entschuldigen, weil ich noch so spät komme.«

»Er ist ja schließlich dazu da, keine Fremden reinzulassen. Setz dich! Möchtest du was trinken?«

»Nein danke, Tante Henriette, keine Umstände. Ich wollte nur mal sehen, wie es euch geht. Und ich wollte dir sagen . . . warst du heute Nachmittag eine Zeit lang nicht hier?«

»Ich war in Alsfeld auf der Polizei, und die Kinder waren so lange bei Lisbeth. Ich musste mir Verbrecherfotos angucken. Dann haben sie ein Protokoll gemacht, und ich musste unterschreiben.«

»Ach so.«

»Warum? War was? Hast du was beobachtet?«

»Nein, aber Helga hat angerufen, deine Tochter. Aus Schottland. Sie hatte es vormittags schon mal versucht und wunderte sich, dass niemand abnahm. Und dann am Nachmittag wieder. Es müsste doch jemand da sein, meinte sie. Sie hat sich Sorgen gemacht. Na ja, und da hat sie bei mir angerufen und gefragt, ob alles in Ordnung sei.«

»Und . . .?« Henriette Sailer sah ihre Nachbarin ängstlich an. Die blickte aber nur verlegen unter sich.

»Ich . . . ich habe gesagt, es wäre alles okay. Verstehst du, ich habe mich nicht getraut . . . Und ich dachte auch, sie sollten lieber ihren Urlaub genießen, unbelastet, verstehst du? Es ging ja auch alles so schnell, ich hatte gar keine Zeit, darüber nachzudenken. Äh . . . hätte ich lieber . . .?« Sie blieb stehen und sah die alte Frau schuldbewusst an.

»Nein, nein, Lotte, ist schon in Ordnung. Vielleicht ist es ganz gut so.«

Einige Augenblicke hing jede der beiden Frauen ihren Gedanken nach.

»Wenn ich dir was helfen soll, Tante Henriette . . . ich meine, du bist ja auch nicht mehr die Jüngste . . .«

»Das ist sehr schmeichelhaft ausgedrückt.«

»Ich helfe gerne, wenn ich kann.«

»Ist schon gut, Lotte.« Sie sagte das zögernd und schwieg, aber es schien, als hätte sie einen Wunsch, den sie sich nur nicht zu äußern traute.

»Wirklich, sag nur, wenn ich . . .«

»Es ist schon nicht einfach, wenn man als Uroma auf einmal die volle Verantwortung für so kleine Kinder übernehmen muss. Versteh mich richtig, es geht mir nicht um die äußerlichen Dinge. Ich kann noch ihre Betten machen, beim Anziehen helfen, Brote schmieren und mittags etwas kochen. Was mich belastet, ist die Verantwortung. Dabei kannst du mir, glaube ich, nicht helfen. Die Verantwortung muss ich selbst tragen.«

»Das verstehe ich.«

»Ich frage mich, ob ich nicht bisher zu wenig über ihre Erziehung nachgedacht habe.«

»Aber Tante Henriette! Das ist doch Sache der Eltern, nicht der Großeltern und schon gar nicht deine!«

»Nein, nein, so meine ich das nicht. Es gibt Dinge, die nur Helga und ich tun können. Ute denkt da ganz anders. Und da hätte ich . . . Ich wusste noch nicht einmal, ob sie eine Kinderbibel haben. Jetzt weiß ich es: Sie haben keine. Oder ob sie angehalten werden zu beten . . . ich habe die zwei sehr gerne, wirklich! Aber gerade darum mache ich mir einen Vorwurf, dass ich mich immer für ihre Gesundheit interessiert habe, für ihre Begabungen und Interessen und so, aber nie für die wirklich wichtigen Dinge: Lernen sie den Vater im Himmel kennen? Ich hätte viel mehr mit Gott über sie reden sollen.«

Lotte wusste darauf nichts zu sagen, so schwiegen sie beide. Dann fing Henriette Sailer wieder an.

»Stell dir vor, diese Verbrecher . . .«, sie schluckte. »Womit soll ich sie trösten, dass Ute so krank ist? Wie soll ich ihnen die Angst nehmen in dieser gefährlichen Lage? Ich gebe zu, mir ist der Glaube oft nicht so gegenwärtig. Aber ich weiß wenigstens, wie ich ihn in der Not wieder finden kann. Aber die Kinder, die fast gar nichts davon wissen . . . Und wenn diese Mörder . . .« Die Stimme versagte ihr.

Lotte legte die Hand auf ihren Arm. Mehr konnte sie nicht tun, denn auch sie wusste nicht, wie sie trösten oder die Angst nehmen sollte.

11

Erwin Schwarzenberg öffnete leise die Schlafzimmertür. Seine Frau stellte sich schlafend und blinzelte nur mal kurz. Er setzte sich auf die Bettkante, beugte sich hinunter und flüsterte ihr ins Ohr:

»Der Kaffee läuft
und tropft und träuft
hinab in die Karaffe,
damit er neue Kräfte schaffe
dem, der ihn säuft.«

Um ihre Lippen spielte ein Lächeln, das ihn an die Zeit erinnerte, als sie noch ein junges Mädchen war. Seltsam, dachte er, wie in manchen Augenblicken die Jahrzehnte aufreibender Arbeit und drückender Sorgen vergessen scheinen. Wie ausradiert. Und Minuten später, oder auch nur Sekunden später, sind die Spuren wieder da.

»Ich brauche ihn, den neue Kräfte schaffenden Kaffee«, flüsterte sie, »und ich freue mich schon darauf, ihn zu – wie hast du gesagt? Saufen?«

Erwin antwortete nicht. Er dachte nur: Macht nichts, wenn wir Kaffee brauchen. Oder wenn trotz Kaffee die Kräfte der Jugend nicht mehr zurückkommen. So ist das Leben. Und es ist gut so. Wenn ich es nicht für gut hielte, wäre es trotzdem so. Also warum sollte ich es nicht für gut halten?

Als sie im Morgenmantel ins Zimmer kam, staunte sie: »Du warst wohl schon unten an der Straße in dem Laden? Ein toller Frühstückstisch! Hast du den gedeckt?«

»Nein, ich habe mir von zu Hause heimlich ein ›Tischlein deck dich!‹ mitgebracht.«

»Stimmt, war eine dumme Frage, entschuldige.«

»Dumme Fragen muss man nicht entschuldigen, höchstens boshafte!«

»Am frühen Morgen schon so philosophisch! Ich brauche erst einen Kaffee, ehe ich dir folgen kann.«

»Was es hier zu essen gibt, ist allerdings nicht das, was du gewohnt bist. Aber wir sind ja noch flexibel genug, uns umzustellen.«

»Was ist das? Pflaumenmus?«

»Ich glaube. So was Ähnliches.«

»Und das?«

»Keine Ahnung. Wir werden es feststellen. Ich hätte doch das ›Tischlein deck dich‹ mitbringen sollen. Von unserem Zuhause an der Märchenstraße.«

Sie setzte sich und ließ ihre Augen über den Tisch schweifen. Dann blickte sie ihren Mann an. »Du hattest aber keins, und da hast du dir so viel Mühe gegeben. Und ein schönes Gedicht gemacht. Danke!«

»Bitte«, sagte er und lächelte.

»Wo nun alles anders ist, Erwin – keine Kühe mehr zu melken, wir sind im Urlaub in einem fremden Land, essen fremde Speisen, da könnten wir doch auch mal mit einer weiteren alten Tradition brechen!«

»Was meinst du?«

»Seit über vierzig Jahren bin ich für das Tischgebet zuständig. Willst du es nicht mal sprechen?«

»Nein, Helga. Nein, nein, mach du das. Aber wenn du unbedingt mit einer Tradition brechen willst, kannst du ja mal was anderes sagen als ›Komm, Herr Jesus, sei unser Gast‹.«

Sie lächelte, nickte und senkte den Kopf. »Herr Jesus, wir sind bei dir zu Gast. Wieder mal. Wir haben zwar kein ›Tischlein deck dich!‹, aber du hast uns immer den Tisch gedeckt. Ich meine, wir hatten immer genug drauf. Und überhaupt hast du uns reich beschenkt. Vielen Dank.«

Sie hob den Kopf wieder. Nach einigen Augenblicken hob Erwin seinen auch und sagte: »War das das Tischgebet?«

»Ja. Fandest du es nicht gut?«

»Doch. Sehr sogar. Ich frage nur, weil du nicht ›Amen‹ gesagt hast.«

»Ach so. Hab ich vergessen.«

»Na, macht nichts. Gott wird schon wissen, dass es ein Gebet war. Lass dir's gut schmecken.«

»Danke. Du auch!«, wünschte sie ihm. »Du, Erwin!«

»Ja.«

»Ich habe dich lieb. Immer noch.«

»Prima. Probier doch bitte mal dies hier. Wenn du nach einer Viertelstunde noch lebst, nehme ich es auch.«

»Du bist ein Mistkerl. Aber ich habe dich trotzdem lieb.«

Er lächelte. »›Ich dich auch‹ zu sagen, wäre banal. Wie wär's, wenn ich dir stattdessen freundlich lächelnd den Kaffee einschenke?«

»Einverstanden.« Sie hielt ihm die Tasse hin.

12

»Da nahm die Prinzessin den Frosch und warf ihn mit aller Kraft gegen die Wand. Nun wirst du Ruhe haben, du garstiger Frosch! Als er aber herabfiel, war er kein Frosch, sondern ein Königssohn mit schönen, freundlichen Augen. Der war nun nach ihres Vaters Willen ihr lieber Gefährte und Gemahl. Da erzählte er ihr . . .«

Darauf hatte Kato gewartet. Er wollte wissen, ob Sigrid an dieser Stelle beim Übersetzen zu ihm hersehen würde. Sie hatte hergesehen. Unwillkürlich sicher, aber das war es ja grade, was diesen Blick so wertvoll machte.

Er hing seinen Gedanken nach und hörte gar nicht mehr zu, was jetzt noch erzählt wurde. Er schaute sie nur an. Das Märchen kannte er ja schon.

Er war nicht so ein begeisterter Freund dieser Märchen wie die meisten Mitreisenden. Schließlich hatte er einen anderen Grund, an der Busfahrt teilzunehmen. Aber natürlich hatte er sie gelesen, um vorbereitet zu sein.

Heute Morgen hatte er sich mit dem Literaturprofessor unterhalten. Der hatte ihm alles Mögliche erklärt, wie die Märchen entstanden seien und wie man sie psychologisch deuten könne. Nun ja, es mochte wohl sein, dass die Prinzessinnen früher zwangsverheiratet wurden. Die Mädchen überhaupt, aber die Prinzessinnen erst recht. Und dass mancher der aufgezwungene Mann eklig wie ein Frosch erschien, erst recht, wenn sie das Bett mit ihm teilen sollte. Und dass sie dann doch Gefallen an ihm fand, mit seinen schönen, freundlichen Augen. Oder wurde so etwas nur zum Trost erzählt, damit die armen Mädchen sich williger in ihr Schicksal fügten? Aber dann hätte man es wohl nicht so verklausuliert. Er jedenfalls wollte seine Prinzessin nicht zu der Erfahrung zwingen, dass er kein ekliger Frosch war. Sie sollte freiwillig zu ihm gehören. Und es schien ihm, als sei ein Anfang dazu gemacht.

Kato atmete auf. Er fühlte sich viel freier als noch im Flugzeug oder zu Hause.

». . . der Königssohn meinte immer, der Wagen breche, und es waren doch nur die Bande, die vom Herzen des treuen Heinrich absprangen, weil sein Herr erlöst und glücklich war.«

Die Reisegesellschaft klatschte. Frau Melzer, die Erzählerin der deutschen Fassung, dankte durch eine leichte Verbeugung. Sigrid, deren japanischer Fassung der Applaus eigentlich galt, wandte sich nur verlegen ab.

»So, meine Damen und Herren«, begann Frau Melzer erneut, und Sigrid übersetzte, »dies war also das Märchen vom Froschkönig oder vom eisernen Heinrich. Man siedelt diese Geschichte gern hier im hessischen Spessart an, im südlichen Teil der deutschen Märchenstraße. In wenigen Minuten werden wir nach Steinau an der Straße kommen. Das ist ein wichtiger Punkt auf unserer Route, weil die Brüder Grimm hier aufgewachsen sind.«

Jemand meldete sich und fragte etwas. Sigrid übersetzte: »Der Herr möchte wissen, was das für eine Straße ist, dass sie besonders erwähnt wird. Schließlich liegen ja die meisten Orte an einer Straße.«

»Eine sehr kluge Frage!«, behauptete die Reiseleiterin. »Es handelt sich um eine wichtige Verkehrsverbindung im Mittelalter, die von Frankfurt nach Leipzig führte. In Steinau war der Vater der Brüder Grimm Amtmann. Hier haben sie ihre Kindheit erlebt. Sicher hat sie da auch immer das mächtige Schloss beeindruckt und ihre Phantasie angeregt. Es wurde im 16. Jahrhundert erbaut und hat einen Bergfried . . . einen Turm von 35 Metern Höhe. Im Schloss werden wir das Grimm-Museum besichtigen. Und heute Nachmittag gibt es etwas ganz Besonderes: Wir erleben eine Aufführung eines namhaften Puppentheaters, das in Steinau beheimatet ist.«

Erneut wurde geklatscht, und ein freudiges Raunen ging durch den Bus.

13

Kriminalhauptkommissar Magnus legte seine Papiere auf die Schreibtischplatte und strahlte seinem Assistenten entgegen, der eben ins Büro hereinkam. »Was gibt es doch für glückliche, ja, geradezu erhebende Augenblicke im Leben! So wie jetzt zum Beispiel: Die Sonne scheint, wir sind gesund, wir haben Frieden im Land, und du kommst schon!«

Michael Wronski knurrte: ». . . Höre ich da einen leichten Unterton von Ironie in deiner Bemerkung?«

»Ich bewundere dein kriminalistisch geschultes Gehör!«

»Bedenke, Chef Herbert, dass auch der hingebungsvollste Diener des Staates, der ich ja zweifellos bin, nicht ohne eine Mindestmenge von Kalorien, Vitaminen und Mineralstoffen seinen aufopferungsvollen Dienst verrichten kann.«

»Haben sie denn wenigstens geschmeckt, die Mineralstoffe?«

»Na ja, reden wir von was anderem.«

»Gute Idee. Lies doch mal dies hier!« Er reichte Michael Wronski eine Klarsichtmappe mit einigen Papieren hinüber. Eine Weile herrschte Schweigen, jeder war in seine eigene Lektüre vertieft.

Dann ließ Wronski die Unterlagen auf den Schreibtisch seines Vorgesetzten fallen. »Warum erfahren wir das jetzt erst?«

»Eine berechtigte Frage. Offenbar hat jemand die alte Frau nicht richtig ernst genommen.«

»Nun ja, wir wollen die Kollegen mal nicht vorschnell verurteilen. Erstens soll man das sowieso nicht tun, und zweitens denke ich an ein paar Zeugen, bei denen ich auch schon dachte: Entweder spinnt der oder ich.«

»Und du hast dich dann für die erste Variante entschieden.«

»Genau. Zu Recht, wie sich meistens bald herausstellte.«

»Jedenfalls ist doch klar, dass der silbergraue Wagen ohne Typenbezeichnung, den diese Großmutter beschreibt . . .«

»Urgroßmutter!«

»Ja, dass der identisch ist mit dem BMW in dem vorgetäuschten Unfall. Das passt wie ein Kinderpopo auf den Topf.«

Wronski nickte, und Magnus fuhr fort: »Du solltest mal da hinfahren und dir ein Bild von der Sache machen.«

»Aber heute doch nicht mehr, oder? Zumal ich noch . . .«

»Meinetwegen morgen. Aber früh.«

»Was heißt das konkret?«

»Wie ich dich kenne, wirst du morgen früh im Bett überlegen, dass es gar keinen Zweck hat, in der Rushhour zu fahren und dann im Stau zu stehen . . .«

»Du kennst mich gut.«

». . . und dann wirst du dich noch einmal umdrehen und weiterschlafen. Also mein Tipp: Fahr vor dem Berufsverkehr!«

»Verstehe ich es richtig, dass dies eigentlich kein Tipp, sondern eine dienstliche Anweisung war?«

»Gut beobachtet! Man merkt bei dir doch immer wieder die gute Schule!«

»Grausam!«

»Und vergiss nicht, ich bin finster entschlossen, jeden Ansatz von Meuterei im Keim zu ersticken.«

Wronski hob die Hände. »Ich füge mich ergeben in mein dunkles

Schicksal.« Als das Telefon klingelte, ließ er die Linke auf den Hörer fallen und hob ihn ans Ohr, während die Rechte oben blieb.

»Wronski.«

Magnus vertiefte sich in seine Akten und schaute erst wieder auf, als sein Mitarbeiter murmelte: »Interessant! Das ist ja interessant!«

Als Wronski auflegte, sah Magnus ihn fragend an.

»Die Kollegen von der KTU. Weißt du, was sie in dem verbrannten BMW gefunden haben?«

»Du wirst es mir sicher gleich sagen.«

»Stimmt. Einen Minisender. Unter dem linken hinteren Kotflügel.«

»Interessant.«

»Sag ich doch!«

»Hm. Der Mann wollte sich auf dem einsamen Bauernhof verkriechen. Aber es hat vorher irgendein Treffen mit seinen Feinden gegeben, und da haben sie . . . hm.«

»Vielleicht eine Erpressung. Und das Treffen war die Geldübergabe.«

»Möglich. Kann aber auch ein anderes Treffen gewesen sein. Vielleicht haben sie auch einen Punkt überwacht, von dem sie wussten, dass er dort auftauchen würde, und sind ihm von da aus gefolgt. Es gibt viele Möglichkeiten.«

»Und nach der schändlichen Tat haben sie vergessen, ihr Werkzeug wieder an sich zu nehmen.«

»Oder sie dachten, in dem verbrannten Wrack findet es sowieso keiner.«

»Da kennen die uns aber schlecht. Trotzdem: Dein Besuch bei der Urgroßmutter wird wahrscheinlich nicht viel bringen, aber es ist im Moment der einzige Ansatzpunkt, den wir haben. Und auf den stürzen wir uns jetzt.«

»Du sagst es.«

»Und du tust es.«

14

Henriette Sailer schob die Gardine zur Seite, hob das Fernglas an die Augen und suchte den Waldrand ab. Als Thomas hereinkam, nahm sie es schnell herunter. Er sollte nicht sehen, dass sie sich Sorgen machte.

»Uroma, kann ich noch 'nen Kakao . . . was suchst du denn?«

»Ach, nichts.«

»Kommen die Rehe wieder raus?«

»Noch nicht. Äh – ja, natürlich kannst du noch Kakao haben. Ich komme.«

Sie legte das Fernglas ab und ging mit dem Jungen in ihre kleine Küche. Sie zog es vor, hier im ersten Stock in ihrer eigenen Küche zu hantieren, statt dauernd die Treppe runter- und raufsteigen zu müssen.

Während die Milch warm wurde, überlegte sie, wie sie das Haus besser schützen könnte. Es gab einfach zu viele Fenster. Wenn jemand rein wollte und vor Gewalt nicht zurückschreckte, dann würde er keine Probleme haben. Aber wahrscheinlich machte sie sich zu viele Gedanken. Seit der Polizist nicht mehr da war, war einfach ihre Angst wieder gestiegen. Andererseits – wenn die Verbrecher wirklich die Absicht hatten, die Zeugen zu beseitigen, und wenn sie vielleicht sogar beobachtet hatten, dass die Wache abgezogen worden war –, warum sollten sie es nicht heute versuchen? Und wenn sie feststellten, dass die alte Frau und die Kinder allein waren . . .

Fast wäre die Milch übergekocht. Frau Sailer musste sich gewaltsam von ihren Gedankengängen losreißen. Als Thomas schließlich vorsichtig seinen heißen Kakao schlürfte, ging sie gleich wieder in ihr Zimmer und nahm das Fernglas zur Hand.

War da nicht eine Bewegung? Sie konnte es nicht richtig erkennen und bemühte sich vergeblich, das Bild schärfer zu stellen.

»Guckst du immer noch . . .?« Thomas kam wieder herein, den Becher in der Hand. Plötzlich kam ihm ein Gedanke. »Oder guckst du, ob die Killer kommen?«

Uroma Sailer wollte nicht lügen. Es war sowieso auf Dauer kaum möglich, ihre Sorgen zu verbergen. Und es kostete so viel Kraft.

»Nur sicherheitshalber. Aber sie werden sicher nicht wiederkommen.«

»Lass mich mal gucken.« Er stellte seinen Becher ab.

»Ja, nimm du mal das Glas. Du hast bessere Augen. Kannst du was erkennen da hinten, wo die Forststraße in den Wald geht?«

Thomas suchte die Stelle.

»Hier an dem Rädchen musst du scharf stellen.«

»Ja, jetzt wird's scharf. Ich sehe ganz genau die Bank vor den Büschen, wo wir schon mal Hagebutten gepflückt haben.«

»Und - siehst du Menschen?«

»Nein. Aber - da ist ein Auto, glaube ich.«

»Ein Auto?«

»Weiter hinten im Wald steht ein Geländewagen, glaube ich. Ich sehe das Dach hinter den Büschen. Das ist ein Landrover oder so was. Wie der Förster hat. Aber sein Auto ist es nicht, das hat ein grünes Verdeck. Das hier ist mehr braun.«

»Bist du sicher?«

»Klar. Hier, guck doch noch mal!«

»Ich kann das nicht erkennen. Meine alten Augen, weißt du . . .«

»Soll ich Marilena holen? Die kann . . .«

»Nein, nein, lass mal . . . es könnte sein, dass sie dann Angst kriegt. Wir beide sind schon groß, uns macht das nicht so viel aus. Aber sie ist ja erst fünf. Sag ihr am besten nicht, was du gesehen hast.«

»Okay, Uroma, ich sag nichts.«

»So, und jetzt ab ins Bett mit dir!«

Henriette Sailer räumte die Küche auf und spülte das Geschirr. Aber sie war nicht ganz bei der Sache. Wenn die Männer noch einmal kommen, dachte sie, dann so bald wie möglich. Und sie werden mühelos herausfinden, dass wir heute Abend alleine sind. Aber sie werden warten, bis es dunkel ist.

Oder bin ich schon so alt und durcheinander, dass ich überall

Gefahren sehe, wo gar keine sind? Mache ich mich vielleicht nur lächerlich mit meiner Angst?

Heute erzählte sie den Kindern die Geschichte von der Stillung des Sturms auf dem See Genezareth. Besonders die Stelle, wo Jesus sagt: »Warum seid ihr so furchtsam? Habt ihr keinen Glauben?«, malte sie farbig aus. Sie hatte den Eindruck, dass es ihr selbst auch gut tat.

Später setzte sie sich ins Zimmer, ohne das Licht anzuschalten, und schaute zum Fenster hinaus.

Es wurde dämmrig. Die Landschaft draußen wirkte so friedlich, dass sie ihre Befürchtungen nun selbst unsinnig fand. Ein leichter Wind ließ das Haferfeld wie eine Wasseroberfläche Wellen schlagen. Ein Bussard schwebte darüber und suchte nach Beute. Man konnte das Zirpen der Grillen durch das geschlossene Fenster hören.

Frau Sailer stand auf und ging auf die andere Seite hinüber, um auch da aus dem Fenster zu sehen. Das Bild war genauso friedlich, ja, es wirkte fast noch idyllischer, weil der Kirchturm und die Dächer des Dorfes von hier oben zu sehen waren.

Da – war da nicht eine Bewegung gewesen? Dicht am Haus. Sie konnte es nicht sehen, ohne das Fenster zu öffnen und sich hinauszulehnen. Das aber wollte sie nicht.

Mit angehaltenem Atem stand sie da. Das Herz schlug ihr bis zum Hals. Nichts.

Doch eine Täuschung?

Hätten sie sich doch damals nicht gegen einen neuen Hund entschieden, als Arco gestorben war! Aber sie selbst, Henriette Sailer, hatte sich dagegen ausgesprochen, ein neues Tier anzuschaffen. Wenn sie nun schon keine Kühe und Hühner mehr hielten und Helga und Erwin damit die Chance hatten auch mal wegzufahren, sollten sie die nicht wieder durch einen Hund zunichte machen.

Aber wenn man so einsam lebt, weit weg vom nächsten Nachbarn, dann braucht man eben doch einen Hund.

»Bist du hier, Uroma?« Thomas stand in der Tür.

»Ja. Ich hab kein Licht angemacht, weil . . .«

»Hast du es gehört, Uroma?«

»Gehört? Was?«

»Da unten macht einer was am Haus. Es poltert so. Und so Rrrrr und Ratsch.«

»Ich – höre nichts.«

»Es ist aber da!«

»Ich glaube dir ja, Thomas. Meine Ohren sind einfach nicht mehr so gut.«

»Was machen wir denn jetzt?«

»Es ist mir egal, ob sie mich auslachen oder nicht – ich rufe jetzt die Polizei an! Sie haben mir ja extra die Nummer dagelassen.«

Frau Sailer hob den Hörer ab und hatte schon den Finger in der Wählscheibe, als ihr auffiel, dass etwas nicht stimmte.

»Tot!«

»Wer ist tot?«

»Das Telefon! Es gibt kein Geräusch! Da muss doch so ein Tuten kommen, wenn man den Hörer . . . Die haben die Leitung durchgetrennt! Die haben . . . die haben . . .« – Panik stieg in ihr auf, die Stimme wurde laut, ihr wurde schwindelig –, »die haben uns von der Außenwelt abgeschnitten!« Sie sank auf einen Stuhl. »Was . . . was mache ich jetzt? Thomas, was machen wir denn jetzt?«

Der Junge kam näher und schmiegte sich an sie. »Ich weiß es auch nicht.«

»Wir müssen . . .«

»Weglaufen! Uns verstecken. Ich weiß ein Versteck, Uroma, da finden sie uns nicht – auf dem Dachboden.«

Henriette Sailer stand auf. Ihr war, als würden ihre Beine sie nicht tragen, aber der Gedanke, dass sie die Kinder beschützen musste, gab ihr die Kraft der Verzweiflung. »Komm.«

Sie liefen ins Kinderschlafzimmer. Marilena war wach und wunderte sich, dass die beiden so eilig hereinkamen. »Steh schnell auf, Kind!«

Im Nu war das Mädchen aus dem Bett. Ihre Uroma warf ihr eine Wolldecke über und zerrte sie auf den Flur.

»Uroma, das geht nicht mit dem Dachboden«, kamen Thomas Bedenken, als sie die Bodenluke öffnete und die Treppe herunterzog. »Wenn wir oben sind, können wir die Treppe nicht hinter uns hochmachen. Dann wissen sie, dass wir oben sind.«

»Ich bleibe hier und schließe die Klappe.«

»Aber Uroma . . .«

»Los, keine Widerrede! Schnell rauf mit euch! Hörst du noch was, Thomas?«

Der lauschte, während seine Schwester schon hinaufkletterte. »Nein, jetzt ist es still. Doch – da war was! Aber ich weiß nicht . . .«

»Schnell rauf!«

Thomas hastete die Treppe hinauf. Als er fast oben war, drehte er sich noch einmal um. »Wir haben uns auch schon oft in der Scheune versteckt, oben im Heu. Sollen wir nicht . . .«

»Zu spät! Da kommen wir doch von hier aus nicht hin. Dafür müssten wir ins Erdgeschoss.«

Jetzt war der Junge oben. Frau Sailer schob die Treppe hinauf, bis sie einrastete, und schloss die Klappe mit der Stange, die dafür vorgesehen war.

Ruhig! Ganz ruhig!, sagte sie sich. Und nicht stehen bleiben! Wenn sie mich hier sehen, werden sie auf die Bodentreppe aufmerksam.

Sie eilte in ihr Zimmer. Verzweifelt lauschte sie, ob etwas zu hören war. Sie fühlte sich so hilflos. Da! Jetzt hatte sie es auch gehört. Unter ihr polterte etwas. Nein, es war keine Täuschung. Ich habe mir nichts eingebildet und war auch nicht überängstlich! Die Mörder sind da! Hier im Haus!

Sie ließ sich wieder in ihren Sessel fallen. Aber sie tat es unbewusst. Ein lähmendes Gefühl hatte von ihr Besitz ergriffen: Es ist aus! Ich weiß keine Rettung mehr. Langsam wurde das Gefühl der Verzweiflung von Resignation überlagert. Ich bin alt. Für mich ist es nicht schlimm. Wenn sie nur die Kinder nicht finden!

Zunächst dachte sie, in ihrer Verwirrung triebe ihre Phantasie ein böses Spiel mit ihr, aber dann wurde ihr klar: Was sie sah und hörte war Realität! Sie stemmte sich hoch und eilte ans Fenster.

Ein großer Reisebus fuhr auf den Hof. Seine Scheinwerfer tauchten alles umher in helles Licht. Auf der Fahrerseite sprang ein kräftiger, etwa vierzigjähriger Mann auf den Asphalt, auf der anderen Seite stieg ein jüngerer Mann aus.

Henriette Sailer eilte die Treppe hinunter.

»Guten Abend!«, rief ihr der Fahrer fröhlich entgegen. »Da sind wir! Tut mir Leid, dass es so spät geworden ist.«

»Ach . . . Sie . . . Ich hatte Sie ganz vergessen. Sie sind die Gäste, nicht wahr?«

»Ja, von Märchen-Reisen. Ist Frau Wendt nicht da? Ich war schon ein paar Mal hier.«

»Nein, nein, meine Enkelin . . . Also, Frau Wendt ist meine Enkelin . . . sie ist nicht da, im Krankenhaus ist sie.«

»Aber das geht doch klar mit den Zimmern?«

»Selbstverständlich! Aber natürlich! Kommen Sie doch bitte erst mal hier herein.«

Das ist die Chance, dachte Henriette Sailer. So kann ich sie vertreiben! Das Gefühl der Erleichterung, das sich in ihr ausbreitete, grenzte beinahe an Euphorie. Wir sind gerettet! Zwei kräftige Männer, im entscheidenden Augenblick! Dass sie die beiden damit in Gefahr bringen konnte, daran dachte sie gar nicht.

Sie führte die Gäste in Utes Wohnung im Erdgeschoss, wo sie vorhin das Poltern gehört hatte. Mit einem lange nicht empfundenen Triumphgefühl schritt sie mutig voran in die Wohnung. Tatsächlich: Das Fenster im Wohnzimmer stand weit offen, und die Messingbeschläge hingen verbogen aus dem gesplitterten Holzrahmen. Aber es war niemand da. Der Besuch hatte sie in die Flucht geschlagen!

»Nehmen Sie doch bitte noch einen Augenblick Platz, meine Herren!«, forderte Frau Sailer überlaut und fröhlich ihre Gäste auf. »Möchten Sie etwas trinken?«

»Nein, wir haben ja gegessen. Entschuldigen Sie – wenn Frau Wendt nicht da ist . . .«

»Ich bin heute Ihre Wirtin. Sailer ist mein Name. Gucken Sie nicht so erschreckt!«, lachte sie. »Ich bin zwar schon sechsundachtzig, aber das schaffe ich schon. Die Betten sind auch längst vorbereitet.«

»Ich heiße übrigens Egon – Egon Geißmann. Und dieser Herr ist Japaner, er versteht Sie nicht. Seinen ganzen Namen kann ich Ihnen auch nicht sagen. Wir nennen ihn einfach Kato.«

»Kato!«, nickte lächelnd der junge Mann.

»Und zu mir können Sie auch einfach Egon sagen«, fuhr der Fahrer fort, der es offenbar gewöhnt war, sich mit allen zu duzen, die näher als zwei Meter an ihn herankamen. Nur bei dieser rüstigen Greisin hatte er noch etwas Hemmungen.

»Sie wissen ja sicher, die Reisegruppe ist normalerweise in einem Hotel. Aber unser Vertragshotel in Alsfeld hat nicht so viele Betten. Und mit dem, wo wir vorher waren, liegt unser Geschäftsführer gerade im Streit.«

»Ich weiß, Sie waren ja schon öfter . . .«

»Weil ich dann den Bus mitnehmen kann, da brauchen wir kein extra Fahrzeug. Wir waren . . .«

»Entschuldigen Sie mich bitte einen Moment, ich muss nur schnell . . . Sie wollen wirklich nichts zu trinken?«

»Ich nicht, danke. Kato, du? Trinken? Drinking?« Er machte eine Bewegung, als führte er ein Trinkgefäß an den Mund und schlürfte hörbar.

Der Japaner schüttelte lächelnd den Kopf.

»Wir haben zum Beispiel selbst gepressten Apfelsaft. Aber ich will mal eben . . .«

»Sagen Sie mal, Frau . . . äh . . .«

»Sailer.«

»Frau Sailer – ist da jemand eingebrochen?« Er zeigte auf das offen stehende Fenster.

»Ja. Ja, tatsächlich, da ist . . . äh . . . vor kurzem ist da eingebrochen worden.«

»Und – hat man ihn geschnappt?«

»Nein, leider nicht.«

»Haben Sie denn keinen Mann im Haus, der das wenigstens provisorisch reparieren kann?«

Henriette schüttelte bedauernd den Kopf. »Meine Enkelin, Frau Wendt, ist geschieden. Mein Schwiegersohn ist in Urlaub.«

»Da sind Sie wohl ganz alleine im Haus mit Ihren Kühen?«

»Noch nicht mal Kühe sind da. Aber dafür habe ich meine zwei Urenkel. Die will ich eben mal holen.«

»Haben Sie was da?«

»Wie?«

»Werkzeug. Kreuzschlitz-Schraubenzieher, Zange – was man eben so braucht. Dann sehe ich mal, ob ich das Fenster wenigstens provisorisch . . . ich meine, es muss doch nicht über Nacht offen stehen.«

»Das würden Sie machen, Herr . . . Egon? Sie sind ein freundlicher Mensch, wirklich! Kommen Sie, ich zeige Ihnen den Werkzeugschrank. Da können Sie sich selbst raussuchen, was Sie brauchen.«

Alle drei gingen im Gänsemarsch auf den Flur hinaus. Frau Sailer öffnete eine alte Kommode. »Bitte.«

»Prima. Aber versprechen Sie sich nicht zu viel davon. Nur eine erste Hilfsmaßnahme.«

»Trotzdem – danke! Vielen Dank!«

Während der Busfahrer, assistiert von seinem sprachlosen jungen Begleiter, in der Schublade wühlte, eilte Frau Sailer, so schnell es ihre Kräfte zuließen, die Treppe hinauf. Im oberen Flur öffnete sie die Bodenluke und holte die Treppe herunter. Ihre Urenkel standen oben und schauten gespannt und zugleich ängstlich herunter.

»Was ist, Uroma?«

»Ihr könnt runterkommen. Es waren wohl Einbrecher da, aber die sind wieder weg.«

»Aber da sind doch noch Männer!«

»Ja, aber das sind unsere Gäste. Die schlafen hier. Und die beschützen uns auch. Kommt nur!«

Thomas stieg zuerst die Treppe herunter, und Marilena folgte ihrem Bruder zögernd. Ihre Uroma schloss die Luke wieder.

»Die Herren freuen sich sicher, wenn ihr guten Abend sagt. Es sind nette Leute. Einer ist Japaner, der spricht kein Wort Deutsch.«

Als sie in das untere Wohnzimmer kamen, war der Busfahrer gerade dabei, einen der Beschläge abzuschrauben. Der Japaner hielt den Fensterflügel fest. Beide pressten vor Anstrengung und Konzentration die Lippen aufeinander.

»Dies sind meine Urenkel: Thomas, und das ist Marilena.«

Egon ließ das Werkzeug sinken. »Hallo, ihr beiden! Na, hättet ihr nicht die Einbrecher fangen können, die das hier gemacht haben?«

Die Kinder wussten nicht, ob das ein Scherz war, und lächelten verlegen.

»Guten Abend«, sagte Kato und verbeugte sich.

Marilena flüsterte: »Der kann ja doch Deutsch, Uroma!«

Frau Sailer lächelte: »Hol doch mal eine Flasche von unserem guten Apfelsaft und bring ihm den mit einem Glas. Mal sehen, ob er vielleicht auch schon Danke auf Deutsch sagen kann.«

Marilena schien an dem Auftrag Gefallen zu finden und eilte hinaus.

»Und du, Thomas«, sagte Egon, »kannst uns mal hier ein bisschen helfen. Willst du?«

Thomas nickte strahlend, weil ihm dieser fremde Mann anscheinend viel zutraute.

»Die Schraube hier – kannst du die rausschrauben?«

»Klar!«

»Warte, ich löse sie erst ein bisschen. Der Anfang ist wichtig. Man darf den Schlitz nicht quetschen, sonst kriegt man sie nachher gar nicht raus. So – jetzt kannst du weitermachen.«

Kato hatte inzwischen eins der verbogenen Messingteile mit Hilfe von zwei Flachzangen einigermaßen grade gebogen.

»Frau Sailer«, sagte Egon, »wenn es Ihnen recht ist, werde ich hier, wo das Stück abgesplittert ist, ein paar Nägelchen einschlagen. Das ist zwar nicht die elegante Methode, aber es hält dann wenigstens erst mal. Später müssen Sie sowieso den Schreiner holen.«

»Ja, machen Sie's nur, wie Sie es für richtig halten.«

Einige Minuten später war das Fenster zu, und die fünf Personen saßen auf Sofa und Sesseln und tranken naturtrüben Apfelsaft.

»Danke, sehr gut!«, sagte der Japaner und lächelte Marilena an. Die lächelte zurück.

»Bitte, entschuldigen Sie das alles hier«, sagte Frau Sailer.

»Was?«, fragte Egon.

»Na, dass meine Enkelin nicht da ist, und dass wir nicht so richtig auf Ihr Kommen vorbereitet waren, und das da . . .«, sie deutete auf das Fenster. »Wir hatten einige . . . einige Probleme in den letzten Tagen.«

»Ich vermisse nichts!«, stellte Egon fest und lehnte sich in seinem Sessel zurück.

»Sie können sich aber darauf verlassen, dass Sie morgen ein gutes Frühstück kriegen. Hier in diesem Raum, wenn Sie einmal sehen wollen. Ihre Zimmer sind im Nebenteil des Gebäudes. Wann möchten Sie denn frühstücken?«

»Um sieben. Ich muss noch tanken, und dann der Weg nach Alsfeld. Kato, hast du einen Wecker. Du Rrrr?« Er hielt sich die vibrierende Faust ans Ohr. »Es gibt hier nämlich keinen Weckdienst wie im Hotel.«

Kato nickte lächelnd, wie man es inzwischen schon von ihm gewöhnt war.

»Es sind diesmal nur zwei Gäste«, erklärte Egon der Ersatzwirtin, »weil der Bus nicht voll ist. Es ist ja eine geschlossene Gruppe. Nicht, dass wir nicht andere auch mitgenommen hätten. Aber wer will schon den ganzen Tag dieses ausländische Gerede in den Ohren haben! Ist was, Frau Sailer?« Er bemerkte, dass im Gesicht der alten Frau eine Veränderung vorging.

»Nein, ich ... mir kommt nur grade eine Idee. Sie sagten, in Ihrem Bus sind noch Plätze frei?«

»Ja, vier.«

»Können wir drei nicht mitfahren?«

»Morgen mit nach Alsfeld? Natürlich. Da sind sogar noch einundfünfzig Plätze frei.«

»Nein, ich meine die ganze Reise. Sie müssten nur in Alsfeld so lange mit der Abfahrt warten, bis die Banken aufmachen. Ich habe natürlich nicht so viel Geld da.«

»Das ist kein Problem. Vor neun kommen wir sowieso nicht weg. Aber das müssten Sie natürlich mit unserer Reiseleiterin ausmachen, Frau Melzer. Ich bin ja nur der Fahrer. Wollen Sie sie gleich anrufen? Ich gebe Ihnen die Nummer vom Hotel.«

»Das geht leider nicht. Unser Telefon ist ... ist kaputt.«

»Telefon kaputt, Fenster kaputt, Enkelin im Krankenhaus ... ist eigentlich noch irgendwas in Ordnung bei Ihnen?« Sein Lächeln sollte andeuten, dass die Frage nicht ganz ernst gemeint war. Frau Sailer lächelte zurück: »Nicht viel. Aber Ihre Betten zum Beispiel sind sehr gut.«

Der Busfahrer wurde wieder ernst. »Aber wie kommen Sie dazu, so einen plötzlichen Entschluss zu fassen?«

»Ach ... ich ... den Kindern zuliebe.«

»Gut, deutsche Märchenstraße – da ist natürlich manches, was Kinder interessiert. Aber doch eher die Erwachsenen, die sich an ihre Kindheit erinnern. Und außerdem läuft diesmal doch das meiste in Japanisch.«

»Trotzdem ... Was denkt ihr beiden? Habt ihr Lust, morgen früh mitzukommen auf eine schöne Reise?«

»Na klar!«, sagte Thomas. »Aber die Schule ...«

»Das kläre ich schon.«

Marilena sagte: »Aber du kommst doch mit, Uroma?«

»Selbstverständlich, mein Schatz.«

»Und da gibt's keine bösen Männer?«

»Nein, da gibt's keine!«

Egon stellte sein Glas auf den Couchtisch. »Wollen Sie denn den Hof hier ganz alleine lassen? Entschuldigen Sie, es geht mich ja nichts an, aber ...«

»Ja«, antwortete Frau Sailer, ganz sicher, dass sie die richtige Entscheidung gefällt hatte. »Das kann hier alles ... meinetwegen sollen Einbrecher kommen. Wir sind einfach weg.« Sie legte die Arme um ihre Urenkel, die rechts und links neben ihr auf dem Sofa saßen.

»Aber dann müsst ihr jetzt schnell ins Bett gehen, damit ihr morgen ausgeschlafen seid. Ich zeige den Herren jetzt ihre Zimmer, und dann packe ich unsere Sachen für eine große, schöne Reise.«

Herr Kato hatte wohl nicht viel verstanden, aber er lächelte, als freute er sich mit.

15

Das Bett quietschte, als sich Erwin Schwarzenberg auf den Rand setzte. Seine Frau wachte aus dem Halbschlaf auf und lächelte ihrem Mann entgegen, ohne die Augen zu öffnen.

Er küsste sie und rezitierte:

»Nun wirst du aus dem Schlaf gezwungen!
Die heut'ge Schlacht steht am Beginn.
Der Tag mit tausend Forderungen
wirft dir den Fehdehandschuh hin.
Ergreif die Waffen! Auf! Und wag es,
und lach dem Feind keck ins Gesicht!
Stell dich dem Kampfe dieses Tages!
So schwierig wird's vermutlich nicht.«

Helga tastete mit der Hand auf der Bettdecke herum. »Ich finde ihn nicht.«

»Wen?«

»Den Fehdehandschuh.«

Erwin grinste und gab ihr als Antwort einen Kuss auf die Nasenspitze. »Der Kaffee ist fast fertig, meine geliebte Langschläferin.«

Helga zwang ein Auge auf, das rechte. »Siehst du, ein Anfang ist schon gemacht!«

»Mach das andere Auge auch mal auf und guck dir an, was ich gefunden habe.« Er legte etwas auf die Bettdecke, stand auf und öffnete die schweren Vorhänge. Licht flutete herein und veranlasste sie, das rechte Auge erst einmal wieder zu schließen. Ihre Hände ertasteten einen großen Briefumschlag. Da siegte ihre Neugier, und sie schlug beide Augen auf.

»Was heißt: gefunden?«

»Ich habe das Rätselheft gesucht, das ich eigentlich mitnehmen wollte, aber wahrscheinlich vergessen habe. An dem braunen Koffer ist doch so ein Außenfach mit Reißverschluss. Da drin war zwar nicht mein Rätselheft, dafür aber dieser rätselhafte Umschlag.«

Helga richtete sich im Bett auf und drehte das Fundstück hin und her. Der Umschlag aus kräftigem Papier enthielt offenbar einen etwa daumendicken Packen DIN-A4-Blätter und war nicht nur zugeklebt, sondern zusätzlich mit einem Streifen Klebefilm gesichert.

»Es steht nichts drauf.«

»Doch!«, sagte Erwin. »Nicht an der Stelle, wo man immer die Adresse hinschreibt. Aber da rechts unten steht was.«

»Krohn«, las sie. »So hieß doch der Gast, der am Tag unserer Abreise kam!«

»Ach ja? Das habe ich gar nicht mitgekriegt. Oder wieder vergessen.«

»Dann gehört der Umschlag ihm.«

»Ist zu vermuten. Aber wie kommt er in unseren Koffer?«

»Das muss ein Irrtum sein, eine Verwechslung . . . Vielleicht hat er da irgendwo gelegen, und jemand – Ute vielleicht – hat gedacht, er muss mit . . .«

»Aber Ute würde doch nicht einfach etwas für uns einpacken, ohne genau zu wissen, was es ist!«

»Sollte man meinen«, gab Helga zur Antwort.

»Oder die Kinder?«

Sie schüttelte den Kopf. »Warum sollten die Kinder . . .? Meinst du, sie wollten jemandem einen Streich spielen?«

»Ich weiß es doch auch nicht! Das Einzige, was ich weiß, ist, dass wir dieses Ding da haben, das uns nicht gehört. Und dass wir es so schnell wie möglich zurückschicken müssen.«

»Am besten gehen wir nachher bei der Post vorbei. Vielleicht braucht Herr Krohn das dringend.«

»Ich denke, ich muss es nicht extra einpacken, der Umschlag ist kräftig genug. Ich schreibe einfach drauf: Herrn Krohn, bei . . . und dann unsere Adresse.«

»Ja, mach das, Erwin. Aber erst wollen wir mal in Ruhe frühstücken.«

16

Frau Sartorius schloss die Tür auf. Da trat von der Seite ein Mann auf sie zu.

»Guten Morgen. Entschuldigen Sie – gehören Sie zu der Detektei Kranich?«

»Ja, ich bin die Sekretärin.«

»Kann ich einen der verantwortlichen Herren sprechen? Ich weiß, es ist sehr früh. Aber später habe ich keine Zeit.«

»Ja, kommen Sie herein! Es wird sicher nicht lange dauern, bis Herr Kranich kommt.«

Er folgte ihr in einen etwas schäbigen Flur. Das Büro, in das sie dann eintraten, hätte durchaus auch mal eine Renovierung vertragen können, war aber wenigstens ordentlich aufgeräumt.

»Nehmen Sie doch bitte solange Platz!«

»Danke.«

»Trinken Sie einen Tee mit? Ich koche sowieso welchen für meinen Chef.«

»Ach ja, wenn Sie so freundlich sein wollen.«

Er trank gerade den ersten Schluck, als ein Mann hereingestürzt kam. »Morgen, Frau Sartorius. Haben Sie schon den Bericht geschrieben?«

»Guten Morgen, Herr Kranich. Sie haben Besuch.« Seine Sekretärin deutete auf den Stuhl hinter der Tür.

»Ach . . . Guten Morgen. Kranich.«

»Guten Tag, Herr Kranich. Mein Name ist Wendt. Ich habe leider nicht viel Zeit, aber ich wollte . . .«

»Kommen Sie doch bitte mit in mein Büro.«

Kranich ließ seinen Gast vorgehen und folgte ihm, nicht ohne seiner Sekretärin noch zuzurufen: »Haben Sie für mich auch einen Tee, Frau Sartorius?«

»Aber natürlich, Chef. Kommt gleich.«

Kranich wies auf den nicht mehr ganz neuen Stahlrohrsessel – »bitte« – und setzte sich auf seinen Bürostuhl. »Was können wir für Sie tun, Herr Wendt?«

»Ich mache es kurz, weil ich nur wenig Zeit habe. Ich muss in einer knappen Stunde meinen Zug nach Amsterdam erreichen, wo ich beruflich für die Bank zu tun habe, in der ich arbeite. Ich bin geschieden. Meine geschiedene Frau wohnt mit unseren zwei Kindern bei ihren Eltern in der Nähe von Alsfeld. Das ist, wenn man von hier die Autobahn nach Kassel und Hannover fährt . . .«

»Ich weiß, wo Alsfeld liegt. Wer kennt nicht dieses prächtige Fachwerkrathaus!«

»Sie leben dort ziemlich einsam auf einem Aussiedlerhof. Ich hatte in letzter Zeit auch wenig Kontakt. Zum letzten Mal war ich im Mai dort, als meine Tochter fünf wurde. Sonst rufe ich gelegentlich mal an und spreche mit den Kindern. Und zahle natürlich.«

Frau Sartorius brachte ihrem Chef den Tee. Herr Wendt redete währenddessen weiter. Er schien es wirklich eilig zu haben.

»Vorgestern kam ein Anruf von der Großmutter meiner geschiedenen Frau, also von der Urgroßmutter meiner Kinder, verstehen Sie?«

»Das ist nicht schwer zu verstehen, finde ich.«

»Sie wohnt auch da. Sechsundachtzig ist sie. Sie erzählte mir etwas fast Unglaubliches, und ich war auch lange nicht sicher, ob ich es glauben sollte. Es hat dort offenbar einen Überfall gegeben. Ein Mann soll erschossen worden sein. Ein Fremder, sie haben vier Zimmer für Feriengäste. Und die Täter hätten Ute – also, das ist meine Frau, ich meine ...«

»Schon klar.«

»... von der Leiter gestoßen. Um sie umzubringen, weil sie alles gesehen hat, behauptet die Großmutter. Sie selbst und meine Tochter wären auch Zeugen, aber sie wären entkommen. Aber wie können eine sechsundachtzigjährige Frau und ein fünfjähriges Mädchen solchen Verbrechern entkommen? Das ist doch ... verstehen Sie, ich war einfach nicht sicher, ob das alles stimmt, was sie mir am Telefon erzählt hat. Aber vielleicht wollte ich es auch für Phantasterei halten, weil es mir ziemliche Probleme gemacht hätte, die Kinder zu mir zu nehmen. Das wollte sie nämlich, ich sollte ...«

»Die Großmutter?«

»Ja, sag ich doch!«

»Was ist denn mit Ihrer geschiedenen Frau?«

»Ach so, das habe ich vergessen zu erzählen. Sie liegt im Krankenhaus mit schweren Verletzungen im Koma.«

»Sagt die Großmutter.«

»Ja. Sie ist doch die Einzige, mit der ich gesprochen habe!«

»Und die Eltern Ihrer geschiedenen Frau?«

»Die sind im Urlaub.«

»Ich verstehe also richtig, dass zur Zeit die Kinder und ihre Urgroßmutter die einzigen Menschen auf dem Hof sind.«

»Ja.« Christian Wendt sah nervös auf die Uhr.

»Und was hat Sie veranlasst, sich nun doch Sorgen zu machen, nachdem Sie die Sache erst nicht so ...« Kranich ließ den Satz unvollendet.

»Sorgen habe ich mir auch vorgestern nach dem Anruf gemacht, und gestern. Aber ich ... verstehen Sie, ich kann unmöglich jetzt die Kinder betreuen. Heute habe ich diese Reise nach Amsterdam, und ich komme erst nächste Woche wieder. Und auch sonst – es steht für mich beruflich viel auf dem Spiel, grade in diesen Wochen und Monaten. Vielleicht habe ich die Gefahr für die Kinder darum etwas verdrängt und dachte, es wird schon ...«

Kranich winkte ab. »Das hatten wir schon. Und dann?«

»Ach so, ja, und gestern Abend wollte ich noch mal anrufen, um mich zu erkundigen, aber da kam ich nicht durch.«

»Wie – Sie kamen nicht durch?«

»Das Telefon schien kaputt zu sein. Ich habe dann bei Leuten aus dem Dorf angerufen. Ich wusste nur den Namen, aber die Auskunft hat mir die Nummer gegeben. Die bestätigten so ziemlich, was die alte Dame erzählt hatte. Das mit dem Telefon konnten sie auch nicht erklären. Heute Morgen habe ich's dann noch mal vergeblich versucht. Ich wollte auch die Polizei anrufen, aber welche Stelle hätte ich da fragen sollen? Und informieren musste ich die ja nicht mehr.«

»Und jetzt möchten Sie, dass wir uns drum kümmern, während Sie auf Ihrer Dienstreise sind.«

»Ja, bitte. Fahren Sie doch mal hin und gucken Sie, was da los ist. Und wenn wirklich Gefahr besteht für die Kinder, dann schützen Sie sie, oder ... ich weiß auch nicht, was man da machen kann.«

»Seien Sie ganz unbesorgt, Herr Wendt. Ich schicke einen meiner erfahrensten Mitarbeiter hin, noch heute Vormittag. Fahren Sie nur nach Amsterdam. Nehmen Sie meine Karte – hier –, da steht unsere Telefonnummer drauf. Sie können uns dann von Holland aus anrufen und sich nach dem Stand der Dinge erkundigen.«

»Ja, gut. Verstehen Sie, wenn es sich wirklich um Verbrecher handelt, dann wissen Sie ja auch viel besser ... ich meine, was soll ich als Banker da tun? Da ist es doch besser, ein richtiger Detektiv nimmt sich der Sache an. Ich kann Ihnen schon mal im Voraus einen Scheck ausstellen, wenn Sie möchten. Genau abrechnen können wir dann, wenn ich zurückkomme.«

Kranich nickte nur und rief dann laut: »Frau Sartorius!«

Die Sekretärin öffnete und erschien im Türrahmen.

»Ist Dirk Steinhaus noch mit der Sache von gestern beschäftigt?«

»Der hatte heute Nacht eine Observation. Er wird jetzt schlafen, nehme ich an.«

»Rufen Sie ihn an. Er soll so schnell wie möglich kommen.«

»Wie wäre es mit Rutemann, Chef? Der dürfte nicht so im Stress sein.«

»Nein, nein, in diesem Fall ... mein Gefühl sagt mir, dass hier ein dynamischer, junger ...« – er wandte sich an seinen Kunden –, »man entwickelt einen gewissen Instinkt im Lauf der Jahre. Steinhaus ist der geeignete Mann für diese Sache.«

»Gut.« Wendt sah wieder auf die Uhr und holte dann seine Brieftasche heraus. »Wie viel soll ich ...?«

»Lassen Sie mal!«, winkte Kranich ab, lässig wie ein Millionär, der an der Tankstelle auf die Pfennige verzichtet. Das brachte ihm auch gleich einen strafenden Blick von Frau Sartorius ein. »Wir schicken eine Rechnung, wenn unsere Arbeit erledigt ist. Aber wo Sie schon den Stift in der Hand haben – schreiben Sie doch bitte einen Brief, eine kurze Notiz an die alte Dame. Damit unser Mitarbeiter ihr den zeigen und damit belegen kann, dass er in Ihrem Auftrag da ist.«

»Ja, gute Idee. Hätten Sie mal einen Bogen Papier?«

»Ich hole einen«, sagte Frau Sartorius diensteifrig und eilte an ihren Schreibtisch.

17

»Natürlich nehme ich Sie gerne mit, Frau Sailer. Ich wollte nur sicher gehen, dass ich nicht später vorgeworfen bekomme, es wäre für die Kinder langweilig gewesen. Dieses Reiseprogramm ist eben für Erwachsene gedacht, und in diesem Fall noch besonders für Japaner.« Die Reiseleiterin redete so schnell und laut, dass Frau Sailer als Antwort nur zu einem Nicken kam.

Heute hatte Frau Melzer ihr Gehänge auf eine Kette beschränkt. Stattdessen quoll ein feuerrotes Tuch aus ihrem Halsausschnitt, wie Lava aus einem Vulkan, und floss über ihre Kostümjacke herab, bis es kurz vor dem zweiten Knopf erkaltete.

»Natürlich wird auch für die Kinder manches Schöne dabei sein, aber es sind zum Teil lange Fahrten, und die Erklärungen werden sie nicht verstehen . . .«

»Soll ich Ihnen gleich . . .«

»Lassen Sie das Portemonnaie mal in Ihrem Handtäschchen! Ich muss das erst mit der Zentrale klären. Den Pauschalpreis können wir Ihnen ja nicht abnehmen, wo Sie die ersten Tage nicht mitgemacht haben. Sage ich mal einfach so. Aber ich weiß nicht, wie der Chef darüber denkt. Und das mit den Quartieren für Sie und die Kinder sollen die auch von der Zentrale aus telefonisch erledigen. Damit wollen wir uns nicht belasten.«

»Ich bin Ihnen so dankbar, Frau Melzer!«

»Da gibt es doch nichts zu danken! Im Gegenteil – welches Reiseunternehmen freut sich nicht über Kunden. Aber jetzt entschuldigen Sie mich bitte. Ich muss noch telefonieren, und dann wird es Zeit, dass wir auf die Straße kommen.«

Um Henriette Sailer herum schwirrte das kleine Foyer des Hotels von japanischen Worten. Sie kam sich etwas verloren vor, ließ sich aber nichts anmerken, damit sich die Unsicherheit nicht auf Marilena übertragen sollte, die sie an der Hand gefasst hatte. Thomas half Egon, dem Busfahrer, beim Einladen des Gepäcks. Das heißt, er bemühte sich, eine große Reisetasche zu schleppen, sie schleifte aber dabei über den Teppich. Als einige der Japaner helfen wollten, wies er sie energisch zurück, und sie ließen ihn lächelnd gewähren.

Der junge Mann, der bei ihnen auf dem Hof übernachtet hatte, trat in Begleitung eines gar nicht asiatisch aussehenden Mädchens auf sie zu.

»Frau Sailer?« Die junge Frau reichte ihr die Hand. »Ich bin Sigrid Langefeld.«

»Guten Tag. Sailer.«

»Ich habe schon gehört. Eine kurz entschlossene Mitreisende mit ihren Urenkeln.«

»Ach – fahren Sie auch mit?«

»Ich bin die Übersetzerin.«

»Ach – sehen Sie, darüber habe ich noch gar nicht nachgedacht, dass ja auch ein Dolmetscher nötig ist! Und Sie können Japanisch?«

Das nette Fräulein nickte, und Herr Kato bestätigte: »Gut! Japanisch von Sigrid sehr gut!«

»Wie kann man nur freiwillig so eine schwere Sprache lernen!«, schüttelte Frau Sailer den Kopf.

»Das geschah ganz unfreiwillig. Ich bin in Japan aufgewachsen.«

»Ach so, na ja – dann ...«

Die durchdringende Stimme von Frau Melzer übertönte den allgemeinen Lärm. »Darf ich bitten, meine Damen und Herren, dass Sie nun wieder im Bus Platz nehmen.«

»Entschuldigen Sie mich bitte!«, sagte Sigrid Langefeld leise und rief dann laut: »Shinainaru Minasama, Dozo, oseki ni otsuki kudasai.«

Sie gab sich Mühe, der Reiseleiterin nicht an Lautstärke nachzustehen, aber es gelang nicht ganz.

Man setzte sich in Bewegung.

»Ich will am Fenster sitzen«, sagte Marilena. »Neben dir!«

Ihre Uroma antwortete: »Warte erst mal, mein Schatz. Die anderen haben sicher schon ihre Stammplätze. Die wollen wir nicht verdrängen.«

Als es so weit war, half der freundliche Herr Kato der alten Frau die Stufen hinauf. Frau Sailer ging nach hinten, gefolgt von den Kindern. Alle Reisenden, bei denen sie im Mittelgang vorbeikamen, lächelten ihnen freundlich zu. Weiter hinten, wo einige Plätze frei waren, diskutierten die Japaner, wie sie sich verteilen sollten, damit die neuen Gäste zusammensitzen konnten. Als das Ergebnis feststand, winkten sie freundlich und zeigten einladend auf zwei hintereinander liegende Bänke.

Thomas sagte: »Uroma, kann ich nicht vorne bei Egon sitzen?«

»Du sollst nicht Egon zu ihm sagen. Er heißt Herr Geißmann.«

»Nee, er hat gesagt, ich soll Egon sagen.«

»So? Na, meinetwegen.«

»Ich will bei ihm sitzen, Uroma! Vorne ist es viel schöner!«

»Das geht nicht, Thomas. Du siehst doch, da sitzen die Reiseleiterin und die Übersetzerin. Die müssen ans Mikrofon kommen.«

»Oooch . . .«

»Meine sehr verehrten Damen und Herren, liebe Gäste«, ertönte die Stimme von Frau Melzer aus dem Lautsprecher, und es folgte ein ähnlich langer Satz auf Japanisch. »Ich hoffe, Sie haben gut geschlafen und sind wieder fit für den nächsten Teil unserer Reise auf der deutschen Märchenstraße.«

Nach der Übersetzung war ein allgemeines zustimmendes Murmeln zu hören. Einer rief etwas, woraufhin seine Nachbarn, die es verstanden hatten, fröhlich lachten.

»Ehe ich noch einige Informationen zu diesem schönen Fachwerkrathaus nachtrage, das Sie ja alle gesehen haben, möchte ich unsere neuen Reiseteilnehmer begrüßen.«

Alle lächelten Frau Sailer und die Kinder erst nach der Übersetzung an. Nur ein Herr tat das schon nach den deutschen Worten, woraus Frau Sailer schloss, dass er wohl Deutsch verstand.

»Es ist weder Rotkäppchen mit seiner Großmutter«, fuhr Frau Melzer fort, »noch sind es Hänsel und Gretel.« Nach der Übersetzung ertönte wieder fröhliches Raunen. »Sondern es ist Frau Sailer mit ihren Urenkeln Thomas und Marilena.«

Egon ließ den Motor an und bugsierte den Bus behutsam aus dem engen Hof.

»Wie Sie sich denken können, sah es hier zu der Zeit von Rotkäppchen und Hänsel und Gretel noch ganz anders aus. Beide – oder ich muss wohl sagen, alle drei in beiden Märchen – mussten ja durch den tiefen Wald. Es gab im Mittelalter noch viel mehr Wald, und der war wild und Angst einflößend für die, die hindurch mussten. Wir werden später auf unserer Reise ein Stück Urwald sehen, das uns eine Vorstellung davon gibt. Aber keine Angst, heute ist alles ganz ungefährlich! Umso wichtiger waren die wenigen Fernstraßen.«

Die Notwendigkeit, immer wieder Pausen für die Übersetzung zu machen, wirkte sich hemmend auf den sonst so gewaltigen Redefluss von Frau Melzer aus, und ihre Sätze endeten sogar mit einem richtigen Punkt.

»Der Lage an solchen Fernstraßen verdankte auch Alsfeld seinen Reichtum. Das berühmte Rathaus wurde 1512 bis 1516 erbaut. Es fehlen also nur noch ein paar Jahre, dann ist es ein halbes Jahrtausend alt. Sie haben auch die vielen anderen Fachwerkbauten gesehen. Übrigens hat deren vorbildliche Restaurierung der Stadt viel Lob eingebracht. So hat der Europarat sie als Modell für vorbildliche Altstadtsanierung ausgewählt. Wir können uns dadurch eine Vorstellung machen vom Aussehen der Städte in der Zeit, in der die Märchen spielen. Allerdings müssen Sie Abstriche machen: Sicher waren die Häuser schmutziger als heute, die Straßen waren nicht gepflastert, und bei Regen muss es ziemlich matschig gewesen sein. Kanalisation gab es auch nicht, und ein ziemlicher Gestank wird geherrscht haben.«

Thomas, der hinter den beiden saß, stand auf und beugte sich vor. »Uroma, erzählt die von der Zeit, wo du noch ein Kind warst?«

»Nein, Thomas, von sehr viel früher.«

»Noch früher?«

Frau Sailer nickte. Thomas fuhr fort: »Aber du hast auch viel Spannendes erlebt, als du jung warst, stimmt's?«

»Ja, Thomas, viel.«

»Auch solche Sachen wie das mit den Mördern?«

»Nicht genauso. Aber im Krieg war auch vieles schrecklich. Aber lass uns nicht mehr davon sprechen, Thomas.«

»Okay, Uroma.«

18

Eine beschauliche Gegend, dachte Michael Wronski, als er die Straße zu dem Aussiedlerhof hinauffuhr. Sie wand sich durch Getreidefelder und eingezäunte Weiden, hier und da stand ein Obstbaum oder ein Gebüsch am Straßenrand.

Jetzt kam der Hof in Sicht. Ein recht großes Anwesen!

Die reinste Idylle!, dachte Michael Wronski gerade, als er um die Ecke bog und auf der anderen Seite einen Geländewagen verschwinden sah: Und zwar mit solch einem Tempo, dass er vom Asphalt auf den Randstreifen rutschte, und der rechte Hinterreifen beim Durchdrehen Dreck und Steinchen nach hinten schleuderte.

Der Kriminalbeamte gab Gas und folgte dem Fahrzeug. Wenigstens das Nummernschild wollte er sehen. Das kleine Sträßchen, das zum Wald führte, wurde sehr schmal. Dann hörte der Asphalt auf, und er fuhr nur noch über Schotter. Der Geländewagen musste auf Unebenheiten keine Rücksicht nehmen und vergrößerte den Abstand. Immerhin konnte Wronski aber auf einem geraden Stück das Autokennzeichen sehen. Er sagte es mehrmals laut vor sich hin, um es sich einzuprägen. Dann gab er die Verfolgung auf.

Er hielt an und griff zu seinem Handy. Eine Ringfahndung? Das hatte hier wohl keine Aussicht auf Erfolg. Er hatte hier sowieso keine Autorität und müsste das über seinen Chef machen. Bis das alles gelaufen wäre und die örtlichen Polizisten jeden Waldweg abgesperrt hätten, wären Wagen und Fahrer längst über alle Berge.

Er tippte eine Nummer ein. »Wronski hier. Morgen.«

»Morgen, Wronski. So früh schon tätig?«

»Hüte dich vor jeglicher Respektlosigkeit, Leifeld! Du sprichst mit einem der größten Kriminalisten, der je der Unterwelt auf den Leib gerückt ist.«

»Das sage ich Magnus.«

»Kannst du ruhig. Der kommt ja noch vor mir. Aber gleich danach komme ich.«

»Ach so. Warum hat mir das noch niemand gesagt? Dann hätte

ich dir mit meinen bescheidenen Möglichkeiten doch immer viel lieber unter die Arme gegriffen!«

»Das kannst du nachholen. Wirf mal deinen Computer an und sag mir, wem folgendes Autokennzeichen gehört: GI – SL 381.«

Wronski hielt den Hörer in der rechten Hand am Ohr, drehte den Oberkörper nach hinten und fuhr vorsichtig zurück, während er auf die Auskunft wartete.

»Wronski?«

»Ja.«

»Die Nummer gibt's nicht.«

»Sch ...«

»Na, der große Kriminalist wird doch wohl nichts sagen, was seiner unwürdig wäre?«

»Natürlich nicht. Ich habe es mit meinem detektivischen Gespür sowieso schon vorausgeahnt.«

»Freut mich, dass ich mit meinem dämlichen Computer dein Genie bestätigen konnte. Sonst noch was?«

»Nein, ich danke dir, Leifeld. Schlaf weiter!« Er drückte den Aus-Knopf.

Er musste noch einige hundert Meter rückwärts fahren, bis er auf den Hof kam. Da stand ein Auto, das eben noch nicht dagestanden hatte, ein alter grüner Opel.

Wronski sah sich vorsichtig um. Dann entsicherte er seine Dienstwaffe und stieg aus. Langsam ging er auf das Haupthaus zu und hielt sich dabei eng an der Wand der Scheune.

Schon bevor er an der linken der beiden Türen angekommen war, sah er, dass sie einen kleinen Spalt offen stand. Er duckte sich, huschte unter dem Fenster durch und stand nun an der Tür. Vorsichtig drückte er sie mit dem Lauf der Pistole weiter auf. Im gegenüberliegenden Winkel war niemand.

Aber im Flur? Wie er es gelernt hatte, kam er mit einer schnellen Bewegung herum, die Waffe schussbereit voraus. Niemand zu sehen.

Behutsam und leise ging er hinein.

Der erste Raum, in den er kam, schien die Küche zu sein. Aber sie war nicht sofort als solche zu erkennen. Es herrschte ein schreckliches Durcheinander. Schubladen waren herausgerissen und ausgekippt worden, elektrische Geräte und Scherben von Geschirr lagen auf dem Boden verstreut. Alle Schranktüren standen offen, eine Sammlung von Kochbüchern lag in der Spüle, Schürzen, Topflappen und Geschirrtücher türmten sich in einer Ecke.

»Guten Morgen, Herr Kommissar!«

Wronski fuhr herum. Es dauerte eine Sekunde, bis er alles mit den Augen abgesucht hatte. Dann entdeckte er zwei Beine in Jeans, Turnschuhe an den Füßen, die auf einer der oberen Treppenstufen standen.

»Kommen Sie mit erhobenen Händen runter!«

Langsam, Schritt für Schritt, kam ein etwa dreißigjähriger Mann ins Bild, schlank, mittelgroß, dunkles, kurz geschnittenes Haar. Er hob die Hände, aber nur lässig, die Ellbogen fast an der Hüfte.

»Was machen Sie hier?«

»Ich suche die Bewohner dieses Hauses.«

»Woher wissen Sie, dass ich von der Polizei bin?«

Der Mann lächelte: »Ich kenne Sie.«

»Sie kennen mich? Ich kann mich nicht erinnern, Ihnen schon mal vorgestellt worden zu sein.«

»Stimmt, das Vergnügen hatten wir auch noch nicht. Aber das lässt sich ja nachholen. Steinhaus ist mein Name, Dirk Steinhaus.«

»Woher . . .?«

»Und Sie? Oder legen Sie Wert darauf, dass ich Sie mit Ihrem Titel anspreche? Herr Kommissar? Herr Inspektor? Herr Polizeioberhauptwachtmeister?«

»Wronski. Aber nun sagen Sie endlich, woher Sie mich kennen!«

»Würde es Ihnen was ausmachen, diese Zimmerflak wegzustecken? Ich bin nicht der Einbrecher. Der muss schon weg sein.«

Wronski steckte seine Dienstwaffe ein, hielt aber die Augen misstrauisch auf den anderen gerichtet. Der war jetzt die Treppe vollständig heruntergekommen und stand direkt vor ihm im Flur.

»Ich bin Privatdetektiv. Vor einiger Zeit hat mich die Firma, für die ich arbeite, zu so einer obskuren Sekte geschickt. Ich habe mich als einer dieser frommen Leute ausgegeben . . .«

»Ach so.«

»Sie werden mich kaum wahrgenommen haben. Aber Sie als Polizist waren als Eindringling dort nicht zu übersehen in dem klösterlichen Frieden.«

»Der sich dann als gar nicht so friedlich herausstellte.«

»Richtig.«

»Und was machen Sie hier?«

»Hm. Fast hätte ich jetzt zurückgefragt, was Sie denn hier machen. Aber ich will Ihnen als Amtsperson ja nicht zu nahe treten. Ja, was mache ich hier? Ich bin vor drei Minuten – es können auch zehn oder zwanzig Sekunden mehr gewesen sein – hier angekommen, um einen Auftrag zu erfüllen. Aber ich sehe, dass das schwierig wird.«

»Und wie lautet der Auftrag, wenn ich das als Amtsperson noch fragen dürfte?«

»Die Uroma und ihre Urenkel zu beschützen, die hier wohnen. Es scheint, als wäre ich zu spät gekommen. Auftraggeber ist übrigens der Vater der Kleinen. Der kann sich nicht selber drum kümmern. Vielleicht ist es auch gut so, dass er dienstlich verhindert ist. Sonst hätte er sich am Ende von den Verbrechern heldenmütig erschießen lassen.«

»Warum hat nicht die Polizei den Schutz übernommen?«

»Das sollten Sie mal die Polizei fragen.«

»Hm. Haben Sie schon überall nachgesehen? Ist niemand mehr da?«

»Hier jedenfalls nicht. Höchstens nebenan. Aber nach vorläufiger Sichtkontrolle scheinen Tür und Fenster nicht aufgebrochen worden zu sein.«

»Ich habe sie wegfahren sehen und verfolgt. Aber umsonst. Ein Geländewagen mit gefälschtem Kennzeichen. Gehen wir mal da rein!«

Michael Wronski betrat das Wohnzimmer. Hier sah es ähnlich chaotisch aus wie in der Küche. Bücher lagen wild verstreut auf Teppich und Sofa. Die Scherben einer dickwandigen Vase auf dem Boden und eine Kerbe am Türrahmen ließen darauf schließen, dass sie die Vase hier absichtlich zerbrochen hatten, offenbar auf der Suche nach irgendetwas. Bei einem älteren Radio war die Rückwand herausgerissen. Die Kissen des Sofas und der zwei Sessel waren aufgeschnitten.

»Wie die Vandalen!«, knurrte Michael Wronski.

Dirk Steinhaus murmelte: »Nur dass die Vandalen wahrscheinlich keine Radios kaputtgemacht haben.« Es sollte eigentlich kein Scherz sein, danach war ihm gar nicht zumute. Er hatte nur neulich etwas über die Völkerwanderung gelesen, und da waren ihm die geschichtlichen Vandalen näher als die sprichwörtlichen.

Eine Weile blickte Wronski sich um, dann setzte er sich auf das zerschnittene Sofa. Steinhaus traute sich nicht und ließ sich auf der Armlehne eines Sessels nieder.

»Und jetzt?«, fragte er.

»Die Spurensicherung soll das alles hier mal unter die Lupe nehmen. Ich werde gleich anrufen.«

»Als Sie das Fahrzeug verfolgt haben – saßen da auch die Bewohner drin, oder nur die Einbrecher?«

»Ich weiß nicht.«

»Es ist ja nicht unwichtig, ob die Kerle die Uroma mit ihren Enkeln entführt haben, oder ob die vorher geflohen sind.«

»Das sehe ich auch so«, nickte Wronski.

»Sollte das Erstere der Fall sein«, spann Steinhaus seinen Faden weiter, »wären Sie am Zuge, und mein Auftrag wäre beendet. Sollten sie sich aber hier irgendwo versteckt haben – bei Bekannten vielleicht –, müsste ich meiner Pflicht nachkommen und sie finden.«

»Stimmt«, nickte Wronski.

»So viel Zustimmung habe ich schon lange nicht mehr gekriegt«, bemerkte Steinhaus verwundert. »Ich könnte mich in Ihrer Gesellschaft richtig wohl fühlen, wenn die widrigen äußeren Umstände nicht wären.«

»Sagen Sie jetzt aber bitte nicht, wir sollten Freunde werden.«

»Ich werde mich hüten – schließlich sind wir ja gewissermaßen Konkurrenten!«

»Aber ich hätte einen Vorschlag zu einer gemeinsamen Unternehmung zu machen: Wir könnten mal das Nebenhaus untersuchen und auch das Chaos hier etwas genauer unter die Lupe nehmen. Vielleicht finden wir einen Hinweis, der uns weiterhilft.«

»Aber gern, Herzensfreund und Waffenbruder!«

»Ich will nur noch mit meinem Chef telefonieren.« Er nahm sein Handy aus der Tasche.

19

Frau Melzer kam schwankend durch den Gang nach hinten und hielt sich dabei wechselweise rechts und links an den Rückenlehnen der Sitze fest. Bei ihren deutschen Fahrgästen angekommen, setzte sie sich neben Thomas auf die hintere der beiden Bänke und beugte sich vor, um mit Frau Sailer zu sprechen.

»Ich habe eine Bitte an Sie und die Kinder, Frau Sailer. Es ist aber wirklich nur eine Frage, und wenn Sie nein sagen, ist das überhaupt kein Problem, und ich bin Ihnen nicht böse. Ich dachte nur ... aber vielleicht sollte ich erst mal erklären ...«

Sie merkte, dass sie vornüber gebeugt nicht so bequem saß, was auch mit ihrer Figur zu tun hatte. Da die Kraft ihrer Stimme es ja auch nicht erforderlich machte, dass sie dem Ohr eines Zuhörers besonders nahe kam, lehnte sie sich zurück.

»Wir wollen ja unseren Gästen immer einiges bieten. Es reicht nicht, ihnen ein paar alte Dörfer oder Schlösser zu zeigen und die Beziehung von einzelnen Örtlichkeiten zu bestimmten Märchen herzustellen. In Steinau haben wir zum Beispiel ein Puppentheater besucht, zweimal auf unserer Fahrt gibt es abends Volksmusikkonzerte, und vor Hameln werden wir ein Stück auf einem Weserdampfer fahren. Heute Abend nun werden uns im Hotel einige Schwälmerinnen besuchen. Richtig in der alten Schwälmer Tracht. Die erklären dann einiges dazu, vielleicht bringen sie auch einen Schifferklavierspieler mit und machen einen kleinen Volkstanz. Die verdienen sich damit ein paar Mark. Nicht viel natürlich, sonst könnten wir uns das nicht leisten, aber sie tun es auch mehr, weil es ihnen selbst Spaß macht. Sie pflegen damit ihre Schwälmer Tradition, verstehen Sie?«

Frau Sailer nickte. Sie kannte Frau Melzer noch nicht so gut, sonst hätte sie gewusst, dass dies nur eine rhetorische Frage war und die wortgewaltige Dame mitten in ihrem Redefluss gar keine Antwort erwartete. Es ging auch gleich weiter:

»Als sie vor zwei Wochen bei einer amerikanischen Reisegruppe aufgetreten sind, haben sie vorsichtig ihre vielen Unterröcke gezeigt und deren Bedeutung erklärt, was bei unseren Gästen Staunen und vor allem Heiterkeit ausgelöst hat. Jedenfalls haben mir einige noch tagelang bestätigt, wie ›wonderful‹ das war. Ich übersetze dann selbst, da ich einigermaßen Englisch spreche. Nur des Japanischen bin ich leider nicht mächtig, deshalb brauche ich unsere gute Sigrid als Dolmetscher.«

»Verständlicherweise«, wagte Frau Sailer einzuwerfen, aber das Wort ging ganz unter im Redeschwall der Dame hinter ihr.

»Es ist Ihnen vielleicht bekannt, liebe Frau Sailer, dass zur Schwälmer Tracht bei den jungen Mädchen dieses kleine rote Häubchen gehört, genau in der Mitte auf dem Kopf sitzend wie der Apfel auf dem Kopf von Wilhelm Tell, nur festgebunden. Und da liegt es nahe anzunehmen, dass das Märchen vom Rotkäppchen hier seine Wurzeln hat. Wobei man allerdings sagen muss, dass neuere Forschungen herausgekriegt haben, dass es dieses Märchen in sehr ähnlicher Form auch in Frankreich gibt. Es ist also gut möglich, dass die Hugenotten es von dort mitgebracht haben, zumal die ›Viehmännin‹, die Frau Viehmann aus der Knallhütte in der Nähe von Kassel, von der die Brüder Grimm viele ihrer Märchen erzählt bekamen, von den Hugenotten abstammte, sie war eine geborene Pierson. Aber es kann natürlich auch sein, dass das Märchen aus Frankreich kam und beim Weitererzählen dem kleinen Mädchen hierzulande erst das rote Käppchen verpasst wurde. Wie dem auch sei – die Beziehung vom Schwälmer Land zum Märchen von Rotkäppchen und dem bösen Wolf ist offensichtlich, und ich werde darauf eingehen. Da kam mir nun gerade die Idee, ob wir das Märchen nicht heute Abend spielen könnten. Nicht richtig natürlich, von vorn bis hinten, mit auswendig gelerntem Text und so, aber vielleicht könnte Ihre Urenkelin sich als Rotkäppchen verkleiden. Wir haben das schon mal gemacht, und ich kann die nötige Garderobe besorgen. Und dann käme sie mit einem großen Schäferhund als Wolf in den Saal, während ich die Geschichte erzähle, und Sie stellen die Großmutter dar . . .«

»Nein, nein, Frau Melzer, schlagen Sie sich das aus dem Kopf! Ich spiele kein Theater, das kann ich nicht, und danach steht mir auch jetzt nicht der Sinn. Aber natürlich kann Marilena, wenn sie will . . .«

»O ja, Uroma, ich will gerne Rotkäppchen sein!«

»Prima!«, freute sich Frau Melzer so heftig, dass ihre Armreifen sie dabei mit einem leisen Klirren unterstützten. »Wir haben das schon mal gemacht, da waren Amerikaner hier. Sie machen sich ja keine Vorstellung, wie begeistert die waren! Und Ihr Urenkelchen wird goldig aussehen, glauben Sie mir! Unsere japanischen Gäste werden zutiefst gerührt sein! Es gibt da einen Schäferhund, ich hoffe, er lebt noch, er war damals schon alt, der ist ganz lieb und völlig ungefährlich. Er lässt sich von jedem führen. Er gehört einer der Damen vom Trachtenverein.«

»Wir hatten auch mal 'nen Schäferhund«, sagte Marilena.

»Na, siehst du – da weißt du ja schon, wie du damit umgehen musst.«

Thomas fragte: »Und was spiele ich?«

»Hm. Für dich gibt es in dem Märchen leider keine Rolle.

Höchstens der Jäger. Aber dafür gibt es kein Kostüm. Oder – das wäre eine Idee! – du könntest das Märchen vorlesen.«

»Ich fürchte«, meinte die Uroma, »das mit dem Lesen geht bei Thomas noch nicht flüssig genug.«

»Na ja, wir finden später sicher noch mal was für dich, Thomas.«

»Eine Frage noch, Frau Melzer: Wie spät wird es denn mit der Veranstaltung?«

»Sicher nicht später als neun. Wir fangen so gegen sieben oder halb acht an, je nachdem, wie lange wir fürs Abendessen brauchen. Aber wir können ja die Sache mit Rotkäppchen vorziehen, damit die Kinder nicht so spät ins Bett kommen. Jetzt entschuldigen Sie mich bitte, ich muss wieder etwas über Lautsprecher erklären.«

20

Jens bremste sein Fahrrad ab. Es kam ihm unheimlich vor, dass da ein fremder Mann vor ihrem Haus stand und das Namensschild zu lesen versuchte. Er sollte vorsichtig sein, hatte seine Mutter gesagt, man könne ja nie wissen, ob die Kerle, die auf dem Aussiedlerhof waren . . .

»Wohnst du hier in dem Haus?«

Jens nickte, blieb aber mit seinem Fahrrad vorn auf der Straße. Jetzt kam der Fremde auf ihn zu. »Ich habe geklingelt, aber es scheint niemand da zu sein.«

»Meine Mutter ist sicher einkaufen.«

»Du kommst wohl aus der Schule?«

»Was wollen Sie denn?«

Der Fremde lächelte: »Du hast Recht, dass du vorsichtig bist. Wäre ich an deiner Stelle auch, wenn in der Nähe so was passiert. Also – mein Name ist Dirk Steinhaus, und ich bin Privatdetektiv. Hier, sieh dir meinen Ausweis an!«

Jens nahm ihn entgegen und studierte ihn gründlich. »Ein richtiger Detektiv?«

»So ist es.«

»Wollen Sie die Verbrecher fangen, die da oben den Mann erschossen und Frau Wendt von der Leiter geschmissen haben?«

»Nein, das ist nicht meine Aufgabe. Das macht die Polizei. Aber ich will die Kinder von Frau Wendt beschützen, und die Uroma.«

»Kennen Sie die denn?«

»Nein. Ich werde dafür bezahlt, dass ich mich um sie kümmere. So ist das bei Privatdetektiven. Der geschiedene Mann von Frau Wendt bezahlt mich dafür.«

»Aha«, sagte Jens und reichte den Ausweis zurück. »Ich glaube Ihnen.«

»Das Vertrauen ehrt mich«, nickte Dirk. »Vielleicht kannst du mir dann auch helfen, sie zu finden. Sie sind nämlich nicht mehr auf dem Hof.«

»Auch Thomas und Marilena nicht?«

»Wir haben niemanden gefunden, der Mann von der Kriminalpolizei und ich. Wir haben alles abgesucht. Ihr wohnt ja hier als nächste Nachbarn direkt an der einzigen Zufahrtsstraße, darum wollte ich dich fragen ...«

»Man kann auch von der anderen Seite durch den Wald hinkommen. Aber da ist es eigentlich verboten. Nur mit dem Fahrrad geht es.«

»Ich weiß. Aber ich nehme nicht an, dass die alte Frau Sailer auf dem Fahrrad geflohen ist, einen Enkel auf dem Gepäckträger, den anderen auf der Lenkstange.«

Jens musste grinsen. »Nee.«

»Und Auto fährt sie sicher auch nicht, oder?«

»Nein, ich hab sie jedenfalls noch nie fahren gesehen.«

»Es stehen auch noch zwei Autos da.«

»Ja«, nickte Jens, »eins gehört Frau Wendt – der kleine Fiat –, aber die ist in Gießen im Krankenhaus. Und der blaue Opel gehört ihren Eltern. Die sind aber nicht da. Sind im Urlaub. Meine Mutter sagt, die haben gar keine Ahnung, was hier passiert ist.«

»Das heißt also, die drei können nicht mit einem Auto weggefahren sein. Aber warum bleibst du dauernd halb auf deinem Fahrrad sitzen? Steig doch ab und lass uns gemeinsam überlegen, wo die drei hingegangen sein könnten.«

Jens stieg ab und schob das Fahrrad zum Gartentörchen hinein. Er lehnte es an die Hauswand, nahm die Schultasche vom Gepäckträger und suchte den Haustürschlüssel in seiner Hosentasche.

»Kommen Sie rein!«

»Hat deine Mutter dir nicht gesagt, du sollst keine fremden Leute mit ins Haus bringen?«

»Nee.«

»Friedliche Gegend! Wäre bei uns in Frankfurt undenkbar.«

»Sie sind doch ein Detektiv.«

»Ja, aber mir reicht's, wenn wir uns auf die Treppenstufen setzen.«

Jens legte seine Tasche auf die Treppe und setzte sich darauf.

Dirk setzte sich ohne den ledernen Luxus daneben.

»Als das passiert war«, berichtete der Junge, »ist die alte Frau Sailer mit dem Traktor hierher gekommen. Da waren die Gangster hinter ihr her. Aber sie ist ihnen quer über Mühlmanns Weizenfeld davongefahren. Toll, was? Mühlmann ist ihr aber nicht böse, dass sie mitten durchs Feld . . . ich meine, so was ist ja eine besondere Situation. Da muss man eben auch mal . . . ich meine, wenn's um Leben und Tod geht, was ist da schon so ein bisschen Weizen!«

»Genau. Aber mit dem Traktor kann Frau Sailer auch nicht abgehauen sein. Der steht nämlich noch im Schuppen. Oder hatten die zwei?«

»Nein, nur den einen. Der ist ziemlich groß, aber schon ein paar Jahre alt.«

»Hast du Autos hier entlangfahren sehen?«

»Viele. Meistens Polizeiautos. Und auch der Krankenwagen, wie . . .«

»Nein, ich meine jetzt vor kurzem. Heute Morgen oder gestern Abend. Vielleicht auch in der Nacht. Ein Taxi vielleicht?«

»Nein, nur den Bus.«

»Was denn für einen Bus? Führt denn eine Linie da vorbei? Das kann doch nicht sein, wenn das eine Sackgasse . . .«

»Nein, doch nicht so ein Bus! So 'n Luxusteil, wissen Sie, wo die Leute mit in Urlaub fahren.«

»Ein Reisebus?«

»Ja. Der war früher schon mal da. Ich glaube, ein paar Mal. Da steht was von Märchen drauf. Und es sind so Bilder drauf gemalt: der Froschkönig, also, so 'n Frosch mit 'ner Krone, und Schneewittchen und die sieben Zwerge.«

»Der kam gestern hier vorbei? Was wollte der denn auf dem Hof?«

»Er hat bestimmt Gäste gebracht.«

»Ach so, ja, ich habe gesehen, dass es da vier Gästezimmer gibt. ›Ferien auf dem Bauernhof‹ steht vorne auf einem Schild.«

»Vielleicht sind sie ja damit weggefahren. Als ich heute Morgen in die Schule gefahren bin, da hat mich der Bus überholt. Da vorn bei der Kirche. Ich hab aber nicht gesehen, ob jemand drin saß. Ich meine, außer dem Fahrer.«

»Hm. Das könnte die Lösung des Rätsels sein. Und sonst hast du kein Auto gesehen?«

»Nein.«

»Kann ja auch nicht sein. Wenn Gäste da übernachtet und gefrühstückt haben, muss sie ja heute Morgen noch dagewesen sein, die Frau Saller. Und wenn sie danach weggefahren ist, hättest du es nicht gesehen, weil du in der Schule warst.«

»Stimmt! Man merkt, dass Sie ein Detektiv sind.«

»Das Lob freut mich! Kannst du mir sagen, wann dich der Bus überholt hat?«

»Das war so . . . äh . . . um halb acht ungefähr.«

»Und kurz nach acht war ich schon hier. Und der Polizist noch etwas früher. Hm – was schließen wir daraus? Na, nun zeig mal, dass du auch ein guter Detektiv werden könntest!«

»Dass Frau Sailer mit ihren Urenkeln wahrscheinlich mit dem Bus weggefahren ist.«

»Richtig, denn es blieb nicht viel Zeit dazwischen, um anders wegzukommen.«

»Immerhin noch 'ne halbe Stunde oder so.«

»Nein, weniger, weil die Verbrecher schon eine Weile auf dem Hof gesucht und ein schreckliches Chaos hinterlassen haben, bis wir kamen und sie flohen.«

»Ach so.«

»Wahrscheinlich haben sie den Hof beobachtet und trauten sich nicht rein, als die Gäste dawaren. Aber sobald die abfuhren, sind sie . . . oh . . . Mist!«

»Was ist?«

»Mir ist gerade was eingefallen. Ich muss schnell . . . kannst du mir mal ein Telefonbuch geben?«

»Klar. Sie können auch ruhig unser Telefon benutzen. Aber was ist Ihnen denn eingefallen?«

»Ach, das behalte ich lieber für mich.«

»Aber wir sind doch ein Team! Ich hab Ihnen schließlich geholfen!«

»Da hast du Recht . . . äh, wie heißt du eigentlich?«

»Jens.«

»Gut, Jens, ich sag's dir. Mir ist eingefallen, dass die Gangster sicher den Bus gesehen haben. Und wenn es stimmt, dass die drei damit abgereist sind, vielleicht, um sich in Sicherheit zu bringen, dann wissen die Verbrecher, wie sie sie finden können.«

Jens sah ihn nur mit großen Augen an.

»Überleg mal, Jens – weißt du, was der Bus für ein Kennzeichen hatte? Ich meine, wo er herkam? Oder stand vielleicht sogar ein Ort drauf?«

Jens schüttelte langsam den Kopf. »Nein . . . nein, mir fällt da nichts ein.«

»Weißt du, wo die anderen Gäste untergebracht waren? Ich meine die Teilnehmer der Reisegruppe. Hier oben können ja nur vier gewesen sein. Vielleicht sogar nur zwei, denn zwei Betten waren nicht benutzt. Gibt es noch andere Pensionen oder so was hier im Dorf?«

»Nein. Jedenfalls nicht, dass ich wüsste.«

»Gibt es in der Nähe ein Hotel?«

»Nein.«

»Die nächste Stadt ist Alsfeld, nicht wahr?«

»Ja, da gehe ich in die Schule.«

»Da gibt es aber doch Hotels, oder?«

»Ja, mehrere.«

»Jetzt könntest du mir mal das Telefonbuch geben.«

21

»Kommt mal mit mir, ihr beiden! Wir holen uns da ein Eis und gehen dann ein bisschen spazieren.«

»O ja, Uroma, gib mir das Geld, ich hole drei Eis für uns.«

»Nein, zwei reichen. Ich will keins. Hier hast du ein Fünfmarkstück.«

Marilena nahm die Münze und lief davon.

Thomas fragte: »Gehen wir nicht mit auf die Amöneburg, Uroma?«

»Nein, Thomas, das interessiert euch sicher nicht so. Da ist keine richtige Burg mehr zu sehen.«

»Aber warum heißt es denn so?«

»Früher war da eine Burg. Und noch früher war das ein wichtiger Mittelpunkt für die ganze Gegend. Da hat der Bonifatius eine Kapelle gebaut.«

»Wer?«

»Bonifatius. Das war ein Missionar, der kam aus England hierher, als unsere Vorfahren noch Heiden waren.«

»Die haben nicht an Gott geglaubt?«

»Jedenfalls nicht an den Gott der Bibel, und an Jesus, seinen Sohn, der auf die Erde kam. Ihr Gott hieß Donar, oder so ähnlich.«

»Wie? Donar? In meiner Klasse ist einer, der heißt Donat.«

»Na, der ist sicher nicht mit dem Donar verwandt. Aber das Wort Donner ist damit verwandt. Sie glaubten nämlich, dass ihr Gott im Himmel so 'n Getöse macht, wenn's donnert. Bonifatius hat ihnen dann gesagt, dass das nicht stimmt. Es gibt nur einen wahren Gott, und Donar ist nur eine Erfindung.«

»Haben sie ihm das geglaubt?«

»So einfach wohl nicht. Später hat er dann die Donareiche gefällt. Das war eine uralte, mächtige Eiche. Die war den Germanen heilig. Sie glaubten, wenn einer sie nur berührt, schickt Donar einen Blitz, der ihn erschlägt. Bonifatius hat die Eiche umgehauen, aber es kam kein Blitz. Da haben die Germanen ihm wohl geglaubt. Wenigstens ein bisschen.«

»War das da oben auf der Amöneburg?«

»Nein, das mit der Eiche war weiter nördlich. Da kommen wir noch hin. Wahrscheinlich. Hier war nur eine Kapelle, wo . . .«

Marilena kam angerannt. »Hier, Thomas, für dich hab ich Nuss mitgebracht. Ich hab Erdbeer. Da ist das restliche Geld, Uroma. Beeilt euch, die anderen sind ja schon da oben!«

»Wir gehen nicht mit rauf«, erklärte Thomas. »Uroma kann nicht so gut den Berg raufgehen.«

»Na, ein bisschen höher kann ich schon noch«, lächelte die. »Aber ich wollte mit euch was Wichtiges besprechen, da ist es besser, wir drei bleiben mal unter uns.«

»Was willst du denn besprechen, Uroma? Was wegen Mama?«

»Oder mit den Mördern?«, ergänzte Thomas.

»Seht mal, wir sind hauptsächlich mit diesem Bus mitgefahren, um uns vor diesen bösen Männern in Sicherheit zu bringen. Sie waren ja gestern Abend wieder da und . . .«

»Wenn wir uns nicht versteckt hätten, dann hätten sie uns vielleicht auch abgeknallt«, meinte Thomas. Seinem Gesichtsausdruck nach zu schließen betrachtete er das Ganze wie eine Art besonders spannenden Wildwestfilm. Marilena blickte ganz anders drein, ängstlich, entsetzt.

»Jedenfalls war es gut, dass gerade der Reisebus kam. Aber jetzt habe ich mir überlegt, wie es weitergehen soll. Diese Fahrt ist ja irgendwann zu Ende. Und dann? Da kam mir eine Idee: Hier in der Nähe wohnen ganz liebe Leute, die ich von früher kenne. Sie haben einen Steinmetzbetrieb. Vielleicht könnt ihr da eine Zeit lang bleiben, bis alles wieder in Ordnung ist und die Verbrecher gefasst sind . . .«

»Aber du kommst doch mit, Uroma?«

»Ich dachte, ein paar Tage oder vielleicht eine oder zwei Wochen könnt ihr alleine dableiben. Ich muss ja zu Hause nach dem Rechten sehen. Und wenn alles klar ist, hole ich euch wieder ab.«

Marilena drängte sich an sie. »Ich will nicht alleine zu fremden Leuten!«

»Du wirst sehen, mein Schatz, die Leute sind ganz lieb. Und Thomas ist doch auch dabei. Allerdings muss ich erst mit ihnen telefonieren. Ich weiß ja noch nicht, ob das überhaupt geht. Nur – ehe ich anrufe, wollte ich euch fragen, ob ihr einverstanden seid.«

Thomas sagte: »Ich finde das eine gute Idee, Uroma. Ich habe auch keine Angst vor den Leuten. Und dann müssen wir nicht den ganzen Tag im Bus sitzen. Da können wir doch sicher spielen und rumlaufen?«

»Natürlich. Da kann euch nichts passieren.«

»Und wann fahren wir da hin?«

»Heute noch. Morgen fährt der Bus ja schon weiter, und wir müssten wieder zurück. Es ist nicht weit von hier, in der Nähe von Marburg. Wir lassen uns dann mit einem Taxi hinbringen.«

»Aber Oma«, sagte Marilena, »dann kann ich ja nachher gar nicht das Rotkäppchen spielen! Dabei wollte ich das so gerne!«

»Weißt du was, Marilena? Weil du so brav bist und so mutig, darfst du zur Belohnung heute Abend noch das Rotkäppchen spielen. Wir fahren dann eben erst hinterher.«

Frau Sailer hatte den Spaziergang zielstrebig auf eine Telefonzelle hingelenkt. Zuletzt waren sie davor stehen geblieben. Jetzt ging sie hinein, setzte die Lesebrille auf und suchte im Telefonbuch. Die Kinder drängten sich mit hinein.

»Rühl. Da gibt es eine ganze Menge. Moment . . . ach so, da hinten in Klammern steht immer der Ort. Mit ihrem Betrieb werden sie ja nicht umgezogen sein. Wilhelm – da ist er! Da steht's auch: Steinmetz. Thomas, lies mir doch mal die Zahlen vor, ich tippe sie dann ein. Du kannst sie besser lesen.«

Thomas war stolz, helfen zu können.

»Rühl.«

»Gertrud Rühl?«

»Gertrud? Nein, hier ist Renate Rühl. Gertrud war meine Schwiegermutter. Aber die lebt schon seit zwei Jahren nicht mehr.«

»Ach so . . . entschuldigen Sie bitte!«

»Worum geht's denn? Kann ich Ihnen vielleicht helfen?«

»Ich bin Henriette Sailer . . .«

»Ach, Frau Sailer! Sie waren doch schon ein paar Mal hier, oder?«

»Ja, sicher, ich . . . Entschuldigen Sie, ich hatte eine große Bitte an Ihre Schwiegermutter, aber wenn sie nun nicht mehr . . . das wusste ich ja gar nicht.«

»Sie ist ziemlich plötzlich gestorben.«

»Ich hatte gedacht . . . sie war ja zehn Jahre jünger als ich, und ich bin noch ganz gut beieinander . . . Na ja, dann war sie vierundsiebzig, als sie starb. Das ist ja auch eigentlich nicht zu früh.«

»Kann ich Ihnen irgendwie helfen, Frau Sailer?«

»Nein, nein, Frau Rühl! Für Ihre Schwiegermutter wäre es eigentlich schon eine Zumutung gewesen, und das wäre es für Sie erst recht. Nein, vielen Dank!«

»Tun Sie mir einen Gefallen?«

»Ja, sicher, gerne.«

»Sagen Sie mir, was Sie von meiner Schwiegermutter wollten. Und dann sehen wir weiter.«

Frau Sailer spürte die Körper ihrer Urenkel, die sich in der engen

Zelle an sie drängten. Musste sie es nicht versuchen? Um der Kinder willen! Auch wenn es nicht ihre Art war, dreist um Hilfe zu bitten.

Sie hatte Gertrud Rühl bei einer Kur in Bad Wildungen kennen gelernt. Sie hatten sich gut verstanden und sich später gelegentlich gegenseitig besucht. Einmal hatte Gertrud sie gefragt, ob sie an einer Freizeit teilnehmen wolle, die ihre Kirchengemeinde veranstaltete und bei der noch Plätze frei waren. So hatten sie eine schöne gemeinsame Woche im Allgäu verbracht.

Mit zunehmendem Alter und abnehmender Beweglichkeit waren die Besuche seltener geworden und hatten schließlich ganz aufgehört.

Renate war nicht mit im Allgäu gewesen, aber Henriette Sailer erinnerte sich an sie: eine zur Fülle neigende Frau, die im Betrieb ihres Schwiegervaters die Buchhaltung machte. Etwas langsam in ihren Bewegungen, aber zielstrebig. Und mit sehr freundlichem Wesen.

»Frau Sailer, bitte! Scheuen Sie sich nicht!«

»Ja, gut, ich erzähle es Ihnen. Aber denken Sie bitte nicht, ich wollte Sie bedrängen, mir . . .«

»Ich denke erst mal gar nichts und höre nur zu. Also – nur Mut!«

»Bei uns zu Hause war ein Überfall. Da wurde ein Mann ermordet. Wir haben das gesehen. Und jetzt suchen die Mörder uns. Ich denke mir, weil wir Zeugen sind, verstehen Sie? Ute, meine Enkelin, hätten sie fast umgebracht. Sie liegt schwer verletzt im Krankenhaus. Meine Kinder sind nicht da, die sind im Ausland. Jetzt bin ich mit meinen beiden Urenkeln alleine. Verstehen Sie, ich . . . ich . . .« Ihre Stimme wurde brüchig, sie schluckte, dann hatte sie sich wieder einigermaßen in der Gewalt. »Ich muss auf einmal Verantwortung für die Kinder übernehmen. Es ist ja kein anderer da! Aber ich . . . das ist schon so lange her, dass ich für Kinder sorgen musste. Ich bin eine alte Frau. Sechsundachtzig bin ich.«

Marilena verstand nicht alles, aber sie spürte, dass ihre Urgroßmutter litt, und schlang die Arme um sie.

»Möchten Sie, dass ich komme, Frau Sailer? Ich kann . . .«

»Nein, wir sind ja von zu Hause geflohen, weil es da zu unsicher war. Bitte, denken Sie nicht, ich wüsste nicht, was ich rede! Ich weiß, die Geschichte hört sich merkwürdig an. Aber ich bin ganz klar im Kopf! Sie können auch die Kinder fragen, sie sind bei mir in der Telefonzelle.«

»Ich glaube Ihnen doch! Wo sind Sie denn?«

»Ganz in Ihrer Nähe, in Amöneburg.«

»Und da wollten Sie fragen, ob Sie hier bleiben können? Aber natürlich können Sie das! Das ist doch selbst . . .«

»Nur die Kinder! Nur ein oder zwei Wochen, bis alles geklärt ist. Ich will weiter . . . das ist alles kompliziert, und ich kann es nicht am Telefon erklären. Ich wollte einfach, dass die Kinder in Sicherheit sind, wo die Verbrecher sie nicht suchen, und wo sie versorgt sind.«

»Kommen Sie, Frau Sailer. Die Kinder können gerne hier bleiben. Sind Sie mit einem Auto da? Oder soll ich Sie abholen?«

»Nein, wir kommen mit einem Taxi.«

»Warum? Das ist doch so teuer! Ich hole Sie ab! Sagen Sie mir nur, wann und wo!«

»Wenn Sie wirklich so freundlich sein wollen . . . Wir sind heute Abend noch auf einer Veranstaltung in Treysa. Ich müsste Sie noch mal anrufen und Ihnen genau sagen, wo das ist.«

»Eine Veranstaltung? Na, das können Sie mir ja dann später erzählen.«

»Sind Sie nachmittags zu Hause – dann würde ich noch mal anrufen?«

»Ja, ich bin hier.«

»Ich danke Ihnen, Frau Rühl. Ich freue mich sehr!«

»Ich tue es gern. Bis später!«

Frau Sailer legte auf. Ein Stein wollte ihr vom Herzen fallen, aber sie wusste noch nicht sicher, ob sie ihn fallen lassen sollte.

22

»Dirk Steinhaus ist dran, Herr Kranich.«

»Stellen Sie durch!«

Der Chef der Detektei Kranich legte seinen Kugelschreiber quer auf den Text in der Akte, damit er nachher gleich wusste, wo er weiterlesen musste.

»Steinhaus? Was gibt's?«

»Ein ziemliches Durcheinander gibt's, Chef. Als ich auf dem Hof ankam, war alles durchwühlt, aber die Leute, die ich beschützen sollte, waren weg. Die Verbrecher waren auch weg, aber dafür war wenigstens die Polizei da.«

»Wie schön! Gerade noch rechtzeitig, um den Schaden wenn schon nicht zu verhindern, so doch wenigstens in Augenschein zu nehmen!«

»Im Prinzip haben Sie da sicher nicht ganz Unrecht, Chef. Aber als treuer Staatsbürger muss ich doch darauf hinweisen, dass auch bei unserem Freund und Helfer nicht alles immer so einwandfrei funktionieren kann. Niemand ist fehlerfrei.«

»Ganz neue Töne von Ihnen, Steinhaus.«

»Dazu kommt, dass der Mensch vom Morddezernat mit mir ein gutes Team gebildet hat bei der Durchsuchung des Hauses und der Analyse des Falles.«

»Ach - und was war das Ergebnis dieser Teamarbeit?«

»Zum Beispiel sind wir zu dem Schluss gekommen, dass die Kerle offenbar etwas gesucht haben.«

»Nicht schwer zu erraten, wenn alles durchgewühlt war. Darauf wäre ich sogar alleine gekommen.«

»Und dass ihre Attacken auf die Familie wohl nicht - oder nicht nur - dem Ziel gedient haben, Zeugen zu beseitigen, sondern das zu finden, was sie suchten.«

»Hm. Mag sein. Aber Steinhaus - Sie wollen doch nicht etwa sagen, Sie brechen die Sache ab, weil die Leute nicht in Gefahr sind? Wir haben zurzeit nicht so viele Aufträge. Weiß auch nicht, woran das liegt. Die Ehemänner scheinen treuer geworden zu sein.«

»Oder die Ehefrauen gewöhnen sich an die Untreue ihrer Männer.«

»Also, bleiben Sie dran!«

»Klar. Zumal ja durchaus noch eine Gefahr bestehen kann für die Greisin und ihre Urenkel. Ich habe also mit meinem angeborenen Geschick und meinem unübertroffenen Fleiß – die Ihnen ja bekannt sind, wenn auch nicht angemessen honoriert – weiter Recherchen angestellt und bin zu folgendem Ergebnis gekommen: In der letzten Nacht haben zwei Personen einer Reisegruppe in den Gästezimmern auf dem Hof übernachtet. Heute Morgen sind die drei mit ihnen zu der Gruppe gestoßen und abgereist. Das war für sie die einfachste – vielleicht auch einzige – Möglichkeit, hier so schnell wie möglich zu verschwinden.«

»Eine Reisegruppe? Wohin reisen die denn?«

»Das klingt ja so, als gäbe es hier keine touristischen Ziele, Chef. Dabei hat das schöne Hessenland doch eine Fülle von Attraktionen zu bieten. Schneewittchen zum Beispiel, den Froschkönig, Brüderchen und Schwesterchen und den Rattenfänger von Hameln.«

»Hameln liegt in Niedersachsen.«

»Ach so, na jedenfalls . . .«

»Also mal ernsthaft, Steinhaus! Wohin sind die gefahren?«

»Ganz genau weiß ich es auch noch nicht. Immer die Deutsche Märchenstraße entlang. Ich habe mir hier eine Karte gekauft, in der Hoffnung, sie als Arbeitsmaterial in Rechnung stellen zu können, da ist die Route genau eingezeichnet. Aber an einigen Stellen teilt sich die Strecke, da gibt es sozusagen die rechten Märchen und die linken. Märchenabstecher gibt es auch. Aber wenn ich von Ihnen grünes Licht kriege, rufe ich mal bei der Zentrale an und lasse mir genau sagen, was die Reisegruppe zu besichtigen gedenkt und wo sie übernachtet.«

»Tun Sie das, Steinhaus! Und melden Sie sich wieder, wenn es eine neue Entwicklung gibt. Spätestens heute Abend. Wenn unser Auftraggeber anruft, muss ich wissen, was ich ihm sagen soll.«

»Alles klar, Chef. Ich hefte mich an ihre Spuren wie der Jägersmann an die vom bösen Wolf. Leider hinterlassen die Reifen eines Busses nicht . . .«

»Also, frisch ans Werk, Steinhaus! Sie werden die Spuren schon finden.« Kranich legte auf.

Frau Sartorius stand vor ihm mit der Unterschriftenmappe. Er sah sie einige Augenblicke an, als sähe er durch sie hindurch.

»Ist was, Chef? Bin ich schlecht gekämmt heute Morgen?«

»Sagen Sie mal, Frau Sartorius, gab es nicht ein Märchen, wo jemand Brotkrumen als Spuren ausgelegt hat, dass er wieder den Rückweg findet?«

»Ja, Hänsel und Gretel. Wie kommen Sie denn darauf?«

»Ach, nur so.«

»Aber die Vögel haben die Brotkrumen gefressen, da verirrten sich die Kinder im Wald.«

»Ach so. Hoffentlich kein schlechtes Omen.«

23

Sigrid Langefeld stand im Gang und beugte sich herunter. »Marilena, tust du mir einen Gefallen? Setz dich doch mal neben deinen Bruder! Ich wollte mich ein bisschen mit deiner Uroma unterhalten.«

Marilena sah fragend ihre Urgroßmutter an. Die nickte ihr aufmunternd zu. Da stand das Kind auf und ging zu Thomas in die Reihe dahinter. Henriette Sailer rutschte mit einiger Mühe ans Fenster, und Sigrid setzte sich daneben.

»Wenn ich aufdringlich bin, verzeihen Sie mir, Frau Sailer. Ich kann jederzeit wieder nach vorn gehen, wenn Sie es wünschen.«

»Nein, nein! Es tut mir gut, mich ein bisschen zu unterhalten.«

»Eben, das dachte ich mir. Weil Sie ja sicher nicht fließend Japanisch sprechen. Und Frau Melzer kann sich natürlich nicht so viel Zeit nehmen.«

»Sie haben auch viel zu tun.«

»Im Moment grade nicht. Glücklicherweise grenzt hier nicht ein historisch wichtiger Ort an den andern. Ich meine, es steht nicht alles voller Dornröschenschlösser und Rapunzeltürme. Und die Reiseteilnehmer wollen ja auch nicht dauernd zugelabert werden.«

»Zuge . . . was?«

»Gelabert. Das sagt man heute so, die jungen Leute haben sozusagen ihre eigene Sprache.«

»Ach – beherrschen Sie die auch außer Japanisch und richtigem Deutsch?«

Sigrid lachte. »Ich lebe schon viele Jahre wieder hier. Nur meine Kindheit und – sagen wir – frühe Jugend habe ich in Japan verbracht.«

»Wie kam das?«

Frau Sailer gehörte nicht zu jenen Alten, die sich in sich selbst zurückziehen und sich mit ihrem eigenen Erfahrungsschatz zufrieden geben. Sie konnte, fand Sigrid, neugierig gucken wie ein kleines Kind. Uroma Sailer konnte sich nur nicht entschließen, ob sie ihren neugierigen Blick durch die Lesebrille schicken sollte oder darüber hinweg. Die Entfernung ihrer Gesprächspartnerin lag gerade zwischen den Idealbereichen Nah und Unendlich. So nickte sie immer leicht, um zu wechseln.

»Mein Vater war Missionar. Aber jetzt arbeitet er wieder hier in Deutschland.«

»Ach so. Das finde ich vernünftig, dass Sie Ihre Sprachkenntnisse weiter pflegen.«

»Ich will Dolmetscherin werden. Zurzeit studiere ich in Frankfurt!«

»So, Missionar . . . hm. Es ist ja wahrscheinlich eine sehr dumme Vorstellung – aber bei dem Wort Missionar denke ich immer an einen Weißen mit Tropenhelm, der mit einem Gefolge von schwarzen Trägern in einem Negerkral erscheint und . . .«

Sigrid lachte wieder. Es klang ansteckend fröhlich und unbefangen und tat Frau Sailer gut. »Das war im vorigen Jahrhundert, als die Grenze zwischen Mission und Kolonisation nicht immer so ganz klar war.«

»Na ja, oder der Missionar im Urwald bei den Indios, immer schwankend zwischen Gottvertrauen und der Angst vor Giftpfeilen aus dem Blasrohr. Oder der Missionar frierend unter den Eskimos. Aber dass es in einem Land mit hoher Kultur auch Missionare gibt . . .« Frau Sailer wirkte ein wenig, als schämte sie sich über solche Gedanken. »Na ja, ist ja eigentlich klar. War wirklich eine dumme Vorstellung. Der Missionar soll ja nicht Kultur bringen, sondern Evangelium.«

»Genau.«

»Früher war in unserer Gemeinde immer ein Blatt von einer Mission ausgelegt. Aber das gibt's schon lange nicht mehr. Damals habe ich das ziemlich regelmäßig gelesen und dafür gebetet. Aber das ist alles . . . wie soll ich sagen . . . in Vergessenheit geraten.«

»Für die Mission zu beten, meinen Sie?«

»Nein, ich meine . . . ich weiß nicht, wie ich es sagen soll. Ich glaube immer noch an Gott, verstehen Sie mich nicht falsch! Aber es gab Zeiten, da . . . da . . . ich geb's auf, ich weiß nicht, wie ich es beschreiben soll.«

»Es gab Zeiten, da war Gott Ihnen näher?«

»Ja, so könnte man's sagen.«

»Oder Sie hatten zumindest das Gefühl, er wäre Ihnen näher. Und heute meinen Sie, er wäre nicht nahe bei Ihnen.«

»Ja. Dass Sie das so gut beschreiben können! Sie sind doch noch so jung.«

»Trotzdem gibt es auch in meinem Glaubensleben Auf und Ab. Manchmal bin ich total happy, ich meine, ich freue mich, dass ich Gottes Kind bin, und manchmal ist das alles ziemlich futsch. Aber nur das Gefühl, verstehen Sie? Die Tatsache bleibt immer gleich, unabhängig vom Gefühl. Die Tatsache, dass ich Gottes Kind bin. Ich bin sicher, das ist bei Ihnen auch nicht anders.«

Uroma Sailer sah ihre Gesprächspartnerin einige Augenblicke schweigend an; die lächelte zurück.

»Sie können das so schön sagen, Fräulein Sigrid, das tut richtig gut. Haben Sie das bei Ihrem Vater gelernt?«

Sie lachte wieder. »Weiß ich nicht. Wir haben auch in unserem Jugendkreis oft darüber gesprochen.«

»Jugendkreis?«

»In Japan. Kato war auch dabei. Sie kennen ihn ja schon.«

»Ach so, der freundliche Herr Kato! Ist er Ihretwegen nach Deutschland gekommen?«

Sigrid lachte wieder, aber es klang ein bisschen anders. »Äh – vielleicht . . . ein bisschen meinetwegen.«

»Ich dachte, die heutige Jugend würde gar nicht mehr rot«, lächelte Frau Sailer. »Aber das war wohl auch nur so ein Vorurteil. Aber lassen wir das, wenn Sie nicht darüber reden möchten. Kehren wir zu unserem Thema von eben zurück. Als ich jetzt auf einmal Verantwortung für die beiden Kleinen übernehmen musste, fiel mir auf einmal auf, dass ich kaum etwas zu ihrer christlichen Erziehung beigetragen habe. Ich hab sie natürlich sehr gern. Aber Kinder sind auch manchmal anstrengend für eine alte Frau. Da war es bequem, mich zurückzuhalten. Meine Kinder waren ja auch noch da, und an erster Stelle natürlich meine Enkelin. Junge Leute wollen ja auch meistens nicht, dass wir Alten uns in die Erziehung einmischen. Sicher auch zu Recht. Aber ich hätte doch mehr Gelegenheiten suchen müssen . . . denken Sie, die kennen kaum biblische Geschichten!« Es schien ihr sehr wichtig zu sein, dem jungen Mädchen ins Gesicht sehen zu können, denn jetzt nahm sie ihre Brille ab und putzte sie mit dem Saum ihres Rockes.

»Ich glaube, für mich war es sehr wichtig, dass ich als Kind vieles aus der Bibel gehört habe«, meinte Sigrid.

»Natürlich! Kinder sind noch offen. Selbstverständlich später, wenn sie erwachsen werden und bewusster über alles nachdenken – nun, es muss noch mal auf den Prüfstand. Aber es ist doch sehr viel einfacher, wenn dann schon ein Fundament gelegt ist.«

»Das sehe ich auch so, Frau Sailer. Und wenn Sie es mir nicht übel nehmen, wenn ich als junger Spund Ihnen als älterer Dame einen Rat gebe: Besinnen Sie sich wieder auf Ihr Fundament!«

Frau Sailer nickte. »Ich bin sogar dankbar für Ihren Rat, Fräulein Sigrid. Wissen Sie, man sagt ja immer: Not lehrt beten.«

»Nicht immer.«

»Nein, nicht immer. Aber mich treibt die Angst dieser Tage dazu, mich zu Gott zu flüchten, sozusagen . . . Sie wissen sicher, was ich meine mit der Angst?«

»Ein bisschen. Das, was Sie Frau Melzer erzählt haben und was ich von Kato weiß, habe ich zu einem Bild zusammengesetzt, das aber noch sehr bruchstückhaft ist. Wenn Sie wollen, können Sie mir ja alles etwas genauer erzählen.«

»Das tue ich sogar gerne, weil es mir hilft, wenn ich mit jemandem darüber reden kann. Aber lassen Sie mich zuerst zu Ende bringen, was ich eben sagen wollte: Ich schäme mich ein bisschen, dass ich in den letzten Jahren so wenig an Gott gedacht habe, und nun, wo es mir dreckig geht, bitte ich ihn um Hilfe.«

»Sich zu schämen vor Gott ist ja nichts Schlechtes. Bitten Sie ihn ruhig um Hilfe! Besser jetzt als gar nicht. Besser die Not lehrt beten, als dass man überhaupt nicht mit Gott redet.«

Frau Sailer blickte der jungen Frau in die Augen, als wollte sie prüfen, ob die es ehrlich meinte. »Wirklich?«

»Ganz bestimmt! Ich komme mir fast anmaßend vor, wenn ich Ihnen so was sage. Aber ich sage es trotzdem: Gott schmollt nicht, dass Sie sich erst jetzt wieder auf ihn besinnen, sondern er freut sich, wenn Sie sich an ihn wenden mit Ihrer Angst. Er freut sich wie . . . wie eine Urgroßmutter, die das Vertrauen ihrer Urenkel nicht enttäuschen wird, wenn die sie um Hilfe bitten.«

Frau Sailer lächelte. »Danke! Sie helfen mir, Fräulein Sigrid! Aber nun zu dem Grund unserer Reise.« Und sie erzählte alles, was sich in den letzten Tagen zugetragen hatte. Der Bericht dauerte, bis der runde Fachwerkturm von Neustadt mit den vier angesetzten Türmchen ins Blickfeld kam.

24

»Interessant!«, sagte Herbert Magnus, lehnte sich zurück und verschränkte die Hände hinter dem Kopf.

Sein Assistent Wronski antwortete: »Du siehst eher gelangweilt aus, gar nicht so, als wäre mein Bericht interessant. Mein großer Meister, der berühmte Kommissar Magnus, hat mich gelehrt, auf solche Widersprüche zwischen Worten und Körpersprache der Menschen, mit denen ich es zu tun habe, sorgfältig zu achten.«

»Ich denke nach. Mach mal nicht so viele unnötige Worte!«

Michael Wronski machte einen übertriebenen Schmollmund. »Da setzt man sich ein bis zur Grenze seiner Leistungsfähigkeit, arbeitet mit großem Erfolg und sogar unter Lebensgefahr, und dann kommt man in sein geliebtes Büro zurück, berichtet seinem hoch geachteten Chef und . . . ach, was soll's? So ist nun mal das Leben.«

»Du hast gut gearbeitet. Gut so?«

»Danke, Chef! Das baut mich jetzt richtig auf!«

»Und sicher hast du bei deiner ungewöhnlichen kriminalistischen Umsicht auch gleich die Spurensicherung auf den Bauernhof bestellt.«

»Selbstverständlich, Chef. Und ich habe sie angewiesen, nicht nur Spuren zu sichern, sondern auch nach irgendetwas Ausschau zu halten, das die Typen gesucht haben könnten.«

»Gut. Oder, um es noch aufbauender zu sagen: sehr gut. Warten wir also das Ergebnis ab. Übrigens habe ich auch etwas Neues zu melden.«

»Von unserem Fall?«

»Ja. Die KTU hat natürlich routinemäßig nach der Fahrgestellnummer des BMW gefahndet. Aber die war – na, was wohl, mein gelehriger Schüler?«

»Weggeschliffen.«

»Richtig. Aber ... nun – vollende diesen Satz! Aber ...«

»Aber ein gewiefter Kriminalist lässt sich davon nicht schrecken. Denn mit modernen Methoden kann man die Nummer auch dann noch feststellen, wenn sie gar nicht mehr da ist.«

»Weil ...?«

»Weil der Einschlag der Ziffern in den tieferen Schichten des Metalls Strukturveränderungen hinterlässt, die nicht auszulöschen sind.«

»Richtig. Unglücklicherweise wissen die Ganoven heute manchmal auch schon, was ein Kriminalist weiß. Unsere jedenfalls wussten es und haben entsprechend gehandelt, woraus sich was schließen lässt?«

»Dass sie vielleicht doch Profis waren.«

»Sollte man meinen. Zumindest begabte Amateure.«

»Und wie haben sie versucht, unseren fortschrittlichen kriminalistischen Methoden zu trotzen?«

»Rate mal!«

»Dafür fehlt mir die kriminelle Phantasie. Vergiss nicht, großer Meister, dass ich mein Leben lang auf der Seite der Guten gekämpft habe!«

»Dann sage ich es dir: Sie haben zusätzlich Ziffern eingeschlagen, über die anderen, und dann erst das Ganze weggeschliffen. Also ist das, was jetzt übrig und zu sehen ist, ein verwirrendes Durcheinander von Zeichen. Wenn irgendeine Zahl erkennbar ist, was schon schwierig genug ist, weiß man nicht, ob es sich um eine originale oder eine nachträglich eingeschlagene handelt.«

»An dieser Stelle würde mir jetzt ein unanständiges Wort entschlüpfen, würde mich nicht meine gute Erziehung daran hindern.«

»Recht so! Behalte es im Mund!«

»Iiii!«

»Kreiner von der KTU meint aber, es sei nicht ganz aussichtslos, doch noch die richtige Nummer rauszukriegen. Oder wenigstens Teile davon, die uns dann mit entsprechenden Informationen vom Werk weiterhelfen könnten.«

Wronski nickte und betrachtete die Fotografie, die Magnus ihm rüberschob. Er konnte nichts erkennen. Nach einer Weile sah er auf.

»Jedenfalls unterstreicht dies alles, dass wir es wohl mit irgendeiner Organisation zu tun haben, nicht mit Einzeltätern. Und dass ihnen die Sache ungeheuer wichtig ist, sonst würden sie sich nicht so viel Mühe machen. Und das wiederum heißt, wir dürfen es auch nicht so auf die leichte Schulter nehmen, wie das die Kollegen offenbar am Anfang getan haben.«

»Auch auf die Gefahr hin, dass zu viel Lob dich stolz machen könnte: Ich stimme dir auch hierin zu.«

25

»Herr Doktor, können Sie mal ein Gespräch annehmen von der Großmutter von Frau Wendt?«

»Der Großmutter?«

»Ja, Sie wissen doch, diese dramatische Geschichte. Stand auch heute Morgen in der Zeitung. Aber ohne Einzelheiten. Anscheinend wissen sie immer noch nicht viel.«

»Stellen Sie's durch!« Als es knackte, meldete er sich: »Doktor Busat.«

»Guten Tag, Herr Doktor. Ich bin die Großmutter von Ute Wendt, die bei Ihnen liegt.«

»Ja, wie war noch mal Ihr Name?«

»Sailer. Henriette Sailer.«

»Ja, Frau Sailer, der Zustand Ihrer Enkelin ist weiterhin kritisch. Es besteht nach aller medizinischen Erfahrung keine Lebensgefahr mehr. Aber es ist noch ein weiter Weg, bis sie wieder rumlaufen kann.«

»Werden Schäden zurückbleiben?«

»Das können wir jetzt noch nicht mit Sicherheit sagen, Frau Sailer.«

»Sie ist noch im Koma, oder?«

»Ja. Aber das heißt nicht, dass Sie nicht kommen können. Das hätte auch den Vorteil, dass wir besser über alles reden könnten als am Telefon.«

»Würde ich gerne, Herr Doktor, aber das geht im Moment nicht. Die Situation ist etwas kompliziert. Utes Eltern sind im Ausland. Ich kümmere mich um die zwei Urenkel. Aber weil die Verbrecher ... ich weiß nicht, ob Sie wissen, dass meine Enkelin nicht einfach so von der Leiter gefallen ist, sondern dass die umgestoßen wurde. Und die Täter sind immer noch hinter uns her. Darum bin ich mit den Kindern geflohen, damit sie uns nichts tun können. Ich bin also gar nicht zu Hause, verstehen Sie, ich habe auch kein Auto.«

»Hm. Wirklich kompliziert.«

»Ich wollte Sie bitten, Herr Doktor, wenn meine Enkelin wieder zu sich kommt, sagen Sie ihr nichts von diesen Dingen. Sie soll sich keine Sorgen machen.«

»Aber sie wird fragen. Vermutlich erinnert sie sich ja auch, dass jemand einen Anschlag auf sie verübt hat.«

»Ja, das ist wahr. Was könnten Sie da sagen? Sie wird sich erinnern, dass ihre Tochter in Gefahr war. Sagen Sie ihr, wir wären am Leben und gesund und in Sicherheit. Wenn sie Genaueres wissen will, ja, ich weiß nicht ...«

»Ich pflege meinen Patienten die Wahrheit zu sagen, Frau Sailer. Ich werde sagen, dass Sie in Sicherheit sind und nur nicht kommen können, dass Sie aber telefonisch mit uns in Verbindung stehen. Das reicht vielleicht fürs Erste.«

»Ja. Ich danke Ihnen, Herr Doktor. Ich rufe wieder an.«

Der Arzt legte auf, erhob sich und öffnete die Tür zum Vorzimmer. »Kommt Ihnen das alles nicht komisch vor, Frau Hubmann? Die Großmutter von Frau Wendt! Die muss doch uralt sein. Und reist mit zwei kleinen Kindern in der Gegend herum. Weil sie sich von Verbrechern verfolgt fühlt!«

»Sie hat aber auf mich keinen verwirrten Eindruck gemacht am Telefon.«

»Nein, sicher, sie redet ganz vernünftig. Aber es gibt ja auch einen Realitätsverlust, den man nicht gleich merkt.«

»Eigentlich wäre das doch Sache der Polizei, wenn sie wirklich in Gefahr ist.«

»Komisch. Wirklich komisch.«

»Aber vielleicht ist es genauso schwierig, die Polizei von der Wahrheit ihrer Geschichte zu überzeugen wie uns.«

»Nun ja. Unsere Aufgabe ist es, unsere Patientin wieder auf die Beine zu bringen. Alles andere . . .«

Er ließ den Satz unvollendet und wandte sich seinen Röntgenbildern zu.

26

»Goldig! Wunderhübsch!«

Frau Melzer schlug vor Begeisterung die Hände zusammen wie ein Kind. Nur hätten bei einem Kind dabei nicht so viele Armreifen geklirrt.

Sie tänzelte um die Gruppe von Frauen herum, die teils standen, teils hockten. In ihrer Mitte stand Marilena in Schwälmer Tracht. Eine der Frauen zupfte den weiten Rock so, dass die Falten gerecht um die ganze Hüfte verteilt waren, eine zweite steckte mit einer Sicherheitsnadel ein zu langes Band fest, eine dritte rückte das rote runde Ding auf dem Kopf gerade, Namensgeber und wichtigstes Utensil für Rotkäppchen.

Ein alter Mann führte mit vielen beruhigenden Worten einen fast ebenso alten Schäferhund heran und ließ ihn an dem Kind schnuppern, um den Grund zu einer Freundschaft zu legen. Die beruhigenden Worte wären aber kaum nötig gewesen, denn das Tier zeigte keinerlei Fremdheit, geschweige denn Aggressivität. Dass so wenig von dem Wolf, den er darstellen sollte, in seinem Wesen erkennbar war, mochte zu einem Drittel an Zucht und Erziehung, zu zwei Dritteln an seinem vorgerückten Alter liegen.

»Sehr schön! Wunderbar! Unsere Reiseteilnehmer werden begeistert sein!«, freute sich Frau Melzer. »Gibt es hier einen Spiegel?«

»Vorn in der Hotelgarderobe«, lächelte eine der Damen, die offensichtlich auch mit ihrem Werk zufrieden war.

Man führte Marilena zur Garderobe und gab ihr die Leine des Hundegreises in die Hand. Das Tier folgte auch willig, als hätte es sein Leben lang nichts anderes gemacht, als auf den Brettern, die die Welt bedeuten, Wölfe darzustellen.

Als Marilena sich mit Hund im Spiegel sah, breitete sich ein stolzes und zufriedenes Lächeln auf ihrem Gesicht aus. Wie ein Model auf dem Laufsteg drehte sie sich und bewunderte sich von allen Seiten.

Frau Melzer warf noch einen letzten entzückten Blick auf das märchenhafte Bild und eilte dann in den Speisesaal, wo die Japaner auf ihr Essen warteten. Zwei Kellnerinnen teilten Getränke aus.

»Liebe Gäste!«, rief die Reiseleiterin mit lauter Stimme, was ihr bei ihrem Naturtalent nicht schwer fiel, und Sigrid übersetzte. »Ich sagte Ihnen ja bereits, dass wir uns hier in der Landschaft befinden, in der das Märchen vom Rotkäppchen zu Hause ist. Nun darf ich Ihnen eine freudige Überraschung ankündigen, damit Ihnen die Zeit bis zum Abendessen nicht zu lang wird. Es ist uns gelungen, Rotkäppchen höchstpersönlich zu einem kurzen Besuch bei uns einzuladen.«

Allgemeines freudiges und erwartungsvolles Gemurmel ging durch den Saal.

»Und sogar den bösen Wolf hat es mitgebracht! Darf ich bitten, Rotkäppchen!«

Die Damen vom örtlichen Volkstanz-, Trachten und Geschichtsverein schoben ihr Werk durch die Tür. Da trat es nun ein – Rotkäppchen wie aus dem Bilderbuch, stolz und strahlend, der Wolf friedlich an seiner Seite. Entzückte Ausrufe und Beifall brandeten auf.

Marilena ging, ohne dass man ihr entsprechende Regieanweisung hätte geben müssen, zwischen den Tischen hindurch, ließ sich bewundern und strahlte die ostasiatischen Freunde der Grimmschen Märchen so herzlich an, dass denen das Herz aufging. Der wohlerzogene Hund an ihrer Seite schnupperte an keinem Teller, höchstens mal an einem Schuh, ließ sich von ungezählten Händen streicheln und verstand es, seine altersbedingte Apathie als den heuchlerischen Scheinfrieden des bösen Wolfs aus dem Märchen erscheinen zu lassen.

Einige Minuten genoss Marilena so die allgemeine Bewunderung. Sie hätte gern noch weitergemacht, aber Frau Melzer führte sie nun wieder hinaus, erstens, weil sie ein Gespür dafür hatte, dass man eine Darbietung vor dem Absinken des dramatischen Effektes beenden muss, zweitens, weil ein Wink aus der Küche ihr bedeutete, dass nun das Essen aufgetragen werden sollte. Draußen aber erlaubten die Schwälmer Frauen dem Kind, noch ein wenig vor dem großen Spiegel auf und ab zu schreiten, und eine machte sogar noch drei Fotos mit Blitz.

Henriette Sailer war zum ersten Mal seit Tagen etwas entspannt. Dass ihre Urenkelin wenigstens für einige Minuten den Druck der beängstigenden Situation vergessen und unbeschwert glücklich sein konnte, machte auch sie glücklich. Selbst Thomas freute sich neidlos mit seiner Schwester und war fast ein bisschen stolz auf ihren Erfolg. Allerdings trug das Schnitzel mit Pommes vor ihm auf dem Tisch nicht unwesentlich zur Schaffung einer positiven Grundstimmung bei.

Später kam Marilena – wieder in Rock und Bluse aus dem Kaufhaus und ohne Kopfbedeckung – auch zu ihnen an den Tisch und aß klaglos ihre inzwischen schon etwas erkalteten Pommes.

Als sie damit fertig war, stellte ihr Frau Melzer eigenhändig einen großen Eisbecher hin, während alle anderen sich mit einem relativ bescheidenen Eis als Nachtisch begnügen mussten. Es war so viel, dass sie nicht alles schaffte, so dass Thomas den Rest essen durfte.

Frau Melzer kam wieder an den Tisch. »Ihr Besuch ist draußen, Frau Sailer.«

Das brachte die drei wieder in die Wirklichkeit zurück.

»So, dann kommt mal, ihr beiden!«

»Egon hat das Gepäck der Kinder schon vor den Eingang gestellt«, sagte Frau Melzer.

»Danke! Sie sind alle so freundlich zu uns!«

»Ist doch selbstverständlich. Frau Sailer, lassen Sie sich doch bitte am Empfang den Schlüssel für Ihr Zimmer und den Haupteingang geben. Falls es spät wird, bis Sie zurückkommen.«

Frau Rühl stand an der Rezeption und begrüßte alle drei so freundlich, dass Frau Sailer alle Sorge verlor, die Sache könnte ihr lästig sein. Im Gegenteil – sie sprach sehr herzlich mit Thomas und Marilena. Es schien, als empfände sie den Umgang mit kleinen Kindern als das Schönste von der Welt, das sie nun schmerzlich vermisste, seit ihre eigenen Nachkömmlinge Teenager waren.

Während der etwa halbstündigen Fahrt erzählte Henriette Sailer der Bekannten, was sich ereignet hatte.

»Ich sage Ihnen auch ganz ehrlich, Frau Rühl, es ist ja nicht ausgeschlossen, dass Sie damit auch in Gefahr geraten. Die Verbrecher wissen zwar nicht, dass die Kinder bei Ihnen sind, aber angenommen, sie kriegen es doch irgendwie raus . . .«

»Ach, Unsinn, Frau Sailer! Wie sollten sie das rauskriegen? Ich mache mir keine Sorgen, und Sie sollten sich auch keine machen!«

»Ja, sicher. Ich denke mir auch, die haben es eher auf mich abgesehen, weil ich den Mord beobachtet habe. Marilena war zwar auch dabei, aber die wissen ja, dass die Aussage eines Kindes vor Gericht nicht viel wert ist. Also werden sie wohl die Kinder in Ruhe lassen. Darum dachte ich, es sei gut, wenn wir uns trennen.«

»Ich werde Gott bitten, dass nicht nur den Kindern nichts passiert, sondern auch Ihnen. Wir sind da.«

Sie fuhren auf einen Hof. Rechts stand das Wohnhaus, dahinter eine Halle als Werkstatt. Links lagerten Steinblöcke in unterschiedlichen Farben und halbfertige Grabsteine auf Paletten, darüber ein Laufkran.

Sie stiegen aus, und die Kinder sahen sich scheu um.

»Kommt nur, ihr beiden. Morgen kann euch Manuel, mein Jüngster, das alles zeigen und erklären. Wenn ihr wollt, könnt ihr auch mal an einem Stein meißeln. Hast du Lust, Thomas? Na, du kannst es dir ja noch überlegen. Aber kommt erst mal rein, ihr kriegt noch was zu essen.«

»Ich bin dick-satt, ich will nichts mehr«, sagte Marilena. Thomas ergänzte: »Aber Durst hab ich noch.«

Herr Rühl erschien in der Tür.

»Willkommen, Frau Sailer! Meine Frau hat mir alles erzählt, und den Rest können Sie ja noch ergänzen. Natürlich nehmen wir die Kinder gerne hier auf.«

»Das ist wirklich freundlich, Herr Rühl. Ich bin Ihnen ja so dankbar!«

»Keine Ursache! Ich kann mich übrigens noch gut an Sie erinnern. Meine Mutter hat Sie sehr geschätzt.«

»Leider hat der Briefwechsel zum Schluss ziemlich nachgelassen.«

»Kommen Sie rein.« Die Gäste folgten ihm ins Haus. »Ja, wenn man älter wird, macht alles mehr Mühe, hat Mutter immer gesagt. Das galt auch beim Briefeschreiben.«

Seine Frau korrigierte: »Wenn man alt wird, sagte sie immer. Sie ärgerte sich, wenn es hieß, sie sei älter. Ich bin nicht älter, sondern alt, hat sie dann immer betont.«

»Ja«, sagte Henriette Sailer, »merkwürdig, nicht wahr? Es gilt als beleidigend, wenn man jemanden alt nennt. Aber älter darf man ruhig sagen. Dabei ist älter doch eigentlich eine Steigerung von alt.«

Frau Rühl stellte jedem der Kinder ein Glas mit Saft hin.

»Thomas und . . . deinen Namen habe ich vergessen. Wie heißt du noch mal?«

»Marilena.«

»Marilena. Ein schöner Name.«

»Sie können auch Rotkäppchen zu ihr sagen«, meinte Thomas und freute sich selbst am meisten über seinen Witz.

Henriette erklärte: »Gerade vorhin hat sie das Rotkäppchen gespielt. Sie war ganz toll verkleidet und hatte sogar den bösen Wolf bei sich.«

Sie plauderten noch ein wenig, bis die beiden Kinder ihren Saft ausgetrunken und sich etwas an die neue Umgebung gewöhnt hatten. Dann gingen die beiden Frauen mit ihnen die Treppe hinauf. In einem Zimmer mit vielen Bücherregalen, einer Stereoanlage mit gewaltigen Boxen und großen Postern von Sängern an der Wand war eine Couch als Bett bezogen. An der gegenüberliegenden Wand war ein Lager auf einer Luftmatratze hergerichtet.

»Das ist das Zimmer von Markus. Der studiert in Bonn. Einer von euch muss leider auf der Luftmatratze schlafen.«

»O ja, ich!«, rief Thomas begeistert.

Frau Rühl zeigte ihnen Bad und Toilette, während die Urgroßmutter die Koffer auspackte. Zehn Minuten später lagen sie in ihren Betten. Uroma drückte sie zum Abschied an sich, erst Thomas und dann Marilena.

»Seid schön lieb zu Frau Rühl, ja? Tut, was sie euch sagt. Es ist sehr freundlich von ihr, dass sie euch hier wohnen lässt, da dürft ihr es ihr nicht noch extra schwer machen!«

»Ich bin ja immer lieb, Uroma«, stellte Marilena fest. »Das musst du Thomas sagen!«

»Ich sage es euch beiden. Und nach ein paar Tagen komme ich wieder und hole euch ab. Bis dahin haltet ihr es sicher auch mal ohne mich aus. Stimmt's?«

»Na klar!«, beteuerte Thomas.

»Ach, jetzt haben wir kein Buch, um etwas zur guten Nacht vorzulesen. Da muss ich euch eine Geschichte aus dem Kopf erzählen.«

»Rotkäppchen!«, bat Marilena.

Thomas fragte: »Kann die Frau auch Geschichten erzählen?«

»Die Frau heißt Frau Rühl, das habe ich dir doch schon mal gesagt.«

»Kann die Frau Rühl auch Geschichten erzählen?«

Sie kam heran. »Sagt ruhig Tante Renate zu mir. Ja, ich habe meinen Kindern auch immer Gutenachtgeschichten erzählt«, lächelte sie.

Thomas meinte: »Dann soll sie doch besser eine erzählen. Uroma, du kannst uns ja noch oft genug welche erzählen. Aber wenn wir nur ein paar Tage hier sind . . . Ich meine, vielleicht kennt sie Geschichten, die du nicht kennst.«

»Rotkäppchen!«, forderte Marilena nochmals.

»Quatsch! Rotkäppchen! Das kennen wir doch schon! Was Spannendes.«

»Rotkäppchen ist auch spannend!«

Frau Rühl setzte sich auf den Rand von Marilenas Bett. »Märchen kenne ich nicht so gut. Aber ich erzähle euch eine Geschichte, die in diesem Haus wirklich passiert ist. Der Vater von meinem Mann war auch schon Steinmetz. Es gab aber wenig für ihn zu tun, und er konnte nicht genug verdienen. Es war eine schwere Zeit. Da sollte für ein großes Gebäude in Marburg eine Fassade gemacht werden. Wisst ihr, was das ist? Da werden Platten aus schönem Stein vor ein Haus gesetzt, das sonst ganz hässlich aussehen würde. Mehrere Betriebe mussten ein Angebot machen, das heißt, sie sollten sagen, was das bei ihnen kostet. Vater hatte günstig Steinblöcke eingekauft aus einem Steinbruch. Und weil er auch billig arbeitete, war er sicher, dass er die Arbeit machen und das Geld verdienen durfte.

Da sagte ein Angestellter von der Firma, Vater sollte ihm Geld extra geben, dann würde er den Auftrag bekommen. Bestechung nennt man so was. Aber Vater hat sich geweigert. Das ist unehrlich, sagte er. Da kriegte jemand anders den Auftrag. Er war sehr traurig. Einige in der Familie machten ihm Vorwürfe. Aber er sagte: Ich gehöre zu Jesus und richte mich nach dem, was er sagt. Ich kann einfach nicht unehrlich handeln. Mein Herr im Himmel wird mich nicht im Stich lassen, wenn ich tue, was er will. Und wenn es mir auch schlecht geht, will ich ihm doch treu bleiben. Dann machte die Firma mit dem Haus pleite und konnte den anderen Steinmetz nicht bezahlen, so dass seine Firma auch pleite ging. Vater hatte keine Schadenfreude, aber er war froh, dass er den Auftrag nicht bekommen hatte, sonst wäre es das Ende seines Betriebs gewesen. Kurz darauf bekam er zwei andere große Aufträge. Und wisst ihr, was er aus Dankbarkeit gemacht hat? Er hat einen dicken Brocken von dem Stein genommen, aus dem er eigentlich die Fassadenplatten schneiden wollte, hat eine Fläche glatt geschliffen und hineingemeißelt: Gott ist mein Fels. Das steht in einem Psalm. Den Brocken hat er vorn an die Ecke unseres Grundstücks gesetzt. Da steht er heute noch, und ihr könnt ihn euch morgen früh ansehen.«

»Toll!«, sagte Thomas. »Gut, dass er nicht gemogelt hat.«

»Ehrlich währt am längsten, heißt ein Sprichwort«, ergänzte Uroma. Aber Frau Rühl war das nicht deutlich genug: »Ich glaube, dass Gott ihm geholfen hat. Es ist wichtig, dass wir ehrlich sind. Aber noch wichtiger ist, dass wir Gott vertrauen. Er macht es schon gut. Und er weiß am besten, was gut für uns ist.«

»So, jetzt wird aber geschlafen!«, mahnte Uroma.

Thomas richtete sich auf. »Ich will noch was sagen.«

»Was denn, Thomas?«, fragte Frau Rühl.

»Das ist ja auch so mit den Verbrechern. Ich meine, wenn wir Gott bitten, hilft er uns, dass die uns nichts tun. Denke ich mir mal so. Kann doch sein, oder?«

»Ja, da hast du sicher Recht«, sagte Uroma und strich ihm über den Kopf. Aber sie war nicht sicher, ob sie es selbst glaubte.

Marilena sagte: »Uroma, jetzt musst du noch beten!«

Das tat sie auch – kurz, wie sie es gewöhnt war. Sie war etwas irritiert, als nach ihrem »Amen« Frau Rühl sich anschloss und sehr konkret für Dinge betete, die ihr nie eingefallen wären. Zum Beispiel betete sie, dass die Mörder ihre Schuld erkennen und umkehren sollten. Sogar der Vater der Kinder kam in dem ausführlichen

Gebet vor. Frau Sailer konnte sich nicht erinnern, wann sie das letzte Mal einen positiven Gedanken an ihn verwandt hatte.

Thomas blinzelte erstaunt über seine gefalteten Hände hinweg, als das Nachtgebet so lange dauerte. Als er feststellte, dass alle drei die Augen geschlossen hatten, drückte er seine auch schnell wieder zu, bis das »Amen« ihn aufatmen ließ.

Noch ein paar Abschiedsworte, ein Winken an der Tür, dann waren sie allein.

»Thomas«, sagte Marilena, »schläfst du schon?«

»Nee, so schnell doch nicht!«

»Hast du die Geschichte gut gefunden, die uns die Frau erzählt hat?«

»Ja, ganz gut.«

»Ich nicht so.«

»Ja, ich weiß, du wolltest lieber Rotkäppchen hören. Das ist doch blöd!«

»Wieso soll das blöd sein?«, fragte Marilena empört.

»Na, weil es so was nicht wirklich gibt!«

»Wieso nicht?«

»Du kannst fragen! Ein Wolf frisst doch nicht eine ganze Großmutter und das Rotkäppchen dazu.«

»Meinst du, weil die da nicht reinpassen?«

»Klar! Und wenn, dann nicht ganz. Dann würde der Wolf sie stückweise fressen. Aber nicht so, dass der Jäger dem Wolf den Bauch aufschneidet, und alle beide kommen ganz gesund wieder rausgekrochen.«

»Ach so.« Ihre Stimme klang enttäuscht.

»Jetzt sei nicht traurig. Als Geschichte ist es ja ganz nett. Aber in Wirklichkeit ist eben alles ganz anders.«

»Aber wieso erzählen sie denn so was, wenn's das gar nicht gibt?«

»Weiß ich doch nicht. Vielleicht einfach, weil die Kinder Spaß dran haben. Vielleicht auch . . . ach, vergiss es!«

»Nun sag schon, Thomas! Warum?«

»Na ja, die Kinder sollen wahrscheinlich nicht so Angst haben – darum.«

»Wieso? Was hat denn so 'n Märchen mit Angst zu tun?«

»Im Märchen geht's doch immer gut aus. Na ja, und da sollen die Kinder denken, es würde im Leben auch immer gut ausgehen. Aber das stimmt eben nicht.«

Marilena musste den Gedanken erst verdauen und schwieg eine Weile.

»Schläfst du jetzt?«, begann sie wieder.

»Nee.«

»Es stimmt nicht. Zum Beispiel beim Rattenfänger von Hameln geht's nicht gut aus.«

»Na schön, das ist eben 'ne Ausnahme. Aber meistens siegen die Guten, und die Bösen werden bestraft.«

»Aber so war's in der Geschichte ja auch, die uns die Frau eben erzählt hat.«

»Na ja, kommt eben auch mal vor. Aber meistens ...«

»Ist wohl auch 'ne Ausnahme, wie?«

Jetzt hatte Thomas etwas zum Nachdenken und schwieg.

»Weißt du, was das Besondere ist an der Geschichte?«, sagte er nach einiger Zeit. »Da hat Gott geholfen. Das ist eben anders als bei Märchen. Da geht's gut aus, weil ... weil der Jäger kommt, der den Wolf erschießt. Oder weil Gretel die Hexe in den Ofen stößt. Oder weil ... na ja, solche Sachen eben. Aber Gott kommt nicht vor.«

»Das stimmt, ja.«

»Aber der Vater mit den Steinen hat Gott vertraut, und der hat ihm geholfen.«

Marilena antwortete nicht. Nach einigen Augenblicken fuhr Thomas fort: »Das ist wie bei dem Bonaparte oder wie der hieß.«

»Wer?«

»Ich weiß den Namen nicht mehr. Der war hier als Missionar, als die Leute noch an so komische Götter geglaubt haben. An Blitz und Donner und so. Und an eine Eiche.«

»Eine Eiche? Du meinst so 'nen Baum?«

»Ja, die war heilig. Also – haben sie jedenfalls geglaubt. Die stand hier in der Nähe. Und dieser Bohnendingsda, der hat sie umgehauen. Da standen die alle drum rum und waren platt, dass ihr Gott sich das gefallen lässt. Und da haben sie dann an Gott geglaubt, ich meine an unseren, also, an den richtigen.«

»Woher weißt du denn das?«

»Von Uroma. Aber das wissen die hier alle. Sigrid hat auch davon gesprochen.«

»Vielleicht kann uns die Frau . . . die Frau Rühl diese Geschichte morgen Abend erzählen. Sicher kennt die sie auch.«

»Ich hab sie dir doch gerade erzählt!«

»Ich meine richtig. So mit allem, dass es richtig spannend wird, nicht nur so 'n paar Sätze.«

»Hast du überhaupt verstanden, was ich damit sagen wollte?«

»Nee.«

»Mensch, dass wir auch Gott vertrauen sollen, und dann geht's gut aus.«

»Meinst du?«

»Bestimmt!«

»Hat die Frau Rühl, die Tante Renate, ja auch gesagt.«

»Ja, hat sie gesagt. Aber wir müssen's auch wirklich tun, verstehst du? Wirklich beten und wirklich glauben, dass es gut geht.«

»Und dann geht's auch gut aus?«

»Na ja, ich denke schon.«

27

Dirk Steinhaus parkte seinen alten grünen Opel auf dem Parkplatz des Hotels, das man ihm genannt hatte. Da stand auch der Reisebus mit dem Froschkönig. Hier musste er also richtig sein.

Er stieg aus und sah sich um. Es war dunkel. Der Eingang zum Hotel war etwa hundert Meter entfernt. Er ging darauf zu. Gerade fuhr ein Auto vor, und jemand stieg langsam aus. Eine alte Frau offenbar. Auf der linken Seite stieg eine jüngere Frau aus, eilte herum und half der alten.

Ein anderer hätte es wahrscheinlich gar nicht bemerkt, aber seinem seit langem geschulten Instinkt fiel es sofort auf: Im gleichen Augenblick, als das Auto vor dem Hoteleingang anhielt, blieb ein anderes schräg hinter ihm stehen. Das Licht wurde gelöscht, aber niemand stieg aus.

Ein klassischer Fall!, ging es Dirk Steinhaus durch den Kopf. Genauso hatte er es ungezählte Male gemacht in seinen neun Berufsjahren. Die Insassen dieses Autos hatten das andere verfolgt und beobachteten nun, was passierte.

Schnell duckte er sich hinter ein anderes Fahrzeug.

Die alte Frau - Frau Sailer, wie er nur vermuten konnte - schloss die Tür des Hotels auf. Die andere stand daneben. Jetzt verabschiedeten sie sich, und Frau Sailer ging hinein. Die andere stieg in ihr Auto und fuhr davon.

Prompt wurde auch in dem anderen Auto wieder der Motor angelassen und das Licht angeschaltet. Dirk rannte geduckt näher, um, wenn möglich, das Nummernschild lesen zu können, aber er kam zu spät. Schon brauste der Wagen davon. Dirk konnte nur erkennen, dass er eine dunkle Farbe hatte, wahrscheinlich ein BMW.

Was jetzt?

Dirk rannte zu seinem eigenen Auto, stieg ein und brauste los. Aber als er zur Ausfahrt des Parkplatzes kam, war weit und breit kein anderes Auto zu sehen. Er fuhr in die Richtung, in der die beiden Wagen sich entfernt hatten. Aber als er mehrere Kreuzungen passiert hatte, bei denen die andern abgebogen sein konnten, gab er es auf. Er fuhr zurück, stellte seinen Opel auf demselben Platz ab und ging zum Hoteleingang.

Auf sein Klingeln hin geschah zunächst gar nichts. Erst als er noch zweimal lange auf den Knopf gedrückt hatte, erklang aus einem kleinen Lautsprecher neben der Tür eine verschlafene weibliche Stimme. »Bitte?«

»Guten Abend. Könnten Sie mich bitte reinlassen?«

»Sind Sie Gast? Dann müssten Sie doch einen Schlüssel haben. Wenn Sie ein Zimmer suchen, muss ich Sie leider enttäuschen. Wir sind voll belegt.«

»Weder noch. Ich muss einen Ihrer Gäste sprechen. Es ist wichtig. Und dringend! Bitte!«

»Moment bitte.«

Der Ausdruck »Moment« war stark untertrieben. Es dauerte etwa drei Minuten, bis eine Frau in mittleren Jahren erschien, nur provisorisch zurechtgemacht, was Kleidung und Frisur betraf, vom Make-up ganz zu schweigen.

Sie öffnete. »Guten Abend.«

»Guten Abend. Es tut mir Leid, aber es ist wirklich dringend. Ich muss Frau Sailer sprechen. Eine alte Dame, die mit der Reisegruppe in dem Bus gekommen ist.«

»Moment bitte«, sagte sie noch einmal, und diesmal dauerte es wirklich nur Sekunden, bis sie in ihrem Buch hinter der Rezeptionstheke nachgeschaut hatte. »Zimmer 109. Hier die Treppe hoch und dann links.«

»Ich danke Ihnen.«

Dirk Steinhaus rannte die Treppe hinauf und hatte das Zimmer schnell gefunden. Es war auch das einzige, bei dem immer noch Licht brannte. Er klopfte.

Drinnen rührte sich nichts.

»Frau Sailer, bitte öffnen Sie! Ich muss etwas Wichtiges mit Ihnen besprechen.«

Keine Antwort.

»Frau Sailer, ich weiß, warum Sie nicht antworten und habe Verständnis dafür. Sie befürchten, ich könnte einer der Verbrecher sein, die hinter Ihnen her sind. Aber das Gegenteil ist richtig. Ich will Ihnen helfen und Sie schützen, Sie und Ihre beiden Urenkel.«

Auch jetzt kam keine Reaktion von drinnen.

»Mein Name ist Dirk Steinhaus. Ich bin Privatdetektiv. Ihr ... äh ... wie sagt man da? Ihr geschiedener Schwiegerenkel hat mich beauftragt. Warten Sie, ich versuche mal, ob mein Ausweis unter der Tür durchpasst.«

Er schob seinen Ausweis zwischen Tür und Teppich. In der Nähe der Scharniere ging es nicht, aber am anderen Ende passte er dazwischen. Steinhaus sah, wie der Ausweis nach innen gezogen wurde. Es dauerte noch mal eine Minute.

»Bitte, Frau Sailer, beeilen Sie sich! Es ist dringend!«

Jetzt hörte er zum ersten Mal die Stimme der alten Dame.

»Ich weiß nicht . . . so was kann man doch auch fälschen!«

»Ich kann Ihnen auch einen Brief zeigen, den mir Herr Wendt für Sie gegeben hat. Aber ich vermute, den kriege ich nicht unter der Tür durch.«

»Ich mache mal einen Spalt auf. Reichen Sie mir den Brief rein!«

»Ja.«

Dirk hätte die Tür, da sie keine Kette hatte, natürlich aufdrücken können, auch wenn Frau Sailer den Fuß davor hatte. Und ein Killer erst recht. Aber er sagte nichts und reichte ihr nur den Brief durch den Türspalt, der sich gleich wieder schloss. Es verging wieder einige Zeit. Dann öffnete Frau Sailer die Tür weit und ließ ihn herein.

»Es tut mir Leid, Herr Steinhaus. Aber Sie verstehen sicher . . .«

»Aber natürlich, Frau Sailer. Sie haben sich absolut richtig verhalten. Alles andere wäre Leichtsinn.«

»Nehmen Sie bitte Platz! Hier sind Ihre Papiere zurück.«

»Danke, aber wir sollten es uns nicht zu gemütlich machen.«

»Sie glauben mir also, dass ich wirklich verfolgt werde und nicht verrückt bin?«

»Natürlich glaube ich Ihnen. Ich habe ja selbst gesehen, was die Kerle in Ihrem Haus für eine Verwüstung angerichtet haben.«

»Nachdem wir weg waren, sind sie nochmals auf unsern Hof gekommen?«

»Ja, sie haben alles durchwühlt. Anscheinend suchen sie etwas.«

»Sie suchen . . .? Ich habe aber nichts! Ich dachte, die suchen uns, weil wir Zeugen des Mordes sind.«

»Vielleicht auch. Ich weiß noch zu wenig. Frau Sailer, aber

darüber können wir uns später noch ausführlich unterhalten. Jetzt nur schnell Folgendes: Sind die Kinder hier im Hotel?«

»Nein. Ich habe sie bei Bekannten untergebracht.«

»Heute Abend, nicht wahr? Und eine große, etwas rundliche Frau in einem schwarzen Auto hat Sie vor einer guten Viertelstunde zurückgebracht?«

»Ja . . .«

»Ich habe beobachtet, wie Sie kamen. Ich war auch gerade erst angekommen, wenige Minuten vorher. Und dann habe ich gesehen, wie Sie aus einem anderen Auto heraus beobachtet wurden.«

»Wie . . .?«

»Sicher die Leute, die Ihnen auf der Spur sind. Jetzt gibt es zwei Möglichkeiten: Entweder verfolgen die Kerle Ihre Bekannte bis zu ihrem Haus. Oder aber, was noch wahrscheinlicher ist, sie haben Sie schon verfolgt und wissen längst, wo die Kinder sind.«

»Mein Gott!«

»Machen Sie sich jetzt nicht zu viele Sorgen, Frau Sailer! Ich werde hinfahren und auf die Kinder aufpassen.«

»Sie . . . Sie sind alleine, und die sind mindestens zu zweit. Und es sind anscheinend ganz rücksichtslose Mörder.«

»Das ist wahr. Wenn es zu einer Schießerei käme, wäre das nicht gerade gemütlich. Aber ich vermute, dass sie nur im äußersten Notfall mit so was anfangen, solange sie nicht sicher sein können, dass es kein Aufsehen erregt. Sie können ja kein Interesse daran haben, die Polizei auf sich aufmerksam zu machen.«

»Ja, ja, Sie haben wahrscheinlich Recht. Trotzdem . . .«

»Ich werde auch mit meinem Chef in Frankfurt telefonieren. Der soll sich mit der Polizei in Verbindung setzen. Wahrscheinlich ist die Mordkommission froh, hier wieder die Spur aufnehmen zu können. Aber jetzt wollen wir uns nicht damit aufhalten. Wir müssen schnell handeln.«

»Was sollen wir jetzt machen?«

»Finde ich das Haus, wenn Sie mir den Weg beschreiben? Dann reicht es, wenn ich alleine hinfahre. Sie könnten dann dort anrufen und mein Kommen ankündigen. Wenn es aber schwer zu finden ist, müssten Sie mitfahren.«

»Den Weg beschreiben . . . das kann ich nicht. Ich habe gar nicht darauf geachtet. Wir haben uns unterhalten.«

»Aber den Ort wissen Sie?«

»Ja, er heißt Wetter. Und das Haus finden Sie da sicher leicht. Die Leute haben eine Steinmetzwerkstatt. Da stehen lauter Grabsteine und andere große Felsblöcke. Und so ein Gestell aus Stahlträgern, wo oben drauf ein Kran ist. Es ist ziemlich am Anfang des Dorfes, von hier aus gesehen.«

»Gut, das werde ich finden. Ich habe eine genaue Karte im Auto. Dann bleiben Sie am besten hier. Wir müssen nur noch entscheiden, wie wir dann weiter verfahren sollen.«

»Bringen Sie die Kinder bitte wieder mit. Wenn sie da nicht sicher sind, habe ich sie lieber in meiner Nähe.«

»Vernünftig. Zumal ich nur auf Sie alle drei aufpassen kann, wenn Sie zusammen sind.«

»Jetzt haben wir natürlich hier keine Betten für die Kinder. Aber dann müssen wir uns eben mal so behelfen.«

Dirk überlegte. »Hm. Wir können aber auch die Kinder schlafen lassen, und ich bringe sie erst morgen früh her, rechtzeitig, bevor der Bus abfährt. Ich bleibe solange dort.«

»Für die Kinder wäre es sicher das Beste, wenn sie jetzt schlafen könnten. Wenn Sie meinen, dass ihnen nichts passieren kann . . .«

»Bestimmt nicht, Frau Sailer. Kündigen Sie mich nur telefonisch an, damit die Leute mich reinlassen. Dann bleibe ich die Nacht wach und passe auf.«

»Gut. Es gibt hier im Zimmer kein Telefon, aber sicher unten am Empfang.«

»Und sagen Sie den Leuten . . . wie heißen sie?«

»Rühl.«

»Sie sollen die Beleuchtung außen einschalten. Ich nehme an, dass es bei diesem Lager mit Grabsteinen Licht gibt.«

»Ja, das sage ich. Und vielen Dank, Herr Steinhaus!«

»Nichts zu danken. Ich werde dafür bezahlt.«

Die Bemerkung veranlasste Henriette Sailer, wieder einen positiven Gedanken an den geschiedenen Mann ihrer Enkelin zu verschwenden, schon den zweiten heute Abend.

Sie eilte, so schnell es ihr Alter zuließ, hinter dem Detektiv her die Treppe hinunter, ließ ihn hinaus und schloss wieder ab. Dann ging sie zum Telefon.

Dirk Steinhaus faltete bei der Innenbeleuchtung seines Wagens die Karte auseinander und orientierte sich. Die Route schien kein Problem zu sein. Nach zwei Minuten war er unterwegs, und eine halbe Stunde später kam er nach Wetter. Langsam fuhr er in den Ort hinein.

Tatsächlich – schon bald sah er rechts der Straße einen beleuchteten Hof, der der Beschreibung entsprach. Zunächst fuhr er vorsichtig daran vorbei, bog in die nächste Nebenstraße ab und umrundete das Gelände. Nirgends sah er ein Auto geparkt, das dem ähnlich sah, das er beobachtet hatte.

Jetzt erst fuhr er auf den Hof.

Kaum hatte er den Zündschlüssel abgezogen und war ausgestiegen, da öffnete sich die Haustür einen Spaltbreit, und dahinter erschien das Gesicht eines Mannes.

Dirk ging darauf zu. »Herr Rühl?«

»Herr Steinhaus?«

»Ja. Hier, sehen Sie sich meinen Ausweis an!«

Rühl warf nur einen kurzen Blick darauf. »Schon gut. Frau Sailer hat Sie mir ziemlich genau beschrieben. Kommen Sie rein!«

»Danke. Ist irgendetwas Ungewöhnliches geschehen, seit die Kinder hier sind?«

Sie waren jetzt im Flur, und Rühl hatte die Haustür wieder sorgfältig verschlossen. Seine Frau kam auch an, mit einem Morgenrock bekleidet. Man begrüßte sich und stellte sich vor.

»Es ist nichts Auffälliges passiert. Kommen Sie ins Wohnzimmer. Die Kinder schlafen oben ganz friedlich. Ich habe eben kurz die Tür aufgemacht und ihre gleichmäßigen Atemzüge gehört.«

»Sie haben keinen Hund, nicht wahr?«

»Nein, nicht mehr.«

»Gibt es noch eine Hintertür?«

»Ja. Aber die ist auch kräftig und verschlossen. Außerdem eine Kellertür. Die habe ich eben noch mal kontrolliert. Ich habe auch entgegen unserer Gewohnheit die Jalousien an allen Fenstern im Erdgeschoss runtergelassen.«

»Sehr gut.«

»Wenn Sie einen Rundgang machen möchten, kann ich Sie führen.«

»Ja, das sollten wir gleich tun. Aber vorher möchte ich gerne, wenn Sie erlauben, mit meinem Chef telefonieren. Das Morddezernat in Frankfurt hat mit dem Fall zu tun. Aber die haben wohl die Spur verloren, falls sie überhaupt je eine hatten. Wir sollten sie hier wieder auf die Spur setzen.«

»Ja, telefonieren Sie nur!«

Frau Rühl fragte: »Möchten Sie noch eine Kleinigkeit essen? Ich weiß ja nicht, wie lange Sie unterwegs ...«

»Ach ja, wenn es Ihnen nicht zu viel Mühe macht. Danke!«

Sie eilte in die Küche. Herr Rühl brachte das Telefon an einer langen Schnur herein. »Die Kinder könnten aufwachen, wenn laut auf dem Flur telefoniert wird.«

Dirk wählte. Schon nach dem zweiten Klingeln meldete sich sein Chef. »Kranich.«

»Steinhaus. Tut mir Leid, Chef, dass ich Sie aus dem Schlaf reiße ...«

»Ich und schlafen? Die Sorge um das Wohl meiner Mitarbeiter treibt mich um und hält mich bis in die Nacht hinein wach.«

»Mich halten nicht nur irgendwelche Sorgen wach, sondern ganz konkrete Aufgaben. Es scheint ziemlich ernst zu sein, Chef. Ich habe Leute beobachtet, die ihrerseits Frau Sailer beobachtet haben. Sie hatte die Kinder zu Bekannten gebracht, und ich vermute, dass die Gangster das wissen. Deshalb bin ich jetzt da, um ein Auge auf die lieben Kleinen zu haben. Das ist hier in Wetter, etwas nördlich von Marburg. Die Reisegruppe mitsamt der Urgroßmutter ist in einem Hotel in Schwalmstadt-Treysa.«

»Dann wäre das ja eigentlich jetzt eine Sache für die Polizei.«

»Genau deshalb rufe ich an. Unser Freund Magnus ist damit befasst. Sie erinnern sich an die Geschichte mit der Sekte. Sein Mitarbeiter Wronski schien die Sache ernst zu nehmen, als wir uns auf dem Hof trafen. Aber sie hatten wohl keinen Anhaltspunkt.«

»Gut, ich rufe Magnus an. Der wird sicher etwas unternehmen. Passen Sie auf sich auf, Steinhaus!«

»Klar, Chef!«

»Sind Sie bewaffnet?«

»Ich habe statt meiner Kamera die Pistole mitgenommen. Aber ich nehme ja nicht an, dass ich sie brauche.«

»Gute Nacht!«

»Na ja, ich werde das Beste draus machen.«

Er legte auf.

Herr Rühl brachte den Apparat wieder an seinen angestammten Platz im Flur. »Wollen wir jetzt einen kleinen Rundgang machen?«

Dirk Steinhaus nickte und folgte dem Hausherrn. Am Ende hatte er sich vergewissert, dass einer, der hier einbrechen wollte, erstens dafür viel Zeit brauchen und zweitens viel Lärm machen würde. »Gehen Sie nur beruhigt ins Bett, Herr Rühl. Ich setze mich ins Wohnzimmer, lese ein bisschen und mache immer mal einen Kontrollgang.«

»Hier ist die Zeitung von heute. Falls Sie möchten . . .«

»Mal sehen. Darf ich mal Ihren Bücherschrank aufmachen?«

»Aber natürlich. Hier stehen die besonders interessanten Bände. Gesteinskunde zum Beispiel. Und hier, über Geologie mit vielen leicht verständlichen Schaubildern. Oder dieser Bildband: Kunstvolle Brunnen.«

»Haben Sie auch was, wo keine Steine drin vorkommen?«

Beide lachten.

»Na, suchen Sie sich selber, was Sie interessiert.«

Frau Rühl stellte einen großen Teller mit belegten Broten auf den

Tisch, kunstvoll mit Gurken und Tomaten verziert. Es hätte für eine zweiwöchige Belagerung gereicht.

»Ich habe Ihnen einen Tee gekocht. Oder möchten Sie lieber Saft oder Mineralwasser?«

»Haben Sie vielleicht ein Bier?«

»Tut mir Leid, das haben wir nicht im Haus.«

»Macht nichts. Dann trinke ich Tee. Der hält mich auch besser wach. Vielen Dank!«

Die Eheleute verabschiedeten sich und ließen den jungen Mann allein mit seinem Tee und seinen Broten und seinem Kampf mit dem Schlaf.

28

»Bist du wach, mein Schatz?«, flüsterte Erwin Schwarzenberg.

»Nein«, antwortete seine Frau leise. »Du hast mich ja noch nicht mit einem Gedicht geweckt.«

»Das stimmt«, gab er zu, »aber es erfordert ein gewisses Mindestmaß an Wachheit, mein Gedicht zu verstehen. Kannst du dir beispielsweise Goethe vorstellen, der einer seiner vielen Geliebten sein neuestes Meisterwerk vorträgt, während sie schläft?«

»Ich verstehe nicht ganz, wo hier der Vergleichspunkt ist. Beim Meisterwerk?«

»Beim Schlaf.«

»Ach so. Da kannst du beruhigt sein. Ich bin wach genug.«

»Gut, also höre:

Du weißt, dass ich beim Zähneputzen,
auf diesem ungewohnten Wege,
ja meistens, um die Zeit zu nutzen,
dir ein Gedicht zu machen pflege.
Die Muse war zwar bei mir, und
ich legte auch die Stirn in Falten,

doch all der viele Schaum vorm Mund
hat sie vom Küssen abgehalten.
Mir fiel nichts ein. Und angesichts
der geist'gen Dürre, trotz Bemühen,
bleibt mir am Ende weiter nichts,
als dir die Decke wegzuziehen.«

»Untersteh dich!«, sagte sie und hielt die Decke krampfhaft fest.

»Gut, dann kitzele ich dich unter den Fußsohlen.« Sein Arm suchte das Ziel.

»Nein!«, rief sie und zog die Beine an.

»Ich muss!«, meinte er bedauernd. »Wie soll ich dich denn sonst dazu bringen aufzustehen, bevor mein Meisterwerk erkaltet.«

»Ach, es ist mir neu, dass Gedichte auch erkalten können.«

»Ich spreche von meinem zweiten Meisterwerk dieses Morgens. Ich habe Porridge gemacht.«

»Was ist das?«

»Ein scheußlicher, dünner Haferbrei, der mich an das erinnert, was wir als Kinder immer essen mussten, wenn wir krank waren. Ich hatte immer das Gefühl, man wird davon erst richtig krank. Es schmeckt nach nichts und sieht hässlich aus, grau wie eine alte Betonwand, aber natürlich leichter zu kauen.«

»Iiii! Und warum machst du so ein scheußliches Zeug?«

»Weil das hier alle zum Frühstück essen. Ich habe mal gelesen, man soll sich bei Reisen in ferne Länder der Kultur und natürlich auch den Essgewohnheiten anpassen. Stell dir vor, du reist nach Bordeaux und bestellst Bier! Oder in ein Pariser Luxushotel und willst Bratwurst mit Kartoffelbrei und Sauerkraut. Da muss man sich eben anpassen.«

»In einem Pariser Luxushotel wäre das auch leichter. Wären wir doch dahin gefahren.« Aber zum Zeichen ihres guten Willens streckte sie schon mal ein Bein raus.

»Komm! Wenigstens einmal solltest du in den sauren Apfel beißen.«

»Wenn's noch ein saurer Apfel wäre!«

29

»Aru chichioya niwa futari no masuko ga imashita«, sprach Sigrid Langefeld am Mikrofon. Sie hatte offenbar einen deutschen Text vor sich und übersetzte aus dem Stegreif.

Frau Melzer kam durch den Mittelgang und blieb bei Henriette Sailer stehen. »Sie erzählt das Märchen von einem, der auszog, das Fürchten zu lernen«, erklärte sie.

Uroma Sailer lächelte statt einer Antwort.

»Das kenne ich noch gar nicht«, sagte Thomas. »Uroma, kannst du es uns erzählen?«

»Nein, Thomas, ich kenne das Märchen nicht richtig.« Sie hatte etwas Mühe, sich so weit herumzudrehen, dass Thomas hinter ihr sie verstehen konnte. Marilena saß neben ihr auf dem Fensterplatz. Die wandte sich an die Reiseleiterin. »Dann erzähl du es uns!«

Uroma Sailer korrigierte: »Du sollst zu den Erwachsenen Sie sagen!«

»Ach, lassen Sie nur, Frau Sailer! Die Kleine geht ja noch nicht einmal zur Schule! Das wird sie auch noch lernen, wenn es so weit ist. Aber ich kann dir den Gefallen leider nicht tun, mein Kind. Ich kenne es auch nicht so richtig, das Märchen. Aber ich kann deiner Uroma nachher mal das Buch geben, wenn Sigrid es nicht mehr braucht. Dann kann sie es dir vorlesen.«

Frau Sailer versuchte, der Reiseleiterin ein Zeichen zu geben, sie möge das Angebot wieder zurücknehmen. Aber für behutsame Signale und versteckte Andeutungen war die nicht sehr empfänglich. So fuhr sie unbeirrt fort: »Auch alle anderen Märchen könnt ihr da lesen. Dann wisst ihr vielleicht besser, worum es geht, wenn hier immer nur Japanisch geredet wird.«

Ein Lachen der japanischen Zuhörer unterbrach den Redefluss von Frau Melzer und den von Sigrid.

Thomas fragte: »Ist die Geschichte denn lustig?«

»Nein, eigentlich eher gruselig. Ich weiß auch nicht, worüber die Herrschaften gerade lachen. Es geht da um einen Jungen, der keine

Angst hat. Er weiß gar nicht, was Gruseln ist, möchte es aber gerne wissen. Dann erlebt er allerlei gruselige Dinge, bei denen anderen das Herz stehen bleiben würde. Aber ihm macht das nichts.«

»So wie bei dem Bon . . . dem Bonus, oder wie der hieß.«

»Wie? Bei wem?«

»Na, der die Eiche umgesägt hat, die Donnereiche.«

»Ach so, du meinst den Bonifatius. Ja, da kommen wir bald vorbei. Das ist nicht mehr weit.«

Es war natürlich nicht Frau Melzers Aufgabe, auf die Gedanken des Jungen einzugehen, aber Uroma Sailer wollte das nicht so stehen lassen.

»Nein, Thomas, das kann man eigentlich nicht vergleichen. Sieh mal, der Junge im Märchen – also, erstens gab's den wahrscheinlich nicht wirklich. Und selbst wenn es ihn gegeben hätte, dann hatte er keine Angst, weil er . . . weil er eben so veranlagt war . . .«

»Was heißt das – veranlagt?«

»Na, er war vielleicht besonders mutig. Vielleicht war er auch gar nicht mutig, sondern dumm . . .«

»Wieso denn dumm?«

»Weil er die Gefahr gar nicht verstand. Wenn einer gar nicht begreift, was ihm für Gefahr droht, sieht es aus, als ob er mutig wäre. In Wirklichkeit ist er nur schwer von Begriff. Aber beim Bonifatius war das ganz anders. Er hat . . .«

Frau Melzer mischte sich ein: »Der hat die Eiche ja nicht abgesägt; ich nehme an, es gab da noch gar keine Sägen, sondern mit einer Axt umgehauen.«

Uroma Sailer empfand diesen Einwurf als ein typisches Beispiel dafür, dass Frau Melzer zuweilen die Gabe fehlte, sich in ein Gespräch erst einmal hineinzuhören, um danach etwas Konstruktives beitragen zu können.

»Ich nehme an«, sagte Frau Sailer etwas lauter als sonst, um die Gesprächsführung wieder zu übernehmen, »Bonifatius hatte auch Angst. Nicht vor Donar, denn er wusste ja, dass es den gar nicht gab. Aber vor den wilden Germanen, die da um ihn herumstanden. Dass er trotzdem so mutig war, die Eiche zu fällen, lag sicher nicht an seiner natürlichen Furchtlosigkeit, sondern an seinem Gottvertrauen.«

»Siehst du, Marilena«, bemerkte Thomas zwischen den Rückenlehnen hindurch zu seiner Schwester, »wie ich dir gestern Abend gesagt habe!«

»Was hast du ihr denn gesagt?«, fragte die Urgroßmutter. Aber in diesem Augenblick wurden sie abgelenkt. Der Bus verlangsamte seine Fahrt und fuhr dann auf einen Parkplatz rechts der Straße.

»Warum hält der Egon denn?«, fragte Frau Melzer. Aber es war natürlich keine echte Frage, denn Frau Sailer konnte die Antwort ja auch nicht wissen. »Wir sind doch grade erst losgefahren!«

Dann rief Thomas: »Da steht ein Polizeiauto!«

Frau Melzer beugte sich vor. »Tatsächlich. Bestimmt eine Verkehrskontrolle.« Sie eilte nach vorn, denn hier fühlte sie sich verantwortlich.

»Vielleicht . . .«, murmelte Frau Sailer.

Thomas fragte: »Meinst du, die sind wegen uns da?«

»Hm. Kann sein. Der Mann, der euch heute Morgen gebracht hat, sagte, dass er der Polizei Bescheid sagen wollte. Nur für den Fall, dass die Verbrecher in der Nähe sind.«

»Aber doch nicht hier in unserem Bus! Das sind doch alles Japaner!«

»Nein, nicht im Bus. Aber bei so einer Kontrolle werden ja alle Autos angehalten. So können sie feststellen, ob uns jemand verfolgt.«

»Ich gucke mal hinten aus dem Fenster!« Thomas sprang auf und lief nach hinten. Marilena rief: »Ich auch!«, und folgte ihm.

Auf der letzten Bank saßen zwei japanische Ehepaare etwa um die fünfzig. Sie lächelten die Kinder an und rutschten etwas rechts und links zusammen, so dass die beiden in der Mitte auf der Rückbank knien und nach hinten hinaussehen konnten.

Da wurden tatsächlich alle Fahrzeuge, die in dieser Richtung unterwegs waren, auf den Parkplatz gewinkt.

»Guck da, Marilena, da stehen sie!«

»Wer?«

»Na, die zwei Polizisten mit Maschinenpistolen!«

»Ach da . . . schießen die?«

»Nur wenn die Verbrecher zuerst schießen.«

»Meinst du, die sind da in einem von den Autos?«

»Vielleicht.«

»Hoffentlich nicht!«

»Hoffentlich doch!«

»Wieso? Willst du denn, dass die Verbrecher hinter uns her sind?«

»Nein, aber wenn sie in einem von den Autos da sind, dann erwischt die Polizei sie. Und das willst du doch auch, oder?«

»Na klar.«

»Siehst du! Aber wenn sie nicht hier sind, werden sie auch nicht erwischt. Und dann weiß man nie, wann sie wiederkommen.«

»Ach so.«

Nach einiger Zeit des Beobachtens und des Nachdenkens sagte Marilena: »Weißt du was – wir beten jetzt mal, dass die Polizei sie erwischt.«

»Meinst du?«

»Du hast doch gestern gesagt, wenn wir beten, geht es gut aus.«

»Ja, stimmt.«

»Na, siehst du!«

»Gut. Dann beten wir jetzt beide.«

»Vielleicht ist es besser, wenn wir laut beten, so wie in der Kirche, oder wie Oma oder Uroma manchmal beten.«

»Dann mach du!«

»Ich kann das nicht. Du bist doch sonst immer so schlau, und gibst immer so an, dass du schon in die Schule gehst!«

»Na, meinst du, so was lernt man in der Schule?«

»Also gut, dann bete ich. Lieber Gott, bitte erwische die Mörder . . . nein, die Polizei soll sie erwischen, dass sie ins Gefängnis kommen und dass sie uns nichts tun können, und mach auch Mama wieder gesund. Amen. War das gut so?«

»Na ja, ein bisschen komisch für ein Gebet, aber macht ja nichts. Guck da! Ob das vielleicht . . .?«

»Die müssen alle aussteigen«, stellte Marilena fest.

»Der ärgert sich ziemlich. Guck, wie der schimpft!«

»Ob das einer von den Verbrechern ist?«

»Glaube ich nicht. Der würde sicher nicht so ein Theater machen. Sonst macht er sich ja verdächtig.«

Der Bus setzte sich in Bewegung.

»Uns hätten sie doch durchlassen können«, meinte Marilena.

»Vielleicht haben sie alle Autos angehalten, damit es nicht so auffällt.«

»Komm, wir gehen wieder auf unsere Plätze!«

»Es kommen immer mehr Autos, die angehalten werden. Aber jetzt kann man nichts mehr sehen.«

Sie rutschten vom Sitz. Die japanischen Ehepaare verabschiedeten sie mit asiatischem Lächeln. Thomas war schnell weg, aber Marilena lächelte freundlich zurück.

30

Es klingelte.

Frau Rühl rief laut: »Manuel, kannst du bitte mal aufmachen? Ich knete gerade Teig.«

»Okay, ich gehe.«

Manuel, der jüngste Sohn des Steinmetzen, vierzehn Jahre alt, schaltete sein Computerspiel ab, lief über den Flur zur Haustür und öffnete. Ein Mann mit blonden, zu einem Pferdeschwanz zusammengebundenen Haaren stand draußen und hielt ein verschnürtes Päckchen hin.

»Guten Morgen. Ich musste sowieso hier vorbei, und da hat Frau Sailer mich gebeten, das hier mitzunehmen. Für ihre Urenkel. Das hatte sie vergessen einzupacken. Kann ich's ihnen eben selber geben? Dann bestelle ich noch einen Gruß!«

»Sie meinen die beiden Kleinen, Thomas und Marilena?«

»Genau. Ihre Uroma hat sie hergebracht, damit sie . . .«

»Aber die sind doch gar nicht mehr da.«

»Die sind nicht mehr da? Wo sind sie denn?«

»Na, ihre Uroma hat sie doch wieder abholen lassen.«

»Ach – tatsächlich? Das muss dann wohl ein Missverständnis sein. Na, okay, dann muss ich das Päckchen . . . und sie kommen auch nicht wieder?«

»Nein, soweit ich weiß, nicht.«

»Schön, dann – auf Wiedersehen!«

Der Mann ging mit eiligen Schritten davon. Grade war er aus dem Tor zum Gelände auf die Straße getreten, da kam Frau Rühl zur Tür. »Wer war das denn?«

»Der wollte den Kindern was bringen von ihrer Uroma. Das hätten sie vergessen. Ich hab ihm gesagt, dass sie nicht mehr da sind.«

»Manuel, das . . .«, sie starrte ihren Sohn an. Dem ging erst jetzt ein Licht auf, und er erschrak ebenfalls. »Du meinst, das war einer von den Verbrechern?«

»Ist gut möglich. Er wollte vielleicht kontrollieren, ob die Kinder hier sind. Oder er wollte sich Zugang zu unserem Haus verschaffen und sie kidnappen! Ich rufe die Polizei an.« Frau Rühl lief ins Haus.

Ihr Sohn kam langsam hinterher. »Ich bin doch ein Idiot!«, murmelte er. Das waren Worte, die man sonst selten von ihm hörte. Und auch diesmal hörte sie keiner außer ihm selbst.

31

Frau Melzer ging streckenweise rückwärts, um der Gesellschaft, die ihr folgte, das Gesicht zuzuwenden.

Bei dem alten Pflaster erwies sich das aber als nicht ganz gefahrlos. Ihre Übersetzerin konnte auch mit der Kraft ihrer Stimme nicht mithalten. So entschloss sie sich notgedrungen, immer stehen zu bleiben, wenn sie etwas erklären wollte.

»Fritzlar ist fast 1300 Jahre alt. Die Gründung der Stadt geht auf den heiligen Bonifatius zurück, der hier die Donareiche fällte, ein Heiligtum der heidnischen Germanen. Aus dem Holz des Baumes baute er 724 eine Kapelle und ein Kloster. Es wird wohl nicht für alle Bauten gereicht haben, auch wenn man bedenkt, dass die sicher klein waren. Hier wurde später sogar einmal ein deutscher König gekrönt. Wir werden hier zu Mittag essen und dann noch einen kleinen Verdauungs-Spaziergang durch die alte Stadt machen. Wir werden uns den romanischen Dom ansehen, die fast vollständig erhaltene Stadtmauer mit dem höchsten erhaltenen Wehrturm Deutschlands und wunderschöne Fachwerkhäuser. Folgen Sie mir bitte.«

Die Gäste trotteten nach allen Seiten staunend und fotografierend hinter ihr her.

Dirk Steinhaus drängte sich möglichst unauffällig in die Mitte der Gruppe, wo Frau Sailer ging, mit Marilena an der Hand.

»Ich will mich möglichst nicht bei Ihnen sehen lassen, Frau Sailer, damit die Verbrecher, falls sie uns beobachten, nicht wissen, dass eine Verbindung zwischen uns besteht. Sie achten sonst besonders auf mich, und das erschwert meine Aufgabe, Sie zu bewachen. Aber im Moment scheint niemand in der Nähe zu sein.«

»Sind Sie sicher?«

»Ich habe mich sorgfältig umgesehen. Sie müssten dann auch auf uns gewartet haben, sonst hätte die Polizei sie bei der Kontrolle aufgegriffen.«

»Das hat sie also nicht? Wir sind ja dann weitergefahren und konnten nicht sehen, was hinter uns passiert ist.«

»Nein. Ich kam natürlich auch in die Kontrolle. Ich habe mich extra lange da aufgehalten. Aber ich konnte nicht sehen, dass jemand festgenommen wurde.«

Thomas drängte sich näher heran. »Dabei haben wir so heftig gebetet.«

»Du und Marilena?«, fragte die Uroma. »Was habt ihr gebetet?«

»Dass die Mörder gefangen werden.«

Marilena ergänzte traurig: »Es hat aber nichts genützt.«

»Manchmal macht es Gott nicht so, wie wir es uns wünschen. Das hat mich auch schon manchmal traurig gemacht. Aber er macht es sicher gut.«

»Hört uns Gott denn wenigstens, wenn wir für Mama beten?«

»Bestimmt, mein Schatz. Betet nur weiter!«

Dirk verstand nichts von diesem Thema. Aber als er merkte, wie traurig die Kinder waren, wollte er gern helfen: »Seht mal, wenn die Verbrecher nicht hinter dem Bus waren – wie hätte die Polizei sie da schnappen können! Vielleicht hat Gott ja gedacht: Ich will gerne Marilenas Gebet erhören, aber wie soll ich das machen? Ich wollte eigentlich die bösen Männer ganz von den Kindern und ihrer Uroma fern halten.«

Die beiden dachten über die Antwort nach.

Frau Sailer fragte: »Meinen Sie wirklich, dass die uns jetzt in Ruhe lassen?«

»Ehrlich gesagt, nein, Frau Sailer. Sie kennen unsere Route und können irgendwo auf uns warten. Außerdem – ich habe telefonisch erfahren, dass sich jemand heute Morgen, als wir schon weg waren, bei Rühls nach den Kindern erkundigt hat.«

»Sie meinen . . .?«

»Ich fürchte, ja.«

Frau Sailer schwieg. Sie starrte nur vor sich auf das alte Pflaster und musste nun ziemlich schnaufen, als es bergauf ging. Dann sah sie den Detektiv an: »Auf jeden Fall bin ich Ihnen so dankbar, Herr Steinhaus! Ich weiß gar nicht, wie ich . . .«

»Nun lassen Sie mal, Frau Sailer. Ihr Schwiegerenkel oder wie man da sagt, bezahlt mich. Das ist mein Beruf. Ich fürchte allerdings, er war sich nicht ganz klar, welche Ausmaße die Aktion annehmen würde, wodurch die Kosten natürlich . . . nun ja.«

»Wenn sein Geld nicht reicht, bezahle ich Sie weiter, Herr Steinhaus! Ich habe Ersparnisse und ...«

»Wir wollen jetzt mal nicht vom Geld reden. Ich sollte mich auch wieder abseilen. Ich schlage vor, dass wir ein Zeichen vereinbaren, falls Sie eilig Kontakt mit mir aufnehmen wollen. Halten Sie ein flatterndes Taschentuch aus dem Busfenster. Es muss aber in einer Linkskurve auf der linken Seite sein, damit ich es sehe. Dann nutze ich die nächste Gelegenheit, Sie anzusprechen.«

»Gut.«

»Und heute Abend ... wissen Sie schon, wo Sie übernachten?«

»Wo, weiß ich nicht. Aber es wurde vorhin gesagt, dass wir drei Nächte im gleichen Quartier in Kassel sind. Morgen machen wir mit dem Bus eine Rundreise und kehren am Abend wieder zurück, und übermorgen so ähnlich. Da werden wir einiges in Kassel besichtigen.«

»Uroma!« Die beiden Kinder waren etwas schneller vorausgegangen, weil ihre Urgroßmutter nur langsam vorwärts kam. Jetzt liefen sie wieder zurück. »Hast du gehört, Uroma«, sagte Thomas, »hier war das mit der Eiche.«

»Sigrid hat's uns noch mal erklärt. Gott war stärker als die Götter von denen da.«

»Siehst du, Dirk, Gott kann so was!«

»Ja«, meinte der, »ich glaub's euch ja. Hier hat der Bonifatius also die Donareiche gefällt?«

»Ja, auf dem Berg.«

»Steht sie noch?«

»Weiß ich nicht.«

Dirk lachte laut. »Reingelegt! Wenn Bonifatius sie umgehackt hat, kann sie doch nicht mehr stehen!«

»Oh - ich Blödmann!« Thomas schlug sich mit der flachen Hand vor die Stirn.

32

»Hauptkommissar Magnus, nicht wahr?«

»Ja, und das ist mein Kollege, Kommissar Wronski.«

»Hier ist es. Im sechsten Stock.« Der Polizist ging voran, und die Kollegen vom Morddezernat folgten ihm. Während sie auf den Fahrstuhl warteten, begann er mit seinem Bericht.

»Wissen Sie, es gibt Häuser hier in Bad Homburg, da sind die Wohnungen vornehm und teuer, aber der Kontakt zu den Mitbewohnern ist gleich Null. Gut verdienende höhere Angestellte wohnen da, Künstler, aber von der erfolgreichen Sorte, Manager, Ärzte, auch mal 'ne Oberschwester, welche von der Börse – solche Leute eben. Aber alle ohne Kinder, Singles, oder verheiratet und beide arbeiten. Die Wohnungen kosten auch ... na ja, unsereins müsste fast sein ganzes Geld für Miete ausgeben. So ein Haus ist das hier.«

Der Aufzug kam, der uniformierte Polizist ließ den anderen den Vortritt. Als die Tür zuging, fragte Magnus: »Und wie ist das entdeckt worden?«

»Durch Zufall. Die Wohnung ist ja ganz oben, da kommt sonst keiner vorbei. Aber die Leute von gegenüber haben entdeckt, dass das Holz an der Tür gesplittert war, und haben uns angerufen. Die Tür war so angelehnt, dass es nicht gleich auffiel. So, da vorne rechts.«

Sie betraten eine Wohnung, in der das Chaos herrschte. Ursprünglich musste sie einen luxuriösen Eindruck gemacht haben, aber jetzt lagen Bücher, Wäschestücke und umgekippte Schubladen überall verstreut. Alle Möbel waren von der Wand abgerückt worden, wahrscheinlich, um dahinter gründlich zu suchen, Bilder hingen schief oder waren heruntergefallen und lagen inmitten von Glasscherben am Boden. Vor dem großen Fenster war die Erde aus Blumentöpfen auf dem Teppich verstreut.

Magnus blieb stehen und ließ langsam seinen Blick schweifen.

Vier Beamte von der Spurensicherung krochen auf Knien

herum, sammelten Gegenstände ein, fotografierten und hantierten mit Pulver und Klebefolie, um Fingerabdrücke zu sichern.

Nach einer Weile fragte Magnus: »Na?«

Der Verantwortliche schüttelte den Kopf. »Nicht sehr Erfolg versprechend. Nach meinem ersten Eindruck alles nur von einer Person.«

Magnus nickte und ging vorsichtig in den großen Wohnraum hinein, um auf nichts zu treten, was da herumlag.

»Wie heißt der Mensch, der hier wohnt oder gewohnt hat?«

»Grau«, antwortete der Beamte, der sie heraufgebracht hatte. »Bernhard Grau.«

»Weiß man Näheres von ihm?«

»Wir wissen, wo er arbeitet, aber wir haben da noch nicht angerufen. Das wollten wir Ihnen überlassen.«

»Gut. Michael, lass dir doch mal die Adresse seiner Firma geben. Und schreib alles auf, was es von ihm zu wissen gibt. Fuhr er einen BMW?«

»Ja. Woher . . .?«

»Einen silbergrauen, nicht wahr?«

»Stimmt.«

Kommissar Magnus nahm sein Handy heraus und wählte. »Magnus hier. Tag, Herr Kollege.«

»Bedrängen Sie mich doch nicht dauernd so, Herr Magnus!«, kam es mürrisch von der anderen Seite. »Es braucht alles seine Zeit. Ich gebe mir wirklich Mühe.«

»Aber Sie haben immerhin schon eine Liste?«

»Ja, aber eine so lange, dass sie Ihnen nicht viel nützt. Im Moment bin ich dabei . . . sehen Sie, die erste Ziffer ist der beste Anhaltspunkt. Wahrscheinlich, sagen die vom Werk, ist sie nicht vor die richtige Nummer eingeschlagen worden, das kann man schließen aus dem begrenzten Platz, der zur Verfügung steht. Wenn es also die erste Originalziffer ist, hilft uns das schon. Leider ist nicht erkennbar, ob es eine Sechs oder eine Null war, was natürlich . . .«

»Ist schon gut. Ersparen Sie mir die Einzelheiten. Ich habe da volles Vertrauen zu Ihnen. Aber sagen Sie mir doch mal, ob auf der großen Liste ein Herr Grau steht, äh, Gerhard ...«

»Bernhard«, verbesserte Michael Wronski.

»Bernhard Grau, Bad Homburg.«

»Ja, Moment.«

Man hörte das leise Klappern der Computertastatur.

»Jedenfalls war der Name, den Sie mir gestern genannt haben, nicht dabei. Wie war der noch mal? Krohn, ja. Kein Krohn drin.«

Magnus wartete geduldig und sah sich dabei in Bad und Schlafzimmer um. Da sah es nicht besser aus.

»Grau, da ist er! Bernhard Grau, Bad Homburg. Theodor-Heuß-Weg 20. Geboren 12.8.1956 in Darmstadt.«

»Sehr gut. Danke. Sie können die Suche einstellen. Und legen Sie mir doch bitte einen Zettel auf den Schreibtisch mit der Adresse des Händlers, bei dem er seinen BMW gekauft hat.«

Er schaltete das Handy aus und strahlte Wronski an.

»Haben wir ihn?«, fragte der. »Du grinst ja wie ein Honigkuchenpferd.«

»Es scheint, als hätten wir ihn.«

»Ein erster Schritt. Aber mit dem beginnt ja bekanntlich jeder Weg. Chinesisches Sprichwort. Oder war's eine alte masurische Bauernregel? Oder gar ein berühmt gewordener Ausspruch meines großen Lehrmeisters? Ich hab's vergessen!«

Der uniformierte Polizist hatte mitgehört und mischte sich neugierig ein. »Wer ist denn Ihr großer Lehrmeister?«

»Na, der berühmte Herbertus Magnus!«

Der andere war sich nicht sicher, wo hier der Witz war, und wandte sich verlegen lächelnd ab.

Das Lächeln auf dem Gesicht von Hauptkommissar Magnus war schnell wieder verschwunden. »Es ist offensichtlich, dass seine Mörder hier dasselbe gesucht haben wie auf dem Bauernhof.«

»Und da sie es weder hier noch dort gefunden haben, verfolgen sie Uroma und ihre Kleinen, in der Annahme, die hätten es.«

»Oder wüssten, wo es ist. Aber es kann sich da nicht nur um eine vage Annahme handeln. Es muss einen Grund geben, dass sie das vermuten. Und zwar einen so guten, dass sie sich solchen Risiken aussetzen.«

»Ich nutze die Gelegenheit, wo wir schon mal auf das Thema kommen, noch mal behutsam anzufragen, natürlich mit allem gebotenen Respekt, ob wir uns nicht doch persönlich um die Sicherheit der drei kümmern sollten. Nachdem die Kontrolle heute Morgen nichts gebracht hat ...«

Magnus wandte sich an einen der Leute von der Spurensicherung: »Kann ich mich auf den Stuhl setzen? Haben Sie den schon?«

»Welchen? Den da – ja.«

Der Hauptkommissar setzte sich, und sein Assistent musste notgedrungen stehen bleiben, weil es hier keinen zweiten Stuhl gab.

»Ich glaube, du hast Recht, Michael. Fahr du ihnen nach! Ich hatte überlegt, ob wir sie an einen unbekannten Ort bringen sollen, wo die Mörder sie mit Sicherheit nicht finden. Aber ... hm.«

»Aber?«

»Erstens ist so was teuer, und ich zweifle, ob ich es genehmigt kriege, da die Gefahr nicht so offensichtlich ist. Jedenfalls für einen, der das Geld hütet.«

»Und zweitens?«

»Hm.«

»Höre ich richtig? Hm sagst du? Aber Chef Herbert, ich bin treffendere Argumente von dir gewöhnt!«

»›Hm‹ bedeutet in diesem Fall, dass ich mich scheue, meine Überlegungen auszusprechen, aus Sorge, sie könnten missverstanden werden.«

»Aber doch nicht von mir! Der Gedanke ist nun wirklich abwegig!«

»Man könnte mir vorwerfen, ich wollte sie als Lockvogel benutzen. Aber das wäre eine böswillige Unterstellung. Leider denkt heute kaum noch einer Gutes von seinen Mitmenschen. Aber bedenke, wie lange das Versteckspiel unter Umständen dauern müsste. Sie könnten ja so lange nicht zurück, bis alles restlos aufgeklärt ist und die Mörder in Untersuchungshaft sitzen. Wenn sich das nun Monate oder gar Jahre hinzieht?«

»Eine Alternative wäre, sie nach Hause zu holen und da richtig zu bewachen. Aber das könnte genauso lange dauern.«

»So gesehen ist das mit dieser Reise gar nicht so schlecht. Es erschwert uns zwar etwas die Überwachung, aber es macht es den Gangstern auch schwerer, an sie heranzukommen.«

»Stimmt.«

»Immer unter der Voraussetzung, dass sie tatsächlich auf ihrer Spur sind und dieser Privatdetektiv sich nicht nur ein bisschen wichtig machen wollte. Wie lange geht diese Reise durchs Märchenland noch?«

»Weiß nicht. Bis Bremen, wo sie die Stadtmusikanten begrüßen wollen. Wenn es in dem Tempo geht wie bisher, dauert das noch etwa eine Woche. Aber ich werde mich mal bei dem Reiseveranstalter erkundigen.«

»Tu das! Und dann fahr ihnen nach! Ich würde mir ewig Vorwürfe machen, wenn ihnen was passiert. Und ich halte es für besser, diese Art Vorwürfe zu vermeiden als die vom oberen Stock unseres Hauses. Letztere kriege ich ja sowieso, ganz egal, wie ich entscheide. Fahr am besten heute noch hin! Ich suche jetzt den Arbeitgeber dieses Herrn Grau auf. Bin mal gespannt, ob er dort vermisst wird.«

33

Egon lenkte den Bus sorgfältig auf einen schmalen Parkplatz in der Nähe des Restaurants. Es nieselte etwas, und er wollte vermeiden, dass seine Fahrgäste einen weiten Weg hatten.

»Wir werden hier unser Abendessen einnehmen«, sagte Frau Melzer. Sigrid behielt das Mikrofon in der Hand und übersetzte.

Das war schon ein Fortschritt. Am Anfang der Reise hatte Frau Melzer das Mikrofon gehalten, obwohl sie es wegen ihrer lauten

Stimme nicht so nötig brauchte wie ihre Dolmetscherin. Erst nachdem der Professor aus Kobe sie – japanisch höflich zwar, aber doch unmissverständlich – darauf hingewiesen hatte, dass den meisten Gästen mehr daran gelegen war, die Übersetzung zu verstehen als den Urtext, hatte sie sich entschlossen, Sigrid das Mikrofon zu überlassen.

»Wir sind hier in einem Restaurant, das ›Knallhütte‹ heißt. Es besteht schon sehr lange – natürlich sah es früher anders aus – und es ist nicht zufällig Teil unserer Reise. Hier lebte die Frau Viehmann, eine begabte Geschichten-Erzählerin, von der die Brüder Grimm viele ihrer Märchen erzählt bekamen. Ihre Eltern waren Hugenotten, also evangelische Christen aus Frankreich, die wegen ihres Glaubens auswandern mussten. Sie hießen Pierson und betrieben hier eine Gastwirtschaft. Wahrscheinlich hat ihre Tochter Katharina Dorothea als Kind schon alles in ihrem ausgezeichneten Gedächtnis gespeichert, was in der Gaststube an Geschichten erzählt wurde. Später, als sie durch Heirat Viehmann hieß, haben die Brüder Grimm sie kennen gelernt. Sie lobten ihre Erzählgabe. Da vorn gibt es sogar eine Tafel, die an sie erinnert.«

Der Professor fragte – auf Japanisch, damit auch die andern es verstehen konnten –, was das Wort »Knallhütte« bedeute.

»Man sagt«, erklärte Frau Melzer, sichtlich beglückt über das Interesse und erst recht über die Tatsache, dass sie die Frage auch beantworten konnte, »die Fuhrleute hätten durch lautes Knallen mit der Peitsche ihr Kommen angekündigt. Ich hörte auch die Ansicht, dass das Peitschenknallen den Zweck hatte, vor dem steilen Anstieg weitere Pferde anzufordern, die zusätzlich vorgespannt wurden. So, liebe Gäste, ich denke, ich muss nicht mit der Peitsche knallen, um Sie zum Essen zu treiben.«

Frau Melzer bemerkte, dass die Reaktion der Japaner nicht über ein Lächeln hinausging, und überlegte kurz, ob ihr Scherz ungenau übersetzt oder diese Art Humor bei den Japanern nicht beliebt war. Aber sie war kein Mensch, der über so etwas lange grübelte. »Egon, nun lass uns mal raus!«

Mit leisem Zischen öffneten sich die Türen. Man stieg aus.

Einige spannten Schirme auf, andere beschlossen, dem Wasser von oben zu trotzen, und dann folgten alle der fröhlich winkenden Frau Melzer wie ein Rudel dem Leitwolf.

Henriette Sailer sah sich um und bemerkte den grünen Wagen des Detektivs, der in einiger Entfernung gerade einen Parkplatz suchte.

»Darf ich Ihnen anbieten Schutz unter meinem Schirm?«, fragte neben ihr der Professor.

»Wie schön Sie das sagen können, Herr Professor! Danke, ich nehme Ihr Angebot gerne an.«

»Die Kinder sind mit Sigrid gegangen.«

»Es ist mir gar nicht recht, dass sie das arme Mädchen nun auch noch belästigen. Es hat wirklich genug zu tun.«

Sie schlossen sich den anderen an.

»Kennen Sie das Märchen ›Die goldene Gans‹?«

»Die goldene Gans?«, fragte Frau Sailer zurück. »Ja, ich erinnere mich! War das nicht so ein Wundertier, an dem alle kleben blieben?«

»Ja. Und wer sie anfasst, an dem blieben kleben, wer an . . . oh . . . jetzt kann ich es nicht richtig sagen.«

»Ich weiß schon, was Sie meinen. Es bildete sich dann eine lange Reihe. Einer hing am anderen fest. Wie kommen Sie darauf?«

Der Professor deutete lächelnd nach vorn: »Das erinnert mich daran.«

Jetzt musste auch Henriette Sailer schmunzeln. Tatsächlich sah es aus, als ginge Frau Melzer wie die goldene Gans voran, und alle anderen hingen unlösbar an ihr.

»Eigentlich bin ich die goldene Gans«, murmelte Frau Sailer vor sich hin. »Wie viele Leute ich in meinem Schlepptau habe!«

Sie sagte es nicht zu ihrem Begleiter, aber es machte ihr nichts aus, dass er es hörte.

Der Professor nickte ernst. Das konnte die alte Frau neben ihm aber nicht sehen, weil sie zu Boden blickte. »Ich kenne Ihre . . . Ihr

Problem ein wenig. Frau Melzer und Kato haben erzählt, der seine Informationen von Fräulein Sigrid hat. Ich hoffe, es ist Ihnen nicht unangenehm. Aber solche Dinge , solche . . . wie sage ich das? Solche interessanten Dinge lassen sich nicht . . . nicht . . .«

»Geheim halten.«

»Ja, danke, lassen sich nicht geheim halten in so einer kleinen Gruppe, welche so eng zusammen ist.«

»Die Kinder, die Verbrecher, die Polizei, ein Detektiv – alle hinter mir her.«

»Aber das Märchen von der goldenen Gans spricht von etwas anderem, denke ich. Es sagt: Wer sich an das Gold hängt, klebt fest daran. Er kann nicht wieder frei sein.« Sie mussten etwas warten, weil die Ersten in der Reihe sich hinter dem Eingang erst umsehen und orientieren wollten, so dass die Nachfolgenden nicht so schnell durch die Tür kamen. Henriette suchte unter einem kleinen Vordach Schutz vor dem Nieselregen. »Gehen Sie nur schon hinein, Herr Professor. Ich will noch ein paar Worte mit meinem Schutzengel wechseln.«

Als alle Japaner hineingegangen waren und Frau Sailer allein dastand, kam Dirk Steinhaus herangeschlendert.

»Alles klar, Frau Sailer?«

»Ja, ich habe nichts beobachtet. Sie wollen sicher auch hier essen, oder?«

»Hatte ich vor. Wenn ich schon mal eine Gelegenheit habe, das Angenehme mit dem Nützlichen zu verbinden.«

»Das Angenehme ist das Essen, und das Nützliche ist unsere Bewachung?«

»Genau. Ich setze mich etwas weiter weg.«

»Ich wollte Sie gerade bitten, mit den Kindern zu essen. Die mögen Sie, besonders Thomas. Sigrid, unsere Übersetzerin, kümmert sich auch gern um die Kinder, aber sie ist sehr eingespannt und ich möchte sie nicht . . .«

»Klar, mache ich. Es ist ja wirklich unwahrscheinlich, dass die Gauner da drin sind. Wollen Sie denn nichts essen?«

»Nein. Das ist mir zu viel. Ich bin eine alte Frau, und außerdem sitze ich fast nur im Bus. Das ist auch für meinen Rücken nicht gut. Ich gehe ein bisschen hier unter dem Dach auf und ab.«

»Gut. Wenn was ist . . . na, Sie wissen schon. Seien Sie vorsichtig!«

Dirk Steinhaus ging hinein.

Der Nieselregen hörte auf. Henriette Sailer schlenderte über den Parkplatz. Das mit dem schmerzenden Rücken stimmte, aber es war nicht der einzige Grund, weshalb sie lieber hier auf und ab ging, statt sich ins Restaurant zu setzen. Sie musste einfach mal allein sein. Immer von Menschen und Lärm und dazu von den temperamentvollen Kindern umgeben zu sein, strengte sie doch sehr an. Das wollte sie aber vor Herrn Steinhaus nicht gern zugeben.

Als sie wieder zurückkam, klopfte Marilena von innen an die Fensterscheibe und winkte. Dirk Steinhaus saß daneben und unterhielt sich angeregt mit Thomas. Henriette Sailer winkte zurück und machte wieder kehrt.

Plötzlich schreckte sie auf. Bremsen quietschten. Sie sah einen dunklen Wagen, von dem das Geräusch offenbar gekommen war. Jetzt stand er still. Der Rückwärtsgang wurde eingelegt, und mit lautem Jaulen fuhr der Wagen auf sie zu.

Ob das . . .? Henriette Sailer blieb fast das Herz stehen, dann, nach der ersten Schrecksekunde, schlug es umso heftiger. So schnell ihre alten Beine sie tragen konnten, lief sie auf das Restaurant zu.

Die Insassen des Autos waren ausgestiegen und rannten hinter ihr her. Aber das sah sie nicht, sie hörte es nur. Und sie wusste: Sie würde es nicht schaffen, am Eingang zu sein, bis die sie eingeholt hatten. Sie schrie aus Leibeskräften.

Da waren sie auch schon bei ihr. Einer packte sie am Oberarm und riss sie herum.

»Wohin denn so eilig, Oma?«

»Auf seine alten Tage rennt man doch nicht mehr so«, lachte der Stämmige. »Komm lieber mit uns, da kannst du fahren!«

Frau Sailer schrie weiter und sträubte sich, so gut sie konnte.

Aber was sollte sie gegen die jungen Männer ausrichten? Sie zerrten sie zu ihrem Auto. Immerhin verlangsamte ihr Widerstand den Weg zum Wagen um einige Sekunden.

Jetzt kamen sie an, öffneten die hintere Tür und schoben sie hinein. Doch fremdartiges Geschrei machte, dass sie von ihr ablassen mussten. Vier Japaner kamen angerannt. Als erster ein kleiner, aber zäh wirkender Mann von etwa fünfunddreißig Jahren, der mit seiner Frau und deren Schwester an der Reise teilnahm. Als er herangekommen war, stellte er sich breitbeinig vor die zwei Schurken, hielt die Arme wie ein Kampfsportler und stieß einen wilden Schrei aus. Die anderen waren jetzt auch herangekommen und umringten den Wagen.

Der Lange mit dem blonden Pferdeschwanz verspürte keine Lust zu einer Prügelei. Er bückte sich in das Auto, um seine Pistole aus dem Handschuhfach zu holen.

Die Zeit nutzte ein anderer Japaner, ein nicht mehr ganz junger Herr mit einer starken Brille. Er riss den hinteren Wagenschlag auf der gegenüberliegenden Seite auf und zerrte Frau Sailer heraus.

Der Blonde hatte den Oberkörper wieder herausgezogen und fuchtelte nun mit der Pistole herum. »Haut ab, ihr Schlitzaugen! Weg mit euch, oder es knallt!«

Das schüchterte die drei, die ihm gegenüberstanden, nun doch ein. Der vierte lief inzwischen mit Frau Sailer davon. Der Stämmige sah es und rief: »He! Stehen bleiben!« Dann sprang er auf den Fahrersitz.

»Weg da!«, brüllte der mit dem Pferdeschwanz und feuerte einen Schuss in die Luft. Die Japaner sprangen zurück. Wie ein Echo klang ein Schuss von der Eingangstür des Restaurants. Dirk Steinhaus war herausgestürmt und feuerte seinerseits einen Warnschuss ab, damit die Verbrecher nicht ernsthaft von ihrer Waffe Gebrauch machten.

»Komm!«, rief der Mann am Steuer. Der andere verschwendete keine Zeit damit, erst um den Wagen herumzurennen, sondern ließ sich auf den hinteren Sitz fallen. Noch ehe die Türen zu waren, preschte der Wagen mit laut aufheulendem Motor davon.

Der Japaner, der Frau Sailer führte, deutete ihr mit der Hand, sie könne nun langsamer gehen. Aber sie lief immer weiter, mitten durch einige Pfützen. Sigrid und Kato kamen ihr entgegengelaufen, fassten sie unter den Armen und versuchten, sie zu beruhigen. »Sie sind weg, Frau Sailer! Bleiben Sie erst mal stehen und atmen Sie ruhig durch! Es ist keine Gefahr mehr!«

Wenn die beiden jungen Leute die alte Frau nicht gehalten hätten, wäre sie wohl auf den nassen Asphalt gesunken. Sie stand still, ließ sich halten und versuchte, wieder zu Atem zu kommen.

Dann, ohne Vorwarnung, legte sie die Arme um die junge Frau und zog sie an sich. Aber Sekunden später löste sie sich wieder von ihr. »Entschuldigung. Tut mir Leid, Fräulein Sigrid, ich . . .«

»Nein, nein«, sagte die, »keine falsche Scheu!« Jetzt drückte Sigrid die alte Frau an sich.

Eine Weile standen sie so da. Sie merkten gar nicht, dass der Nieselregen wieder eingesetzt hatte. Dann lösten sie sich aus der Umarmung. Kato griff wieder zu und langsam, sehr langsam, gingen sie zum Eingang.

Ganz andere Stimmung herrschte bei den Japanern, die eben an der Auseinandersetzung beteiligt waren. Sie lachten und redeten so laut, wie man es gar nicht von ihnen gewöhnt war. Andere waren inzwischen dazugekommen.

»Vielen Dank! Vielen Dank!«, sagte Dirk Steinhaus immerzu, ohne zu wissen, ob ihn jemand verstand. Aber dann kam der Professor.

»Ich spreche Deutsch«, sagte er zu Dirk. »Soll ich für Sie übersetzen?«

»O ja, danke! Sagen Sie bitte den Herren, dass ich ihnen sehr dankbar bin. Besonders den vieren, die so mutig auf die Verbrecher losgegangen sind. Mutig, allerdings auch ein bisschen leichtsinnig.«

Der Professor sprach, und rundum wurde zustimmend gemurmelt.

»Es war ja eigentlich meine Aufgabe, Frau Sailer zu beschützen. Aber ich war unvorsichtig. So haben Sie nicht nur der alten Dame geholfen, sondern auch mir.«

Nach der Übersetzung lächelten sie ihn alle freundlich an.

»Es war ein Glück«, fuhr Dirk fort und sah dabei den kleinen zähen Mann an, »dass Sie so einen Kampfsport beherrschen. Das hat die Leute wohl eingeschüchtert.«

Als der Professor übersetzt hatte, lachte der kleine Mann. Er sagte etwas, und da lachten auch alle Umstehenden laut, als hätte er den besten Witz des Jahres erzählt.

Das konnte Dirk sich nicht erklären, und er stand etwas verlegen dabei.

Als der Professor sich etwas beruhigt hatte, sagte er: »Herr Sanuki sagt, er kann gar keinen Kampfsport. Aber er hat gelesen, in Deutschland glauben alle, fast jeder Japaner kann kämpfen so. Darum hat er sich so gestellt und geschrien.«

»Sehen Sie, das hat schon gereicht!«, lachte nun auch Dirk, und die andern lachten gleich noch einmal mit.

Dann setzte sich der Tross langsam in Bewegung. Es galt, das unterbrochene Essen zu beenden und sich die Haare zu trocknen.

34

»Der Herr Direktor lässt bitten.«

Kriminalhauptkommissar Magnus betrat ein lichtdurchflutetes, modern wirkendes Büro von beachtlichen Ausmaßen. Der Schreibtisch war so groß, dass der Mann dahinter gar nicht im Sitzen an jeden Punkt der Tischplatte reichen konnte. Jetzt stand der Beherrscher dieses beeindruckenden Möbels allerdings auf und kam auf Magnus zu, wobei er einen Weg von mindestens acht Metern zurückzulegen hatte.

»Was verschafft mir die Ehre, von der Polizei besucht zu werden? Ich will allerdings nicht verhehlen, dass es nicht nur eine Ehre, sondern auch eine gewisse Störung in meinem voll gestopften Terminplan ist.«

»Ich halte Sie nicht lange auf, Herr Hartmann.«

»Bitte!«

Der Direktor deutete auf einen der sechs Stühle, ledergepolstert und mit hoher Lehne, die an einem Konferenztisch standen. Der konnte es, was die Ausmaße anging, durchaus mit dem Schreibtisch aufnehmen.

Während der Direktor sich auch setzte, beobachtete Magnus ihn.

Seltsam – es fiel ihm schwer, sich ein Bild vom Wesen dieses Mannes zu machen. Selbst das Alter war schwer zu raten. Fünfundvierzig? Fünfzig? Vielleicht sogar noch darüber. Er hatte eine Stirnglatze und trug eine Brille von schlichter aber edel wirkender Eleganz.

Die Augen dahinter starrten den Kommissar an, als sei der ein Löwe, den es mit dem Blick zu bändigen galt. Sein Mund sah aus wie absichtlich zugekniffen, damit ihm kein unbedachtes Wort entschlüpfen konnte.

Magnus hielt es nicht für nötig, mit dem Direktor ein Blickduell auszufechten, und sah sich lieber im Raum um. Wenn es die Absicht des Mannes war, ihn einzuschüchtern, dann ließ sich darauf mit aufreizender Langsamkeit viel wirksamer reagieren.

»Nun«, drängte denn auch bald der Firmenchef, »was kann ich also für Sie tun?«

»Mir eine Auskunft geben, Herr Hartmann«, antwortete Magnus so freundlich, als hätte er den Unwillen seines Gegenüber gar nicht bemerkt. »Es geht um einen Ihrer Mitarbeiter, Herrn Grau.«

»Er ist unser Buchhalter.«

»Genau genommen war er es – er ist tot.«

»Was? Ich hörte, dass er nicht zur Arbeit erschienen war. Aber dass er so krank war, habe ich nicht gewusst.«

Wenn Herr Hartmann log, verbarg er es gut. Er zeigte Überraschung, aber nicht so übertrieben, wie es ein schlechter Schauspieler gemacht hätte.

»Er ist nicht an einer Krankheit gestorben, wie Sie eigentlich schon aus dem Umstand schließen könnten, dass die Polizei Sie von seinem Ableben unterrichtet. Er ist ermordet worden.«

»Was? Ermordet?« Wieder Überraschung, diesmal um eine Nuance stärker.

»Richtig. Ermordet.«

»Wie? Ich meine – hat man ihn erschossen? Warum? Haben Sie schon eine Spur von dem Täter?«

»Wir ermitteln noch.«

»Das ist ja . . . ist ja schrecklich! Wer tut so etwas?«

»Wie gesagt – wir ermitteln noch.«

»Ja, ja, natürlich. Die Frage war mehr rhetorisch gemeint. Wer kann einen ehrlichen, zuverlässigen Buchhalter so hassen, dass er ihn . . . Eine Familienangelegenheit vielleicht?«

»Herr Grau hatte keine Familie.«

»Ach so.«

Hauptkommissar Magnus beugte sich leicht vor. Es wirkte ein wenig, als wollte er damit deutlich machen, dass das Gespräch nun in eine neue Phase eintrat.

»Seit wann vermissen Sie Herrn Grau?«

»Tut mir Leid, Herr . . . Entschuldigung, wie war gleich Ihr Name?«

»Magnus.«

»Herr Magnus, ja. Es tut mir Leid, aber aus dem Kopf weiß ich das nicht. Bitte haben Sie Verständnis, dass ich nicht täglich über Aufenthaltsort und Gesundheitszustand meiner achtzig Mitarbeiter auf dem Laufenden sein kann.«

»Volles Verständnis. Vierundachtzig.«

»Wie?«

»Sie haben vierundachtzig Angestellte.«

»Sie sind gut unterrichtet!«

Magnus winkte bescheiden ab. »Das gehört zum Handwerk eines Polizisten.«

»Aber die Quelle, aus der Sie Ihre gründlichen Informationen beziehen, konnte Ihnen nicht sagen, seit wann Herr Grau fehlt?«

»Nein. Da hoffe ich nun auf Sie.«

»Da muss ich nachfragen.« Er stand auf und ging die acht Schritte zu seinem Telefon. »Frau Sewski, seit wann fehlt Herr Grau? ... So lange schon? ... Warum sind da keine Erkundigungen eingezogen worden? Der Mann wird doch ein Telefon gehabt haben! ... Ja.« Er legte auf.

»Herr Grau wird seit Mittwoch voriger Woche vermisst«, berichtete er auf dem Herweg. »Man hat mir das nicht gleich gesagt. Ich will ja auch nicht jedes Mal informiert werden, wenn ein Angestellter eine Grippe hat. Wann ist er denn ... oder wissen Sie das noch nicht?«

Magnus ignorierte die Frage.

»Hatte Herr Grau in alle Geschäftsvorgänge Einblick?«

»Nicht immer gleich in der Entstehungsphase. Aber irgendwann kriegt ein Hauptbuchhalter natürlich mit, was läuft.«

»Ihre Firma – Hartex, nicht wahr?«

»Ja, Hartex, von Hartmann-Export.«

»Ihre Firma produziert also nicht, sondern sie handelt.«

»Richtig.«

»Hauptsächlich ins Ausland?«

»Stimmt.«

»Was?«

»Was wir exportieren? Alles Mögliche. Maschinen und Maschinenteile, Chemie, zum Beispiel Düngemittel, auch Medikamente ... Ich kann Ihnen gern eine Liste geben lassen. Ich weiß nur nicht, was das mit dem bedauerlichen Tod von Herrn Grau zu tun hat.«

»Das weiß ich auch noch nicht. Wahrscheinlich gar nichts«, wiegelte Magnus ab. »Berufliche Neugier, verstehen Sie? Man muss sich eben ein Bild vom Umfeld eines Mordopfers machen. Und der Arbeitsplatz gehört nun mal zum Umfeld.«

»Sicher. Aber ich verstehe nicht, wieso Sie da mich . . .«

»Auch der Chef gehört zum Umfeld.«

»Nun ja, also . . . haben Sie sonst noch eine Frage?«

»Vorerst nicht.« Magnus stand auf. »Vielen Dank für Ihre wertvolle Zeit!«

»Aber das ist doch selbstverständlich in so einem besonderen Fall. Nein so was, der arme Herr Grau!«

Der Direktor begleitete seinen Gast an die Tür. »Haben Sie gehört, Frau Scheuermann?«, sagte er zu seiner Sekretärin. »Herr Grau ist ermordet worden. Denken Sie doch an einen Kranz für die Beerdigung und so weiter.«

35

Dirk Steinhaus saß in der Hotelhalle in einer Ecke, eine Tasse Kaffee vor sich, und las in der Zeitung von gestern. Die von heute hatte er nicht im Ständer gefunden, vielleicht hatte ein Gast sie mit aufs Zimmer genommen. Das war aber nicht weiter schlimm, denn er verwendete nur wenig Aufmerksamkeit auf die Lektüre. Erstens, weil er seine Augen dauernd über den Zeitungsrand hinweg durch die Halle schweifen ließ, und zweitens, weil er vor Müdigkeit sowieso kaum verstand, was er las.

Aber er würde sich die nächste Nacht wohl auch noch um die Ohren schlagen müssen in Erfüllung seiner Pflicht. Was heute passiert war, war nicht dazu angetan, ihn sanft ruhen zu lassen. Nur – wie sollte er dann den morgigen Tag durchhalten?

Die Reiseleiterin hatte es auf seine und Frau Sailers Bitte hin so eingerichtet, dass er mit den Busreisenden zusammen untergebracht war – mit Thomas in einem Doppelzimmer neben dem von Frau Sailer und Marilena.

Aber das Bett würde er höchstens ein wenig zum Ausruhen nutzen können.

Die alte Frau saß mit den Kindern in einer nahen Sesselgruppe. Was sie da spielten, war eine Verlegenheitslösung. Ein richtiges Gesellschaftsspiel gab es hier nicht. So begnügten sie sich damit, dass Uroma und Thomas im Wechsel eine Zahl nannten, und der andere musste das Märchenbuch aufschlagen und dabei, ohne zu blättern, mit der Seitenzahl der vorgegebenen Zahl möglichst nahe kommen. Marilena, die mit den Zahlen noch nicht zurechtkam, stand dabei und gab Ratschläge. Deren Sinn stand im umgekehrten Verhältnis zu dem Eifer, mit dem sie vorgetragen wurden. Frau Sailer verstand es geschickt, immer so knapp zu verlieren, dass Thomas Triumphgefühle erleben konnte, ohne Verdacht zu schöpfen.

Dirks Augen wanderten weiter. Drüben saß das junge Mädchen, das alles übersetzen musste, mit einem jungen Japaner zusammen. Auffallend dicht übrigens. Eben hatten sie noch eifrig geredet, jetzt saßen sie nur still da und sahen sich an. Neben ihnen waren noch Plätze frei, aber ein geheimes Gesetz schien zu verhindern, dass sich jemand dazusetzte.

Zwei oder drei kleine Gruppen von Japanern gab es noch. Die anderen schienen auf ihre Zimmer gegangen zu sein oder machten noch einen Abendspaziergang.

Frau Melzer unterhielt sich angeregt mit dem vornehm wirkenden Japaner, der Deutsch sprach.

Gelegentlich drangen ein paar Gesprächsfetzen an Dirks Ohr.

Jetzt stand die junge Dolmetscherin auf und kam zu Frau Sailer und ihren Urenkeln. Eine Weile sah sie zu, was da getrieben wurde.

»Na, Thomas, du gewinnst wohl?«

»Meistens.«

»Seid ihr beiden denn noch gar nicht müde?«

»Nee«, antworteten die Kinder einstimmig.

»Aber eure Uroma ist müde. Stimmt's, Frau Sailer?«

Die sah lächelnd auf. »Ehrlich gesagt, ja. Eine alte Frau ist kein

Weltenbummler. Die beiden haben im Bus ein bisschen geschlafen, aber ich konnte das nicht nach den Ereignissen von heute Nachmittag.«

»Ich mache Ihnen einen Vorschlag, Frau Sailer: Gehen Sie schon mal auf Ihr Zimmer und ruhen Sie sich aus. Ich beschäftige mich noch etwas mit den beiden, bis sie so richtig müde sind, und bringe sie dann rauf. Einverstanden?«

»Das ist sehr freundlich von Ihnen, Sigrid, aber das kann ich nicht annehmen! Sie müssen doch auch müde sein. Sie haben den ganzen Tag übersetzt.«

»Das ist keine Anstrengung für mich.«

Der Herr, der sich eben mit Frau Melzer unterhalten hatte, kam heran. »Doch, das ist Anstrengung!«, sagte er in erstaunlich akzentfreiem Deutsch. »Ich weiß das, denn ich übersetze oft.«

»Außerdem«, fuhr Frau Sailer fort, »will ich Ihnen nicht Ihren freien Abend nehmen. Sie haben sich doch gerade so schön mit Herrn Kato unterhalten.«

Der Genannte stand inzwischen neben Sigrid und legte ihr lächelnd den Arm um die Schulter.

Der deutsch sprechende Japaner sagte: »Bitte, Fräulein Sigrid, nehmen Sie einen freien Abend, und bitte, Frau Sailer, gehen Sie zum Ruhen. Ich werde die Kinder lesen. Nein, ich werde der Kinder ... den Kindern lesen. Etwas vorlesen.«

»Sie, Herr Professor? Ist das nicht zu anstrengend für Sie?«

»Nein, ich muss üben.« Gleich, um jeden Widerstand gegen seinen Vorschlag im Keim zu ersticken, setzte er sich auf die Lehne eines der Sessel und nahm das Märchenbuch zur Hand. »Sagt mir ... nennt mir eine Geschichte! Ich lese sie vor.« Dabei blätterte er langsam durch das Buch.

»Das da!«, sagte Marilena und deutete auf ein Bild, auf dem ein Esel, ein Hund, eine Katze und ein Hahn übereinander standen.

»Warum die Geschichte?«, fragte der Professor. »Kennst du sie?«

»Nein, aber das sieht so lustig aus.«

»Das ist die Geschichte von den Bremer Stadtmusikanten. Die ist besser für den Tag, wenn wir sind in Bremen.«

»Bitte, jetzt!«

»Gut, ich lese. Möchtest du auf mein Bein sitzen?«

Er setzte sich in den Sessel, von dem Marilena aufgestanden war, und die beiden Kinder kamen heran. Die jungen Leute gingen zu einem Spaziergang nach draußen. Frau Sailer blieb noch eine Weile sitzen und hörte versonnen zu.

»Es hatte ein Mann einen Esel, der schon lange Jahre die Säcke unverdrossen zur Mühle getragen hatte, dessen Kräfte aber nun zu Ende gingen, so dass er zur Arbeit immer untauglicher ward. Da dachte der Herr daran, ihn aus dem Futter zu schaffen. Aber der Esel merkte, dass kein guter Wind wehte, lief fort . . .«

»Was denn für ein Wind?«, fragte Marilena.

»Ich denke, das soll heißen: Der Esel merkte, dass sein Herr nicht mehr so freundlich zu ihm war.«

»Ach so.«

»Er lief also fort und machte sich auf den Weg nach Bremen.«

Frau Sailer stand auf, strich noch einmal kurz ihrer Urenkelin über das Haar und ging zum Fahrstuhl. Dirk Steinhaus folgte ihr und schlüpfte gerade noch mit hinein, ehe die Türen schlossen.

»Nochmals, Frau Sailer, es tut mir wirklich Leid, dass das heute Nachmittag passiert ist. Ich habe einfach nicht damit gerechnet, dass sie diese wenigen Minuten nützen würden . . .«

»Machen Sie sich keine Vorwürfe, Herr Steinhaus! Ich selbst wollte ja, dass Sie hineingehen. Ich habe auch nicht mit so einem dreisten Angriff gerechnet.«

»Ich nehme an, dass es keine gezielte Aktion war. Die Kerle wollten vorbeifahren. Entweder wussten sie gar nicht, dass wir dort zum Essen waren, oder sie wussten es, hatten aber gar keinen Überfall vor, sondern wollten uns nur überholen. Dann haben sie zufällig gesehen, dass Sie allein draußen spazieren gingen . . .«

Der Aufzug stand, und die Türen öffneten sich. Dirk begleitete die alte Dame den Flur hinunter.

»Da haben sie gedacht: Das ist die Chance.«

»So kann es gewesen sein. Ich habe ja gesehen, wie sie plötzlich gebremst haben und zurückgekommen sind.«

»Unangenehm ist nur, dass uns das keine Beruhigung sein kann.«

»Was meinen Sie damit?«

»Wenn sie uns überholen wollten, haben sie sicher vor, irgendwo eine Falle aufzubauen. Ich will Ihnen keine Angst machen, Frau Sailer. Aber ich will Sie ja auch nicht belügen und in falscher Sicherheit wiegen.«

»Ich kann die Wahrheit vertragen, Herr Steinhaus. Nicht, weil ich mich als Heldin fühle – das wirklich nicht – sondern weil die Angst umso besser zu ertragen ist, je konkreter sie ist.«

»Ich habe überlegt, ob Sie nicht die Reise doch abbrechen sollten. Nachher rufe ich bei meinem Chef an. Der soll sich noch mal mit der Polizei in Verbindung setzen. Die müssen doch eine Lösung finden. Notfalls muss man Sie irgendwo ganz anders unterbringen, wo die Gangster Sie nicht finden. Es gibt so was.«

»Ich weiß nicht ... Für die Kinder ware es vielleicht gut. Aber ich ... Sie kennen doch den Spruch von den alten Bäumen, die man nicht verpflanzen soll.«

»Nur für eine begrenzte Zeit.«

»Wer weiß das? Wenn nun die Leute nicht geschnappt werden!«

»Nun ja, das müssen wir heute Abend nicht klären.«

Sie hatten schon eine Weile vor der Zimmertür gestanden. Jetzt ließ Dirk sich den Schlüssel geben, schloss auf und ging als Erster hinein. Nachdem er sich gründlich umgesehen hatte, winkte er Frau Sailer.

»Man kommt sich ja vor wie in einem Kriminalfilm«, sagte die.

»Nur, dass es kein Film ist«, antwortete der Detektiv. »Kann ich noch etwas für Sie tun?« Während der Frage inspizierte er das Fenster und sah auf den Hof hinunter.

»Sie können mir noch eine Frage beantworten: Was machen Sie heute Nacht?«

»Ich werde mich zwar nebenan im Zimmer aufhalten, aber nicht schlafen, und immer mal eine Runde machen.«

»Und wann gedenken Sie zu schlafen?«

Dirk zuckte mit den Schultern.

»Wenn Sie todmüde sind, werden Sie als Beschützer auch nicht mehr so zuverlässig sein.«

»Das Problem habe ich auch schon erkannt. Vielleicht gelingt es mir, meinen Chef am Telefon zu überzeugen, dass ich einen zweiten Mann brauche. Nur . . . hm.«

»Ich weiß, das kostet Geld. Das würde ich aber gerne bezahlen. So weit reichen meine Ersparnisse sicher noch. Die Kinder sind es allemal wert, auch wenn ich es für mich selbst vielleicht nicht machen würde.«

»Aber wie gesagt – vielleicht hat die Polizei eine Lösung. Ich habe ja diesen erneuten Überfall gemeldet. Danach müssen sie sich etwas überlegen.«

Frau Sailer setzte sich auf einen Stuhl.

Dirk nahm das als Signal zu gehen. »Entschuldigung, ich habe Sie aufgehalten. Sie müssen sich ausruhen.«

»Nichts zu entschuldigen. Sie könnten mir noch einen Gefallen tun, Herr Steinhaus: mir von meinem Medikament fünfzehn Tropfen auf diesen Teelöffel abzählen. Ich bin dafür zu zitterig. Ich sehe es auch nicht mehr richtig.«

»Natürlich.« Dirk tat, worum sie ihn gebeten hatte, und sie schluckte die Arznei.

»Hu – schmeckt scheußlich. Muss aber sein. Die ist fürs Herz. Sonst macht das immer Thomas.«

»Ich sehe zu, dass die beiden auch bald ins Bett kommen.«

»Es ist ja noch früh. Für mich eigentlich erst recht, aber das alles nimmt mich doch sehr mit.«

»Verständlich.«

»Wissen Sie, Herr Steinhaus, ich habe das Gefühl, das hier ist die letzte große Aufgabe meines Lebens. Da möchte ich nicht versagen.«

Dirk wusste nicht, was er darauf antworten sollte. Aber er hatte den Eindruck, die alte Dame brauchte jemanden zum Reden. Er stützte seine Hände auf die Rückenlehne des Stuhls, der Frau Sailer gegenüberstand, und blickte sie an. Das, hoffte er, signalisierte die Bereitschaft, ihr zuzuhören.

»Kennen Sie das Märchen, das der Professor da unten gerade liest? Die Bremer Stadtmusikanten?«

»Ich erinnere mich nur schwach.«

»Lauter alte Tiere, ausrangiert, zu nichts mehr nütze. Die Menschen damals, in der Zeit, als die Märchen entstanden, müssen das Gefühl auch gekannt haben.«

»Sie sehen sich selbst darin wieder?«

Frau Sailer nickte, leicht lächelnd. »Ein alter Esel bin ich, der keinen Sack mehr schleppen kann. Wenn nur der Rest der Geschichte auch so zuträfe!«

»Ich weiß nicht mehr so genau ...«

»Die vier trafen auf Räuber. Sie erschreckten sie mit ihrem Lärm so, dass die flohen. Schön, nicht? Aber eben nur ein Märchen. Die Verbrecher, mit denen wir zu tun haben, werden sich durch Geschrei nicht vertreiben lassen.«

Sie schwieg und starrte vor sich hin. Dirk überlegte an einer Antwort, aber es fiel ihm nichts Tröstendes ein.

Schließlich sagte er: »Ich gebe mir alle Mühe, das für Sie zu tun. Und vielleicht auch noch Kollegen zu finden, die mir dabei helfen.«

»Können Sie beten?«

Die Frage traf ihn unvermittelt. »Äh ... nein ... eigentlich ...« In einem seiner letzten Fälle, wo er im Sektenmilieu arbeiten musste, hatte er so getan, als wäre er ein besonders frommer Mensch. Aber dieser alten Frau konnte und wollte er nichts vormachen. »Ich verstehe nichts davon.«

»Schade. Sigrid kann beten. Sie tut es auch. Das hilft mir. Entschuldigen Sie, Herr Steinhaus!« Sie sah auf. »Jetzt habe ich Sie aufgehalten.«

»Macht nichts. Gute Nacht, Frau Sailer!«

»Gute Nacht. Und vielen Dank für alles!«

36

Michael Wronski blickte sich auf dem Parkplatz um. Der Reisebus mit den Märchenfiguren stand da. Außerdem etwa fünfundzwanzig PKWs, darunter der grüne Opel des Detektivs. Wronski sah sich jedes Auto an, fand aber keines, das seinen Verdacht erregte, auch keinen Geländewagen.

Dann betrat er die Hotelhalle.

Es waren nur noch wenige Menschen da. Aber in einer Ecke sah er gleich den Detektiv. Der hatte ihn auch schon gesehen. Neben ihm saß ein asiatisch aussehender Herr reiferen Alters.

Wronski ging auf den Tisch zu. Sie grüßten sich, und Steinhaus stellte ihn und den Professor aus Kobe einander vor.

»Ihr Auto verliert Öl, Herr Steinhaus.«

»Ach ja? Verwunderlich ist es nicht. Eine uralte Karre. Ich hatte auch die letzten Tage wieder Probleme mit der Kupplung. Ich müsste eigentlich in eine Werkstatt. Aber ich kann meine Schützlinge nicht . . . he, jetzt sind Sie ja da! Oder sind Sie nicht gekommen, um die Uroma und die Kleinen zu bewachen?«

»Doch. Oder ist es Ihnen nicht recht? Nehme ich Ihnen den Job weg?«

»Im Gegenteil, es ist mir sehr recht. Vielleicht können wir uns abwechseln, und ich könnte mal schlafen.«

Der japanische Professor mischte sich ein: »Sie müssen sehen, Herr Steinhaus konnte in der Nacht gestern zu heute kein Auge zukneifen.«

»Und diese Nacht muss ich wieder Wache halten!« Seine Stimme war voller Selbstmitleid.

Wronski grinste. »Na, dann ist es vielleicht wirklich das Beste, wir wechseln uns ab. Obwohl ich noch nicht davon überzeugt bin, dass wir auch nachts . . .«

Er drehte sich um, weil er merkte, dass der Detektiv seine Aufmerksamkeit plötzlich auf etwas hinter ihm konzentrierte.

Da stand der Portier hinter seiner Theke und winkte.

Steinhaus stand auf und lief hin, Wronski folgte ihm.

»Nur weil Sie mich gebeten hatten, die alte Dame nicht zu stören«, sagte der Portier. »Da ist jemand am Telefon, der sie sprechen will.«

»Was ist jetzt mit dem Gespräch?«

»Die Leitung steht noch, aber er kann uns nicht hören. Ich habe um Geduld gebeten, die Dame sei schon zu Bett gegangen.«

»Eine Männerstimme?«

»Ja.«

»Lassen Sie mich mal mit ihm sprechen!«

Der Portier reichte ihm den Hörer und drückte einen Knopf.

»Hallo«, sagte Steinhaus. »Sie möchten Frau Sailer sprechen?«

Es kam keine Antwort.

»Verstehen Sie bitte, dass wir die alte Dame ungern aus dem Schlaf reißen möchten. Können Sie mir sagen, wer Sie sind?«

Wieder nur Schweigen. Dirk hörte aber am Atem, dass jemand am anderen Ende der Leitung war.

»Oder worum es sich handelt? Kann ich ihr etwas ausrichten?«

Ein Knacks – die Leitung war tot.

Dirk Steinhaus sah den Polizisten an. »Nichts. Hat kein Wort gesagt.«

»Die wollen sie unter Druck setzen.«

Steinhaus nickte, und sie gingen zu ihren Sitzplätzen zurück. »Unter Druck, das herauszurücken, was sie suchen.«

Wronski meinte: »Vielleicht ist es wirklich das Beste, in der Nacht auch aufzupassen. Gehen Sie mal schlafen.«

»Das ist eine verlockende Vorstellung.«

»Was wir morgen machen, können wir uns ja noch überlegen.«

»Sie können ja dann schlafen und ich . . . ach so, meine alte Karre . . .«

Der Professor sagte, was Steinhaus nicht zu sagen wagte und wozu sich Wronski nicht freiwillig durchringen konnte: »Herr Steinhaus kann ja mit Ihrem Auto fahren, wenn das, welches ihm gehört, in der Werkstatt ist.«

»Eine gute Idee«, sagte Wronski mit einer Begeisterung, die etwas künstlich klang.

37

»Aufstehen, meine Liebste!«, flüsterte Erwin.

Helga knurrte: »Das reimt sich nicht!«

»Na gut«, lächelte Erwin und setzte sich auf den Bettrand. »Dann bitte ich jetzt um Aufmerksamkeit für mein neuestes Kunstwerk.«

Sie drehte sich ihm zu und öffnete die Augen. »O ja. Aber nicht so was Wüstes wie neulich!«

»Ein ganz zartes, lyrisches Morgengedicht. Hör zu!

Nun reiß die Augen auf und schau,
was an dem jungen Tag geschieht:
Die Lerche steht im Himmelsblau
und trällert froh ihr Morgenlied.
Und vor dem Fenster sieh die Bäume,
wie sie dich zweigewinkend locken:
Wer bleibt denn schon im Land der Träume
an so 'nem schönen Tage hocken!
Nach Frühstückshonig sucht die Biene.
Putzmunter krabbelt dort ein Käfer.
Die Sonne strahlt durch die Gardine,
und sie verlacht den letzten Schläfer.«

»Schön!«, sagte seine Frau leise und strahlte, als müsse sie mit der Sonne konkurrieren.

»Frühstück ist auch fertig.«

»Mit Frühstückshonig?«

»Leider nicht. Ich bin ja nur die Drohne. Aber sonst ist alles da. Und garantiert kein Porridge.«

»Du machst mir ja richtig Mut aufzustehen.«

»Ach ja? Dann will ich mal Platz machen, damit du deinen Worten Taten folgen lassen kannst.« Er stand auf.

»Hast du nicht noch was ganz Entscheidendes vergessen?«

»Nein. Kaffee, Brot, Marmelade, Käse, Eier . . .«

Sie hielt ihm die geschürzten Lippen hin.

»Meinst du etwa . . .?«

»Genau. Wie soll ich ohne Morgenkuss in Gang kommen?«

»Du wirst immer anspruchsvoller. Erst soll ich das Frühstück vorbereiten, dann soll ich jeden Morgen ein frisches Gedicht machen, und jetzt willst du auch noch einen Kuss! Das ist der Gipfel! Wo soll das enden?«

»Hmm«, machte sie und hielt ihm den Mund entgegen.

»Na gut, weil Urlaub ist!«, sagte er und küsste sie.

Nun waren alle Bedingungen erfüllt, und sie sprang aus dem Bett.

Als sie am Frühstückstisch saßen und Helga den ersten Schluck Kaffee genommen hatte, sagte sie: »Heute rufen wir noch mal an.«

»Wer sagt dir, dass unser Telefon repariert ist?«

»Das werden wir sehen. Zumindest rufe ich bei Lotte noch mal an. Ich habe einfach ein komisches Gefühl, dass wir gar keine Verbindung haben.«

»Die Errungenschaften der modernen Zeit haben die Menschen verwöhnt. Stell dir vor: Die Handwerksburschen früher waren Jahre von zu Hause weg und konnten nicht telefonieren.«

»Wahrscheinlich noch nicht mal schreiben. Weil sie das nicht gelernt hatten.«

»Siehst du! Oder die Seeleute!«

»Oder die Kreuzritter!«

»Bloß wir müssen dauernd elektronischen Kontakt aufnehmen. Nur weil es möglich ist.«

»Eben«, sagte sie, »es ist möglich. Wenn es kein Telefon gäbe, würde ich auch nicht telefonieren wollen.«

»Das klingt irgendwie logisch.«

»Weil die Technik uns aber in die Lage versetzt . . .«

»Vorausgesetzt, es ist nichts kaputt!«

»Wir können ja gleich bei der Post vorbeigehen, wenn wir loswandern.«

Erwin nickte nur, weil er gerade einen großen Bissen im Mund hatte.

38

Frau Melzer kam heute in Türkis. Zwei Japanerinnen, die ja wussten, dass sie wie alle nur einen Koffer hatte, wunderten sich, wo sie die vielen Kleidungsstücke verstaute. Mit Tüchern, Ketten, Ringen und Broschen pflegte sie zusätzliche Akzente zu setzen, aber die nahmen ja nicht viel Platz im Gepäck ein. Heute hatte sie eine auffällige Kette um den Hals, die von fern aussah wie der Schmuck eines Indianerhäuptlings, aus aufgereihten Bärenkrallen und Wolfszähnen. Unten dran baumelte eine Art verkleinerter Totempfahl.

Dirk Steinhaus trat auf sie zu. »Guten Morgen, Frau Melzer.«

»Guten Morgen, Herr Steinhaus, unser Schutzengel und Leibwächter. Oder sagen wir es lieber in der umgekehrten Reihenfolge, denn ein Schutzengel ist sicher noch eine Steigerung von Leibwächter, auch wenn ich zugeben muss, dass ich mich . . .«

»Frau Melzer, ich wollte . . .«

». . . da nicht so auskenne. Ich meine, weder von Leibwächtern verstehe ich viel, noch kenne ich mich auf dem Gebiet der Schutzengel besonders gut aus. Ich meine nur . . .«

»Frau Melzer!«, machte Dirk Steinhaus einen zweiten, etwas lauteren Versuch, ihren Wortschwall zu bremsen, und diesmal mit Erfolg. »Ich möchte Ihnen Herrn Kommissar Wronski vorstellen.« Er winkte den Genannten ungeduldig heran, weil er fürchtete, Frau Melzers Redefluss könnte wieder alle Dämme brechen, wenn er ihr einige Augenblicke Zeit ließe. »Das ist Herr Wronski. Wir haben schon mal miteinander zu tun gehabt, und ich kann sagen, er ist ein zuverlässiger Mann.«

»Danke«, knurrte der. »Solche Worte aus Ihrem Mund treiben mir Tränen der Rührung in die Augen.«

»Herr Wronski hat eben diese vor Rührung feuchten Augen heute Nacht weit offen gehabt und unser aller Schlummer bewacht.«

Frau Melzer streckte ihm die Hand hin. »Guten Morgen, Herr . . . äh . . .«

»Wronski.«

»Herr Wronski! Noch ein zweiter Schutzengel, wie schön! Ich bin Frau Melzer, Reiseleiterin für unsere asiatischen Märchenfreunde. Das bedeutet nicht nur, dass ich den organisatorischen Ablauf . . .«

»Frau Melzer . . .«

». . . überwache, sondern auch die nötigen Erklärungen liefere, auf eine gute Atmosphäre bedacht bin und Ansprechpartner für die kleinen und großen Sorgen . . .«

»Frau Melzer!« Auch diesmal konnte Dirk sich erst im zweiten Anlauf Gehör verschaffen. Frau Melzer musste erfrischend geschlafen haben, denn ihre gute Laune war nicht zu übersehen und vor allem nicht zu überhören. »Herr Wronski fährt mal eben mit mir in eine Autowerkstatt. Gefrühstückt haben wir schon. Sollten Sie zur Abfahrt bereit sein, ehe wir zurück sind, warten Sie nicht auf uns. Wir kommen dann schnell nach. Wir haben Egon nach der Route gefragt.«

»In Ordnung, Herr Steinhaus. Haben Sie gut geschlafen?«

Da die Übersetzerin, die eben herantrat, dies bejahte, hielt Dirk die an ihn gerichtete Frage für überholt und wandte sich ab. Mit dem Polizisten zusammen verließ er das Foyer.

Frau Melzer leitete inzwischen ihre Schutzbefohlenen, die aus dem Aufzug traten und die Treppe herunterkamen, mit vielen fröhlichen Worten und weit ausholenden Bewegungen ins Frühstückszimmer.

39

»Lotte! Bist du da?«, fragte der Briefträger in den Hausflur. Und als sich nichts rührte, noch einmal: »Lotte!«

»Ich bin im Keller, in der Waschküche. Was ist denn?«

Der Briefträger trat an die Kellertreppe. »Ich bin's. Karl-Heinz.« Lotte erschien unten an der Treppe. Sie wischte sich die nassen Hände an der Schürze ab.

»Ach, du bist es. Hast du was mit Nachnahme? Oder warum steckst du die Post nicht einfach in den Briefkasten?«

»Für dich habe ich nichts. Nur Werbung. Aber hier ist was für den Aussiedlerhof. Kann ich das dir geben? Ich meine, da ist doch jetzt keiner.«

Sie kam die Treppe herauf. »Da ist jetzt keiner, das stimmt. Aber was soll ich damit? Gut, wenn du meinst, kann ich's aufheben und ihnen geben, wenn sie wiederkommen. Aber ist es nicht besser, du lässt es wieder an den Absender zurückgehen?«

Jetzt war sie oben.

»Nein, es ist doch von Erwin und Helga aus England.«

»Ach so, eine Ansichtskarte aus dem Urlaub!«

»Nein, dies hier. Ein großer Umschlag.«

Sie las die Adresse. »Krohn? Das war doch der, den sie erschossen haben! Wieso schickt Erwin dem etwas aus dem Urlaub?«

»Eben! Wo der doch tot ist!«

»Na ja, das wissen Erwin und Helga ja nicht.«

»Wie denn – die machen da oben gemütlich Urlaub und wissen gar nicht, was hier passiert ist?«

So formuliert kam es Lotte nun auch reichlich seltsam vor. Aber sie schob den Gedanken beiseite, weil sie daran nicht ganz unbeteiligt war. Sie drehte verlegen den Brief in den Händen.

»Also, was soll ich jetzt damit machen?«, fragte der Zusteller. »Nimmst du ihn an dich?«

»Müssen wir den nicht der Polizei geben?«

»Ach ja – stimmt! Das wäre, glaube ich, das Beste.«

»Ich rufe mal an. Ich kenne die schon. Die können den Brief hier abholen. Vielleicht hilft er ihnen ja auch, den Fall aufzuklären.«

»Möglich.«

»Und dann können die Beamten sich ja auch mit Erwin und Helga in Schottland in Verbindung setzen. Die haben da sicher Mittel und Wege. In ihrer Ferienwohnung haben sie nämlich kein Telefon.«

»Ja, gut. Ich gehe dann wieder.«

»Mach's gut, Karl Heinz!«

Kaum war sie wieder alleine, kam der Gedanke in ihr hoch und wurde zu einem - wenn auch noch halbherzigen - Entschluss: Wenn Erwin oder Helga noch mal anrufen, muss ich ihnen wohl doch klaren Wein einschenken.

40

Hauptkommissar Herbert Magnus klopfte kurz an und trat gleich ein. »Morgen, Emil.«

»Morgen, Herbert«, sagte der gesetzte Herr hinter dem Schreibtisch, und wandte seinen Blick, kaum dass er den Eintretenden erkannt hatte, wieder seinen Papieren zu. »Lass mich nur eben ... setz dich inzwischen!«

»Danke. Nimm dir nur Zeit. Wer bin ich, dass ich Emil und die Wirtschaftsdetektive bei der Arbeit stören dürfte.«

Der Mann schaute auf. »Wo du mich nun schon unterbrochen hast ... Warum rufst du nicht an? Ist es besonders wichtig?«

Magnus nickte. »Wie alles, was der Aufklärung eines Mordes dienen könnte. Was kannst du mir über die Firma Hartex sagen?«

»Hartex - Hartex«, murmelte der Kollege von der Wirtschaftskriminalität, hob die Augen zur Zimmerdecke und legte den rechten Zeigefinger ans Kinn. »Hartmann-Export, stimmt's?«

Magnus nickte.

»Moment«, bat der andere, tippte auf seine Computertastatur und spielte mit der Maus. Eine Weile las er etwas auf dem Schirm. Und tatsächlich, da war mehr zu sehen als an der Zimmerdecke.

»Wir haben schon einmal vorermittelt. Aber nichts. Keine Beweise, noch nicht mal eine Erhärtung des Anfangsverdachts.«

»In welche Richtung?«

»Waffen und so was. Also Handel mit Gütern, die unter Exportverbot stehen. Meist läuft das dann auf Waffen oder Waffenteile, giftige Chemie und ähnlich martialisches Zeug hinaus.«

»Atom-Zubehör?«

»Gehörte in diesem Fall nicht zum Anfangsverdacht. Aber wer weiß das schon!«

»Wenn ihr es nicht wisst . . .«

»Ach, Herbert! Ihr fangt doch auch nicht alle Mörder. Wahrscheinlich erkennt ihr noch nicht mal jeden Mord als solchen, wenn er als Unfall oder Herzinfarkt getarnt ist.«

»Du bist heute so – wie soll ich sagen – destruktiv. Hast du Ärger mit deiner Frau oder den Kindern?«

»Die Kinder sind alle aus dem Haus. Womit ich nicht sagen will, dass sie einem dann nicht auch noch Ärger machen könnten. Aber hör auf zu fragen. Ich bin ja hoffentlich nicht einer von deinen Verdächtigen.«

»Nein. Entschuldige, es ist mir zur zweiten Natur geworden.«

Emil lenkte den Blick wieder auf den Bildschirm. »Da hängt dann natürlich immer allerhand mit dran. Zum Beispiel Steuerhinterziehung. Denn dass einer für ein unerlaubtes Geschäft treu Steuern bezahlt, ist eher selten.«

»Das leuchtet ein.«

»Mehr kann ich dir nicht sagen, Herbert. Mehr habe ich nicht.«

»Hm«, machte Magnus, »nicht viel. Aber dass ihr keinen Dreck an seinem Stecken gefunden habt, heißt nicht, dass da nicht doch welcher sein könnte?«

»Du sagst es. Wir haben, um im Bild zu bleiben, nur den Griff des Steckens untersucht.«

»Ich danke dir, Emil!«, sagte Magnus und stand auf.

»Aber wenn du auf irgendetwas stoßen solltest – lass es mich wissen.«

»Natürlich.«

»Du warst lange nicht im Club.«

»Woher weißt du das? Warst du denn da?«

»Na ja, gelegentlich.«

»Ich auch. Da müssen wir uns verpasst haben.«

Magnus hob grüßend die Hand und ging.

41

»Falls Sie sich ein wenig gelangweilt haben sollten, tut es mir Leid«, sprach Frau Melzer ins Mikrofon. Sie stand vorn im Bus, blickte nach hinten und hielt sich mit der linken Hand am Griff einer Rückenlehne fest. Bei jedem Ruckeln infolge einer Fahrbahnunebenheit klapperten die Ringe an ihrem Handgelenk. Das Geräusch drang aber nicht weit.

Jetzt erst merkte sie, dass sie das Mikrofon ganz in Gedanken wieder selbst zur Hand genommen hatte, statt es der Übersetzerin zu geben. Sie reichte es Sigrid, die hinter sie trat.

»Außer unserem verehrten Herrn Professor wird kaum jemand von Ihnen schon einmal von Wilhelm Busch gehört haben. Aber zu unserer Märchenreise gehören nicht nur die Orte der Grimmschen Märchen. Wir werden erst heute Abend auf dem letzten Teil unserer Rundfahrt wieder darauf zurückkommen. Da fahren wir nämlich über den Meißner, und da oben ist Frau Holle zu Hause. Sie erinnern sich sicher an ›Goldmarie und Pechmarie‹. Aber, wie gesagt, zwischendurch einiges andere. Heute früh haben wir in Münden nicht Halt gemacht, weil wir da später noch hinkommen. Wir werden dort an Bord eines Schiffes gehen und ein Stück die Weser hinabfahren. Dann werde ich Ihnen auch etwas über dieses wunderschöne Fachwerkstädtchen mit dem eindrucksvollen Renaissance-Rathaus sagen, und über die Legenden um den mittelalterlichen Arzt Doktor Eisenbart.«

Während Sigrid überlegte, wie sie Renaissance übersetzen sollte, entstand eine Pause. Henriette Sailer drehte sich um und bat den hinter ihr sitzenden Thomas: »Guck doch bitte noch mal, ob er jetzt da ist!«

Thomas sprang auf, lief nach hinten und kam nach einigen Augenblicken wieder zurück. »Nein, Uroma, Dirk ist nicht hinter uns.«

»Seltsam. Das beunruhigt mich jetzt doch etwas.«

»Er kommt sicher bald.«

Frau Melzer hatte ihre Ungeduld kaum zügeln können. Jetzt hatte Sigrid endlich erläutert, was Renaissance ist, und sie konnte fortfahren.

»Wie schon gesagt, hat der deutsche Dichter, Maler und Humorist Wilhelm Busch in diesem kleinen Ort Ebergötzen einen wichtigen Teil seiner Kindheit verbracht. Die Mühle haben Sie gesehen, und ich denke, auch für die, die Wilhelm Busch nicht kennen, war es mal ganz interessant, wie eine Mühle funktionierte, und überhaupt, wie die Landbevölkerung früher lebte. Wir sind dabei nicht in der Zeit, in der die Märchen spielen, aber doch nahe der Zeit, in der sie aufgeschrieben und verbreitet wurden.«

»Uroma!« Thomas beugte sich vor.

»Ja?«

»Das Komische ist, dass da ein anderes Auto hinter uns herfährt.«

»Wie – ein anderes Auto?«

»Ein roter Passat. Der war schon hinter uns, ehe wir in dem Dorf ausgestiegen sind und in der Mühle waren.«

»Und jetzt immer noch?«

»Ja.«

»Bist du sicher?«

»Wenn ich's dir doch sage!«

»Weil du das jetzt erst sagst.«

»Es ist mir jetzt erst eingefallen.«

Marilena mischte sich ein. »Wieso denn eingefallen? Ich denke, du hast es gesehen.«

»Hab ich auch. Aber ich hab nicht gemerkt . . . na ja . . .«

Seine Uroma half ihm: »Es ist dir jetzt erst aufgefallen, dass der uns verfolgen könnte und nicht zufällig hinter uns herfährt.«

»Genau.«

»Guck mal, ob er noch da ist.«

Thomas eilte wieder nach hinten und kam nach wenigen Sekunden zurück. »Er ist noch da, Uroma.«

». . . kommen gleich durch das ehemalige Grenzgebiet zwischen Bundesrepublik Deutschland und DDR«, erklärte Frau Melzer weiter, und Sigrid Langefeld übersetzte Satz für Satz. »Wir werden an einer geeigneten Stelle Halt machen, so dass Sie den Verlauf des Grenzstreifens sehen und, wenn Sie möchten, auch fotografieren können. Ich werde Ihnen dann einiges dazu erläutern. Aber es dauert noch ein paar Minuten, bis wir da sind. Die nutzen wir, um von der jüngeren Geschichte noch einmal auf die ältere umzuschalten.«

Marilena blickte ihrer Urgroßmutter ins Gesicht. »Ist dir schlecht, Uroma?«

Die schüttelte den Kopf. Ihre größte Sorge war die um die Kinder, aber die nahe liegendste war, dass die nichts von ihrer Angst merken sollten. Und die war nur schwer zu verbergen.

»Thomas«, rief Marilena nach hinten. »Guck mal, Uroma ist krank.«

Thomas kam wieder nach vorn. »Ist was, Uroma?«

»Nein, Junge, setz dich wieder hin!«

»Du siehst aber ganz komisch im Gesicht aus, wie Mama, als sie krank war.«

»Ist nicht weiter schlimm.« Sie lächelte den Urenkel tapfer an und strich ihm über das Haar.

»Ich weiß es: Du hast Angst wegen dem Auto.«

Sie nickte. »Ja, ein bisschen, ehrlich gesagt.«

»Meinst du, das sind die Verbrecher? Und Dirk haben sie umgelegt?«

»Umgelegt? Wie kannst du nur so was sagen, Thomas! Nein, das glaube ich nicht, aber . . . ich weiß nicht, was ich davon halten soll.«

»Wenn ich eine Pistole hätte . . .!«

»Red keinen Unsinn, Thomas!«

Die übrigen Insassen des Busses waren inzwischen der Gegenwart völlig entrückt. »Dieses so genannte Eichsfeld ist relativ fruchtbar, also landwirtschaftlich ertragreich, und kulturell eigenständig gegenüber den umliegenden Landschaften. Das hängt damit zusammen, dass es in der Zeit, als unser Land ein Flickenteppich von unzähligen Fürstentümern und Grafschaften war, zum Besitz des Bistums Mainz gehörte. Es war darum auch immer katholisch geprägt im Gegensatz zu der Umgebung. Im Norden reicht das Eichsfeld bis an den Harz. Der Süden wurde durch eine Burg gesichert, die wir später besichtigen wollen. Sie heißt Hanstein und ist relativ gut erhalten. Sie lag auf DDR-Gebiet. Aber später mehr davon. Jetzt halten wir hier kurz an und steigen aus. Sie können hier gut sehen, wie sich der Grenzzaun, der natürlich inzwischen abgebaut ist, mit seinen breiten Sicherheitsstreifen über die Hügel zog.«

Mit zischendem Geräusch öffneten sich die Türen. Die Japaner, soweit sie männlichen Geschlechts waren, ergriffen ihre Fotoapparate und stiegen aus, die Frauen folgten ihnen.

Zunächst blieb Henriette Sailer sitzen. Hier drin waren sie wohl am sichersten. Die Kinder sahen sie fragend an, sagten aber nichts, weil die ganze Situation sie verunsicherte. Die anderen waren schon alle draußen, als Thomas endlich fragte: »Sollen wir hier drin bleiben?«

»Damit uns keiner was tut?«, ergänzte Marilena.

Frau Sailer rieb sich mit der Hand die Stirn, als könnte sie so die Angst wegwischen. Dann hatte sie sich zu einem Entschluss durchgerungen. »Nein. Kommt mit. Und bleibt immer dicht bei mir!«

Sie stiegen vorn aus. In der Menge der herumstehenden Japaner fielen sie nicht auf, als sie sich langsam einem Abhang näherten. Frau Sailer blickte sich um.

»Meinst du das rote Auto da hinten, Thomas?«

»Ja. Der Passat. Sie waren die ganze Zeit hinter uns.«

»Und jetzt sind sie nicht weitergefahren. Sie beobachten uns.«

Der Professor aus Kobe trat heran. »Es ist eine erschreckliche Sache, wenn eine Nation wird in zwei Teile geschnitten, nicht wahr, Frau Sailer?«

»Wie? Ach so, ja, das ist es wirklich.«

»Kannten Sie jemanden in der DDR?«

»Ja. Ich stamme selbst aus dieser Gegend, und es gab Freundschaften und Familien, die durch die Teilung auseinander gerissen wurden. Meine Familie ist zum Glück nicht getrennt worden.«

»Wirklich? Erzählen Sie mir von ...«

»Entschuldigen Sie bitte, Herr Professor! Würden Sie mir einen Gefallen tun?«

»Natürlich. Sehr gern.«

»Ich muss ... Sie kennen ja mein Problem.«

»Ja. Sie haben Sorgen, die ... die Leute ...«

»Sie sind wahrscheinlich in dem roten Auto da hinten.«

Der Professor war geistesgegenwärtig genug, sich nur langsam und unauffällig umzudrehen. »Meinen Sie ...«

»Ich habe einen Plan, Herr Professor. Wie ich Ihnen erzählte, habe ich nicht weit von hier Verwandte, da will ich die Kinder hinbringen. Das wäre hier eine gute Gelegenheit, mich von der Gruppe abzusetzen. Helfen Sie mir dabei?«

»Ja, gern. Was soll ich tun?«

»Sagen Sie Frau Melzer, was geschehen ist. Sie wird uns vermissen, auch die anderen, die bei uns in der Nähe gesessen haben. Sagen Sie einfach, es sei alles in Ordnung, wir seien freiwillig dageblieben. Sie sollen einfach weiterfahren. Verstehen Sie? Ohne langes Warten oder Suchen einfach weiterfahren. Ich melde mich später noch mal.«

»Ja, ich helfe Ihnen, wenn Sie dieses möchten. Aber denken Sie, dass es gut ist . . .?«

»Bitte, Herr Professor!«

Frau Sailer ging ein Stück weiter, die Kinder an der Hand, so dass der Bus zwischen ihnen und dem roten Auto war. Dann stieg sie den Hang hinunter. Das war nicht ungefährlich, weil es hier steil war. Thomas versuchte sie zu stützen.

Marilena kam hinterher, und der japanische Professor deckte ihren Rückzug, indem er möglichst unauffällig auf und ab schlenderte.

»Da, hinter das Gebüsch!«

Thomas lief voraus. Seine Uroma konnte nicht so schnell folgen. Aber als sie angekommen war, sagte er eifrig: »Ein tolles Versteck. Hier sehen sie uns nicht.«

»Thomas, schleich dich doch mal da zu der anderen Seite des Gebüschs und guck, ob der rote Wagen gleich dem Bus folgt.«

»Mach ich, Uroma.«

»Aber pass auf, dass man dich nicht sieht!«

»Was denkst du denn!«

Der Junge näherte sich vorsichtig dem Rand des Gebüschs. Er konnte jetzt den Bus sehen. Gerade stieg die Reisegruppe ein. Frau Melzer und der Professor standen etwas abseits und unterhielten sich heftig, man sah es an ihren Bewegungen. Dann stiegen sie als Letzte ein. Die Türen schlossen sich, und der Bus setzte sich in Bewegung. Nun kam auch der Passat wieder in Thomas' Blickfeld, der dahinter verborgen gewesen war. Er fuhr kurz nach dem Bus an und folgte ihm in einigem Abstand. Thomas schaute ihm nach, bis er hinter einer Kurve verschwunden war und berichtete dann seiner Urgroßmutter.

»Das hast du gut gemacht, Thomas.«

»Glaubst du, dass die hinter uns her sind?«

»Ich weiß es nicht, aber wir müssen damit rechnen. Hört zu, ihr beiden. Nicht weit von hier ist das Dorf, in dem ich als Kind gewohnt habe. Ich versuche, euch da unterzubringen. Wenn meine

Bekannten in der Nähe von Marburg euch aufgenommen haben, wird unsere Familie es ganz sicher auch tun. Und diesmal finden die Verbrecher euch bestimmt nicht.«

Thomas überlegte: »Jetzt sind sie ja weg und können uns nicht verfolgen.«

»Ja. Mir ist die Idee eben erst gekommen, im Bus.«

»Was sind das denn für Leute?«, wollte Marilena wissen.

»Ich hatte einen Bruder, der lebt aber schon lange nicht mehr. Seine Tochter ist auch schon alt, und die lebt bei ihrer Tochter und deren Mann.«

»Kennen wir die?«

»Nein, Marilena, ihr habt sie noch nie gesehen. Als meine Eltern gestorben waren, hat es einen schlimmen Streit um das Erbe gegeben, und da ist der Kontakt abgerissen. Ich habe nur ganz selten etwas von meinem Bruder gehört, und die jüngeren Leute kenne ich selbst nicht persönlich. Aber dieser dumme Streit ist schon so lange her, sie werden sich bestimmt freuen, wenn sie euch kennen lernen.«

»Wie kommen wir denn da hin?«, wollte Thomas wissen.

»Eine gute Frage. Ich weiß es auch noch nicht. Wir werden sehen.«

Sie stiegen den Hang wieder hinauf. Das ging etwas leichter als hinunter, weil sich Frau Sailer sicherer fühlte, aber es war anstrengender und dauerte länger. Sie fasste sich einmal ans Herz, aber als Thomas sich zu ihr umdrehte, nahm sie die Hand weg. Oben angekommen, sahen sie sich um. Der provisorische, geschotterte Parkplatz war leer. Dann kamen kurz hintereinander zwei Autos und hielten. Aus dem ersten stieg ein junges Paar aus. Aus Gründen, über die Frau Sailer sich selbst keine Rechenschaft gab, hielt sie die nicht für geeignet. Den älteren Herrn aus dem zweiten Auto aber wagte sie anzusprechen.

»Entschuldigen Sie, ich habe eine ziemlich unverschämte Bitte!«

»Nur heraus damit!«, sagte der Herr und lächelte aufmunternd.

»Meine zwei Urenkel und ich . . .«

»Das sind Ihre Urenkel? Ich hätte höchstens auf Enkel getippt. Obwohl – na ja, vielleicht nur, weil man so selten eine rüstige Urgroßmutter sieht. Guten Tag, ihr beiden!«

»Guten Tag«, antworteten die Kinder wie aus einem Mund.

»Gut erzogen!«, nickte der Herr anerkennend. Er sah in seinem grauen Anzug mit blauer Krawatte wie ein reisender Vertreter aus. »Mein Name ist Fritsch. Was kann ich für Sie tun?«

»Ich heiße Sailer. Wir drei sind . . . durch unglückliche Umstände . . . ich muss sicher nicht die ganze Geschichte erzählen. Jedenfalls müssen wir in ein Dorf in der Nähe und wissen nicht wie. Würden Sie so freundlich sein, uns in den nächsten Ort mitzunehmen und an einer Bushaltestelle abzusetzen? Oder vielleicht gibt es da sogar ein Taxi. Ach – es reicht schon eine Telefonzelle, dann kann ich ja ein Taxi bestellen.«

»Aber natürlich! Das mache ich doch gerne. Seid ihr schon mal in einem Mercedes gefahren, ihr zwei?«

»Nein«, antwortete Thomas.

Frau Sailer sagte: »Sehr freundlich von Ihnen, Herr Fritsch! Wirklich sehr freundlich! Aber nun sehen Sie sich erst in Ruhe alles an! Es wäre mir sehr peinlich, wenn Sie sich durch uns auch noch gedrängt fühlten.«

»Ich habe alles gesehen, was ich sehen wollte. Das Eigentliche, der Zaun, die Grenze, ist ja nicht mehr da. Gott sei Dank. So, darf ich dann bitten einzusteigen.«

42

»Immer bergauf, meine Herrschaften! Immer einfach bergauf. Es ist gar nicht zu verfehlen.« Frau Melzer machte dazu Bewegungen, als wollte sie ihre japanischen Gäste wie eine Herde Gänse den Weg entlang scheuchen, der nach weit verbreiteter DDR-Gewohnheit mit leicht trapezförmigen Betonplatten belegt war.

Als alle vorbei waren, folgte sie aber nicht, sondern blieb stehen, ging sogar wieder ein kleines Stück zurück.

»Herr Steinhaus! Was machen Sie denn hier?«

»Was ich hier mache? Meinen Sie die Frage ernst?«

»Ich dachte, Sie wären ... na ja, irgendwie nicht da, und ... waren Sie in dem roten Auto?«

»Ja, das gehört dem Polizisten, der uns jetzt unterstützt. Meins ist in der Werkstatt. Aber das habe ich Ihnen doch heute Morgen gesagt!«

»Ja, natürlich! Aber ... zu dumm. Eine Kette von Missverständnissen!«

»Können Sie mich mal aufklären? Aber lassen Sie uns dabei weitergehen, ich sehe meine drei Schützlinge nicht. Sie sollen nicht zu weit ...«

»Die sind gar nicht hier.«

»Nicht hier?« Der Detektiv war wie angewurzelt stehen geblieben. »Wo sind sie denn?«

»Zu dumm aber auch! Also, das war so: Frau Sailer hat gesehen, dass uns ein rotes Auto gefolgt ist. Da Ihres grün war, hat sie gefürchtet, es wären die Killer. Da hat sie sich abgesetzt, heimlich, damit die es nicht sehen sollten. Und Sie haben es ja auch tatsächlich nicht gesehen.«

»Ja, aber warum haben Sie das nicht verhindert?«

»Ich wusste es doch nicht! Frau Sailer hat es dem Professor gesagt, von dem weiß ich die Einzelheiten. Außerdem wusste ich ja auch nicht, dass Sie mit einem anderen Auto hinter uns hergefahren sind!«

Dirk Steinhaus blickte der Gruppe nach, die zielsicher den Burgberg erstürmte, immer auf das mächtige Gemäuer mit den zwei Türmen zu. »Und jetzt?«

»Ich weiß nicht.«

»Kennt der Professor den Ort, wo sie hinwollte?«

Frau Melzer zuckte die Schultern. »Wir müssen ihn fragen. Genannt hat er ihn nicht.«

»Also gut. Aufs Geratewohl in der Gegend herumfahren kann ich ja auch nicht. Das heißt, ich kann schon, aber es hat keinen Sinn.«

Die beiden schritten kräftig aus. Dirk wunderte sich über die Kondition der Dame an seiner Seite. Als sie die Gruppe erreicht hatten, waren sie ziemlich außer Atem. Aber noch waren sie nicht ganz bei der Burg.

Der Professor konnte ihnen nicht weiterhelfen. Er betonte nur immer wieder, dass es ihm Leid täte, und ob er helfen könne, alles wieder gutzumachen.

»Herr Professor!«, keuchte Dirk. »Es ist doch nicht Ihre Schuld! Im Gegenteil, Sie haben das Beste gewollt. Hat Frau Sailer gesagt, ob sie nur die Kinder dalassen und selbst wieder zurückkommen will?«

»Das weiß ich nicht. Sie sagte nur, dass sie telefonieren will. Oder vielleicht hat sie etwas anderes gesagt, aber ich habe es so verstanden. Oh, mein Deutsch . . .«

»Nun beruhigen Sie sich doch, Herr Professor! Ihr Deutsch ist besser als das von einigen meiner Kollegen und Nachbarn. Verraten Sie ihnen aber nicht, dass ich das gesagt habe, falls Sie sie mal treffen! Also telefonieren wollte sie? Wohin? Wahrscheinlich mit dem Hotel, wenn wir heute Abend zurück sind, oder?«

»Ist anzunehmen«, bestätigte Frau Melzer in ganz ungewohnter Kürze. Der Schreck mochte ihr die Sprache verschlagen haben, aber vielleicht war auch der steile Aufstieg der Grund. Sie schnaufte jedenfalls heftig.

»Dann werde ich jetzt gleich nach Kassel zurückfahren«, beschloss Dirk Steinhaus. »Ob ich diese Burg nun mit erstürme oder nicht – davon gewinnen wir auch keinen Krieg. Aber wenn Frau Sailer früher anruft, bin ich wenigstens schon da.«

»Ja, das ist vernünftig«, meinte Frau Melzer, blieb stehen und stemmte die Hände in die Hüften. »Je älter ich werde, desto dringender scheint mir, dass wir den Hanstein aus unserem Programm streichen.«

»Aber Frau Melzer! Das werden Sie unseren Gästen doch nicht vorenthalten! Nur zu! Sehen Sie mal, wo Ihre Samurai schon sind!«

Und mit großen Schritten eilte er den Burgberg wieder hinunter.

43

»Warum antwortest du nicht, Elfriede?«, fragte Henriette Sailer. »Wenn du die Kinder nicht hier behalten willst, dann sag es klar und deutlich, damit ich weiß, woran ich bin.«

»Jetzt bist du beleidigt!«, stellte Elfriede beleidigt fest. Sie saß ihrer Tante gegenüber am Tisch. Dieser war, wie alles in der Küche, auf Hochglanz poliert. Nicht der kleinste Krümel war darauf zu sehen, und auch sonst gab es keine Anzeichen dafür, dass jemand dort wohnte, kochte oder aß.

»Ich bin nicht beleidigt, Elfriede!«, sagte Henriette ganz leise.

Sie versuchte, sich zu einer gewissen Gelassenheit zu zwingen, was aber nur unvollkommen gelang. »Glaub mir, es fällt mir nicht leicht, dich darum zu bitten. Ich tue es auch nicht zu meinem Vergnügen, sondern wegen der Kinder!«

Elfriede ließ sich wieder Zeit mit der Antwort: »Ich muss da erst meine Tochter und ihren Mann fragen.«

»Kannst du sie nicht hier . . .?«

»Ich bin nicht mehr so rege, dass ich mich mit kleinen Kindern . . . ich meine, den ganzen Tag! Und sie würden ja auch mit meinen Enkeln spielen.«

»Sie haben nicht die Pest!«, sagte Henriette mühsam beherrscht.

»Nein, aber sie sind die Zielscheibe von Mördern, wenn das stimmt, was du mir erzählt hast. Das kommt ziemlich auf dasselbe heraus.«

»Die wissen doch gar nicht, dass die beiden hier sind!«

»Bist du sicher?«

Henriette Sailer war kurz davor, die Beherrschung zu verlieren.

Aber um der Kinder willen zwang sie sich, nicht einfach aufzustehen und wegzugehen.

Eine Weile herrschte Schweigen.

Henriettes Blick fiel auf ein altes braunes Foto in einem braunen Rahmen an der Wand.

»An das Bild kann ich mich noch gut erinnern.«

Elfriede drehte sich um und betrachtete es, als wäre es ihr völlig unbekannt. »Da hatten wir noch Pferde«, sagte sie überflüssigerweise, denn die Pferde waren auf dem Bild zu sehen, davor ein Bauer in Arbeitskleidung, der etwas steif in die Kamera lächelte.

Wieder herrschte Stille, während die Ältere überlegte, wie sie zu einem letzten Versuch ansetzen könnte.

»Möchtest du noch etwas Kaffee?«, fragte ihre Nichte.

»Nein, danke.« Frau Sailer drehte nachdenklich ihre leere Tasse auf der Untertasse hin und her. »Ehrlich gesagt, Elfriede, ich hatte mir das Wiedersehen mit der Verwandtschaft etwas anders vorgestellt.«

»Wie denn?«, fragte Elfriede leicht schnippisch. »Dass wir alle mit offenen Armen vor der Tür stehen, um euch zu empfangen? Oder ein Begrüßungslied singen? Wie hast du es dir gedacht?«

»Natürlich ist mir klar, dass wir unangemeldet hier hereingeschneit sind. Und dass in der Vergangenheit viel kaputtgegangen ist zwischen unseren Familien. Es geht auch nicht um meine Bitte, die Kinder einige Zeit hier aufzunehmen. Ich meine . . . so ganz allgemein. War sicher dumm von mir. Ich hatte immer noch so die Bilder aus der Kindheit . . .«

»Deine Kindheit ist vorbei.«

»Ja, sicher. Ich hab es mir eben anders vorgestellt – wenn ich wieder nach Hause komme, wo ich so viele schöne Jahre . . . na ja, lassen wir das!«

»Es ist schließlich nicht meine Schuld, dass Großvater das Erbe damals so ungerecht verteilt hat. Ihr habt es immer besser gehabt als wir.«

Wie unversöhnlich und verbittert sie doch ist!, dachte Henriette traurig. Und wie sehr der Hass die ganze Familie zerfressen hatte.

Sie versuchte es noch einmal: »Ach, lass uns doch den alten Streit begraben. Wir haben damals alle Fehler gemacht.«

Elfriede schwieg. Die Tür ging auf, und ein kleines Mädchen kam hereingestürzt, gefolgt von Marilena.

»Oma, stimmt das? Marilena bleibt hier? Wir haben schon toll zusammen gespielt!«

Die Mutter der Kleinen erschien hinter den Mädchen. Sie sagte nichts, aber ihr Gesicht sprach Bände. Henriette sah es und wusste, dass alle Mühe umsonst war.

Sie stand auf, was leider nicht so schnell ging und darum keinerlei demonstrative Wirkung hatte.

»Ich denke, wir sollten dann wieder gehen«, sagte sie. »Komm, Marilena. Weißt du, wo Thomas ist?«

»Ja, hinten. Da steht so ein alter Traktor.«

Elfriede sagte: »Warum auf einmal so eilig? Wir könnten doch noch zusammen essen.«

»Wir haben, glaube ich, lange genug geredet.«

»Wo willst du denn hin? Wolfgang kann euch ja nachher nach Kassel bringen, wenn er von der Arbeit kommt.«

Henriette nahm Marilena an der Hand. »Komm, mein Schatz, sag Petra und den Tanten auf Wiedersehen.«

»Bleiben wir nicht hier, Uroma?«

»Nein.«

»Warum denn nicht?«

»Ich erkläre es dir später. Auf Wiedersehen, Elfriede. Oder ich sage besser: Lebe wohl. Mit dem Wiedersehen sollte man in meinem Alter nicht mehr rechnen.«

Elfriede erhob sich ebenso langsam wie ihre Tante. An der Beweglichkeit wäre der Altersunterschied nicht abzulesen gewesen. Sie ergriff die Hand, die Henriette ihr reichte und blickte dabei unter sich. »Äh – ja – mach's gut. Es tut mir Leid, dass ...«

Henriette Sailer wandte sich Elfriedes Tochter zu und verabschiedete sich auch von ihr. Die wusste erst recht nicht, was sie sagen sollte. »Schade, dass du Wolfgang jetzt nicht getroffen hast . . .« Sie machte aber keine Anstalten, die Verwandte zum Bleiben zu überreden, damit eine Begegnung zustande kommen konnte.

Wenige Minuten später ging die alte Dame mit ihren zwei Urenkeln die Dorfstraße entlang.

»Wo gehen wir denn jetzt hin, Uroma?«, fragte Thomas.

»Wir suchen eine Telefonzelle.«

»Die Tante hatte aber auch ein Telefon!«

»Ich weiß, Thomas, ich weiß.«

44

»In der Volksmythologie schüttelt diese Dame ihre Betten aus, und die Federn fallen als Schnee auf die Erde«, erklärte Frau Melzer, während sich der Bus den Berg hinaufquälte. Sigrid Langefeld übersetzte.

»Da scheint es nicht zu passen, dass das Wort Frau Holle auch mit dem Wort Hölle zusammenhängt. Denn die stellen wir uns sehr heiß vor, während der Schnee ja nur bei Kälte fällt. Den Widerspruch kann ich leider nicht auflösen. Es gibt noch einen: Im Märchen von Goldmarie und Pechmarie fallen die beiden in einen Brunnen. Da ist das Reich von Frau Holle also unten. Wenn aber von dort auf die Erde Schnee fallen soll, muss es ja eigentlich oben sein.

Sie sehen, liebe Gäste, man darf die Märchen nicht allzu genau lesen und vor allem keine wissenschaftlichen Maßstäbe anlegen. Freuen wir uns also einfach an den Geschichten und an der schönen Landschaft, durch die wir fahren. Und an dem wieder freundlicher gewordenen Wetter.«

Der Professor aus Kobe meldete sich wie ein Schuljunge, und als Frau Melzer ihn etwas irritiert ansah, nahm er das als Aufforderung zu sprechen. Er sprach Japanisch, weil er wollte, dass alle ihn verstanden. Das war aber wegen des Motorenlärms nicht möglich. Frau Melzer winkte ihn nach vorn; er kam und sprach ins Mikrofon. Sigrid übersetzte ins Deutsche. »Er sagt, er wolle Ihre wertvollen Ausführungen natürlich nicht kritisieren. Aber er würde gern ergänzen, dass man sehr wohl wissenschaftliche Maßstäbe an Märchen anlegen könne. Nur eben solche der Literaturwissenschaft. Leider stellen viele sich unter Wissenschaft nur die Naturwissenschaften vor.«

Kato, der schon vorn saß, übernahm das Mikrofon, während der Professor sich wieder setzte. Sigrid berichtete in Frau Melzers Ohr: »Kato sagt: Dass die Hölle heiß ist, sei eine genauso menschliche Vorstellung wie die von großer Kälte. Die Bibel berichte nicht nur vom Feuer, das nicht erlischt, sondern auch vom Zähneklappern, was ja eher ein Hinweis auf Kälte ist. Er glaubt, beides, Hitze und Kälte, sind nur Bilder, die für etwas Schreckliches stehen, dass wir Menschen uns nicht vorstellen können. Nämlich von Gott fern zu sein.«

Frau Melzer war sichtlich pikiert. »Die Japaner wollen uns was über die Bibel erzählen? Die meisten sind doch gar keine Christen. Wie kann er . . .«

»Moment, er spricht weiter: Er sagt, auch das Oben und Unten sei nur eine vermenschlichte Vorstellung. Nach unserem Gefühl ist der Stärkere oben, der Sieger. Oben hat man mehr Macht. Der Unterlegene ist unten, der niedere Mensch, sozusagen. Und darum stellt man sich den Himmel Gottes oben vor und die Hölle unten in der Erde. Aber für die unsichtbare Welt gilt das nicht, sagt er, weil es da weder Raum noch Zeit in unserem Sinne gibt.«

»Sehen Sie das auch so?«, fragte Frau Melzer ihre Übersetzerin.

»Es leuchtet mir schon ein. Aber ich muss gestehen, ich habe noch nicht viel darüber nachgedacht.«

Eine junge Japanerin kam und sagte etwas zu Sigrid. Die erklärte: »Einige Gäste bitten darum, dass wir das Märchen einmal erzählen. Nicht alle kennen es.«

Jetzt war Frau Melzer wieder in ihrem Element. Sie sprach selbst ins Mikrofon und hielt es Sigrid nur zur Übersetzung hin.

»Da spielt wieder die berüchtigte Stiefmutter eine Rolle, der wir ja schon in einigen Märchen begegnet sind. Die tat ihrer eigenen Tochter alles erdenklich Gute und benachteiligte die Stieftochter, wo sie nur konnte. Eines Tages stach sich die Stieftochter, als sie auf dem Brunnenrand saß, mit der Spindel. Sie fiel hinein und fand sich in einer weiten Landschaft wieder. Äpfel von einem Apfelbaum riefen ihr zu, sie seien reif und müssten gepflückt werden. Wohlerzogen, wie sie war, tat sie das. Dann riefen ihr Brote aus einem Backofen zu, sie müssten herausgeholt werden. Also tat Marie das, damit die Brote nicht verbrannten. Dann kam sie zu Frau Holle. Sie diente ihr fleißig und treu. Als sie wieder gehen durfte, regnete Gold auf sie herab, ehe sie wieder in die Oberwelt kam. Stiefschwester und Stiefmutter waren neidisch, als sie die Goldmarie sahen und fragten sie genau, was geschehen war. Die Stiefmutter drängte ihre Tochter, sich ebenfalls zu stechen. Die erlebte das Gleiche, nur dass sie die Äpfel nicht pflückte und die Brote verbrennen ließ. Auch bei Frau Holle war sie faul und aufsässig. Als sie wieder zurückkehrte, wurde sie mit Pech überschüttet.«

Die Reisegesellschaft klatschte, als wäre Goldmarie persönlich anwesend und könnte mit dem Applaus zusätzlich belohnt werden. Frau Melzer sagte: »Möchten Sie das aus literaturwissenschaftlicher Sicht kommentieren, Herr Professor?«

Der schüttelte lächelnd den Kopf.

»Oder Sie, Kato, aus christlicher Sicht?«

Kato überlegte kurz, stand dann auf und ließ sich das Mikrofon geben. Sigrid übersetzte für ihre Chefin.

»Ich bin gefragt worden, ob ich als Christ das Märchen kommentieren möchte. Wenn ich schon gefragt werde, tue ich das gerne. Positiv finde ich daran, dass es illustriert, wie nahe das Reich der Frau Holle dieser Welt ist. Man fällt in einen Brunnen und ist schon da. Die Menschen haben sicher schon immer empfunden, dass die sichtbare und die unsichtbare Welt ineinander greifen. Da, wie ich eben sagte, die unsichtbare Welt weder Raum noch Zeit kennt, ist dieses Ineinandergreifen möglich. Weil sie keinen Raum braucht, kann die jenseitige Welt nicht von dieser verdrängt werden. In der Bibel wird berichtet, dass Engel zum Beispiel im Nu von der unsichtbaren Welt in die sichtbare treten können und umgekehrt, ohne einen langen Weg zurückzulegen.«

»Verstehen Sie, was er sagen will?«, fragte Frau Melzer.

»Im Großen und Ganzen schon«, nickte Sigrid. »Kato findet an dem Märchen nicht so gut, dass es den verbreiteten Irrtum stützt, als wenn gute Taten immer belohnt und schlechte immer bestraft würden. Leider ist es in diesem Leben nicht so, und im ewigen Leben auch nicht.«

»Nicht?«

»Nein. Gott wertet zwar auch unsere Taten. Aber den Himmel und das ewige Leben kann sich niemand damit verdienen. Das ist ein Geschenk, das wir durch den Glauben annehmen können.«

Frau Melzer wusste nicht, ob diese Sätze Sigrids eigene Äußerung waren oder die Übersetzung von Katos Rede. Es war ihr aber auch nicht so wichtig, dass sie deshalb hätte nachfragen müssen. Sie erhob sich, als Kato ihr das Mikrofon zurückgab.

»So, und nun kommen wir zum Frau-Holle-Teich. Er hat diesen Namen schon sehr lange. Ich kann Ihnen allerdings nicht sagen, wie er dazu gekommen ist. Wir steigen hier aus. Fallen Sie aber bitte nicht rein! Und wenn doch, denken Sie dran, die Äpfel zu pflücken und die Brote aus dem Backofen zu holen!«

Zischend öffneten sich die Türen.

45

»Hören Sie mich, Frau Wendt?« Die Schwester beugte sich über die Patientin. Die antwortete nicht, aber ihre Augen blickten wach.

»Moment, ich hole den Doktor!« Sie eilte davon. Kurz darauf kam der Arzt mit würdigeren Schritten herein.

»Guten Tag, Frau Wendt. Ich bin Doktor Busat.«

»Was ...«, setzte Ute Wendt schwach zu einer Frage an. Aber weiter kam sie nicht.

»Sie sind hier in der Uniklinik Gießen. Wir haben Sie ganz gut wieder zusammengeflickt. Sie werden allerdings noch eine ganze Zeit liegen müssen.«

Er ließ ihr Zeit, das zu verdauen.

Dann sammelte sie wieder Kraft zur nächsten Frage: »Meine Kinder ...«

»Sie sind, soweit wir wissen, wohlauf. Sie sprechen von dem Überfall, nicht wahr? Wir wissen einiges davon aus der Zeitung und auch von der Polizei. Ich habe mit Ihrer Großmutter telefoniert. Sie kümmert sich um die Kinder. Bisher hat ja ein Besuch noch nicht viel Sinn gehabt. Aber wenn Sie wieder etwas zu Kräften gekommen sind, werden die Verwandten kommen. Auch die Polizei bedrängt uns schon und will Sie verhören. Aber das schieben wir noch ein bisschen hinaus.«

In ihren Augen glaubte der Arzt dankbare Zustimmung zu lesen.

Er fuhr fort: »Sie müssen jetzt viel Geduld haben. Wir wollen auch nicht weiterreden. Ich wollte Ihnen nur das Wichtigste sagen, damit Sie sich keine unnötigen Sorgen machen. Was Ihre verschiedenen Brüche und inneren Verletzungen angeht, so denke ich, dass die Operationen gut gelungen sind. Nach menschlichem Ermessen werden Sie wieder wie neu.«

Ein schwach angedeutetes Lächeln spielte um ihren Mund. Der Arzt kontrollierte die Einstellung des Tropfes und sagte dann: »Schlafen Sie weiter, Frau Wendt. Wenn etwas ist – hier bei Ihrer rechten Hand ist der Klingelknopf.«

Er lächelte sie noch einmal aufmunternd an und ging.

46

Michael Wronski fluchte leise, weil er da, wo er einen Weg zu dem Hotel vermutet hatte, vor einer Einbahnstraße stand. Er fuhr weiter und versuchte, in seinem Kopf Karte und Himmelsrichtung zu ordnen.

Neben ihm saß Frau Sailer, ungewöhnlich bedrückt. Hinten unterhielt sich Dirk Steinhaus mit den Kindern. Jetzt beugte er sich nach vorn.

»Nochmals, Frau Sailer, es tut mir wirklich Leid, dass das passiert ist. Ich hätte mit der Möglichkeit rechnen müssen . . .«

»Nein, nein, Herr Steinhaus, es ist meine Schuld! Ich habe nicht ruhig und nüchtern überlegt. Stattdessen habe ich mich von meiner Angst leiten lassen. Zumindest hätte ich mit Frau Melzer reden müssen, ehe ich mich versteckte, dann wäre das Missverständnis sicher schnell herausgekommen.«

»Aber so was kann doch passieren.«

Wronski mischte sich ein: »Besser, es war alles nur ein Missverständnis, als wenn die Kerle wirklich hinter Ihnen her gewesen wären.«

»Ja, ja, sicher«, nickte Frau Sailer.

»Wenn man einmal davon absieht, dass Ihre Flucht nicht nötig gewesen wäre«, fügte Wronski hinzu, »muss man sagen: Das war geradezu professionell gemacht! Diese Idee, diese Initiative – alle Achtung!«

Dirk sagte zu den Kindern: »Da hat er Recht. Ihr könnt stolz sein auf eure Uroma!«

Thomas nickte eifrig. »Ja, sie ist schwer cool!«

Michael Wronski fand eine Nebenstraße, die ungefähr in die richtige Richtung führte, wie er meinte.

Dirk beugte sich noch einmal vor. »Nachdem das geklärt ist, Frau Sailer, könnten Sie doch ruhig wieder ein bisschen fröhlicher sein. Sie haben bisher alles so gut gemeistert! Und Sie haben dabei nie den Mut verloren. Da bewundere ich Sie! Den Rest werden wir auch noch gemeinsam überstehen!«

Frau Sailer blickte etwas nach links. Ganz rumdrehen konnte sie sich nicht, dafür war sie nicht mehr gelenkig genug.

»Es ist lieb, Herr Steinhaus, dass Sie mich so aufmuntern wollen. Aber diese . . . diese traurige Stimmung, die Sie bei mir beobachtet haben, ist keine Mutlosigkeit oder so etwas. Es ist . . . sagen wir: Enttäuschung. Dass die Verwandten so wenig Verständnis für unsere Lage gezeigt haben. Und so wenig Hilfsbereitschaft.«

»Ach so«, sagte Dirk. Nach einer Weile schob er noch nach: »Ja, dazu kann ich nur sagen: So sind die Menschen.«

»Manche!«, korrigierte Frau Sailer. »Glücklicherweise nicht alle.«

Wronski hatte das Hotel entdeckt. Kurz darauf lenkte er auf den Parkplatz. Alle stiegen aus und gingen hinein.

Die Reisegruppe saß beim Abendessen. Bevor sich Frau Sailer mit den Kindern dazusetzte, suchten alle drei noch die Toiletten auf, und Wronski patroullierte davor auf und ab. Als sie in den Speisesaal kamen, wurden sie von freudigen Gesichtern, freundlichem Nicken und von Frau Melzer sogar mit einem lauten Redeschwall begrüßt.

»Wie gut, dass Sie wieder in unserer Mitte sind, Frau Sailer! Unversehrt und wohlbehalten! Wunderbar! Und ihr, meine kleinen Freunde, seid auch wieder da! Setzt euch, es gibt auch was besonders Gutes heute Abend. Ihr habt doch sicher Hunger, oder?«

Die Kinder nickten und setzten sich zu den beiden Männern, mit denen sie hereingekommen waren, an einen Tisch. Frau Sailer wollte sie da wegholen: »Kommt, wir setzen uns zusammen da drüben hin.«

»Ich will aber lieber bei Dirk sitzen«, jammerte Thomas.

Wronski sagte: »Lassen Sie die Kinder ruhig an unserem Tisch, Frau Sailer! Sie stören uns nicht, und wir passen schon auf, dass sie sich anständig benehmen. Habt ihr gehört, ihr zwei? Wer das Schnitzel mit der Hand anfasst, statt mit Messer und Gabel zu essen, kriegt was auf die Finger.«

»Okay!«, grinste Thomas, als freute er sich schon auf so eine

Strafaktion. Frau Sailer lächelte und suchte sich anderswo einen Platz.

»Meine Damen und Herren, liebe Gäste!«, rief Frau Melzer laut in den Saal. Sigrid übersetzte. »Sollte jemand noch nicht fertig gegessen haben, lassen Sie sich nicht stören. Das gilt natürlich besonders für unsere Neuankömmlinge. Aber da wir einen erlebnisreichen Tag hinter uns haben, wollen wir das Essen auch nicht unnötig in die Länge ziehen. Sie werden müde sein. Ich kann Sie trösten, dass es morgen nicht so anstrengend wird. Am Vormittag besuchen wir das Grimm-Museum. Das gehört natürlich zu unserer Märchenreise. Am Nachmittag bieten wir bewusst kein Programm an. So können die, die das Bedürfnis dazu haben, sich ein wenig ausruhen. Wer aber noch unternehmungslustig ist, dem kann ich verschiedene Möglichkeiten empfehlen, wie Sie den Nachmittag gestalten können. Sie haben am Horizont immer diese große Figur gesehen, den Herkules. Ihn und den Park mit den Wasserspielen, die sich von dort den Berg hinunterziehen, können Sie besichtigen. Das Wetter soll morgen nicht mehr ganz so sonnig, aber immer noch trocken sein, ideal also für einen Parkspaziergang. Den Kunstinteressierten empfehle ich einen Besuch in der Gemäldegalerie. Nähere Informationen bekommen Sie morgen. Ich wollte mit dieser Vorankündigung nur schon mal ein wenig Ihren Appetit anregen.«

Zustimmendes Gemurmel wurde laut, dann Stühlerücken. Die Japaner standen noch in kleinen Gruppen herum, und allmählich lösten immer mehr sich aus den Gesprächen und begaben sich in ihre Zimmer.

Dirk fragte Marilena, als der Kellner vier große Teller auf den Tisch gestellt hatte: »Soll ich dir dein Schnitzel in kleine Stücke schneiden?«

»Das kann ich selber!«, antwortete seine Schwester schwer beleidigt.

»Sag mal, Dirk«, wollte Thomas wissen – er sprach mit vollem Mund –, »wie wird man eigentlich Privatdetektiv?«

»Das willst du wohl mal werden?«

Thomas nickte, und ein zustimmendes Geräusch machte sich Bahn, vorbei an einem großen Stück Fleisch in seinem Mund.

»Werd lieber Polizist, so wie Michael. Da brauchst du nicht so viel zu tun, verdienst mehr und bist pensionsberechtigt.«

Wronski stieß spielerisch mit dem Messer nach seinem Nebenmann.

»Was ist pensionsrechtlich - oder wie?«

»Das heißt, du bist Beamter, also vom Staat angestellt. Nachdem du dein Leben lang nicht viel gearbeitet hast, kriegst du am Ende noch einen Haufen Geld, wenn du gar nichts mehr tust.«

»O ja, dann mache ich das!«, beschloss Thomas.

Drei Tische weiter setzte sich Frau Melzer zur ältesten Teilnehmerin ihrer Reisegruppe. »Wollen Sie morgen einen Ruhetag einlegen, Frau Sailer? Verstehen Sie mich recht, ich nehme Sie natürlich gerne mit. Aber in einem Museum sieht man ja viel . . .«

»Nein, nein, ich bleibe hier. Ich bin ja nur immer überallhin mitgefahren, weil ich mich in der Gruppe sicher gefühlt habe. Aber hier im Hotel sind wir wahrscheinlich sicherer als unterwegs. Die beiden Herren sind ja da und passen auf. Außerdem will Kommissar Wronski mich noch einmal ausführlich befragen, zu dem Überfall. Da ist morgen die beste Gelegenheit.«

»Gut. Dann wünsche ich Ihnen noch einen guten Abend und eine erholsame Nachtruhe.«

»Danke, Frau Melzer, das wünsche ich Ihnen auch.«

47

»Kröger«, sagte eine verschlafene Frauenstimme. So verschlafen, dass Hauptkommissar Magnus den Namen nicht verstanden hätte, wäre er ihm unbekannt gewesen.

»Guten Tag, Frau Kröger. Entschuldigen Sie . . .«

»Guten Tag?«

»Ach so, ja, na also, gute Nacht. Entschuldigen Sie, Magnus hier. Kann ich Emil sprechen?«

»Sie wissen, wie spät es ist?«

Magnus sah auf seine Armbanduhr, um wahrheitsgemäß antworten zu können. »Ja. Ungefähr drei. Es tut mir Leid, Frau Kröger, es ist dienstlich und sehr wichtig . . .« Er hörte auf zu reden, als er den Eindruck hatte, am anderen Ende der Leitung hörte ihm niemand zu. Frau Kröger war wohl gegangen, ihren Mann zu wecken.

Es dauerte ziemlich lange, bis Magnus hörte, wie sich jemand schnaufend und stöhnend und leise fluchend dem Telefon näherte.

»Spinnst du, Herbert?«

»Du hast wohl schon geschlafen? Tut mir Leid . . .«

»Schon? Ich muss erst ausrechnen, ob wir im Moment näher bei meinem Einschlafzeitpunkt liegen oder näher bei dem Zeitpunkt, zu dem ich normalerweise am Sonntag aufwache.«

»Ich war noch die ganze Zeit in meinem Büro, weil ich auf einen Boten gewartet habe. Die Kollegen in Alsfeld haben gestern mit mir telefoniert und mir gesagt, was sie bekommen haben. Da habe ich sie bedrängt, mir erstens gleich alles zu faxen und zweitens das Original mit Kurier . . .«

»Sag mal, wovon redest du eigentlich?«

»Von Hartex. Erinnerst du dich nicht?«

»Erinnern? Nachts um drei? Ach so, du meinst Hartex?«

»Ja, ihr habt wegen des Verdachts der Umgehung des Außenhandelsgesetzes gegen Hartmann ermittelt. Ich wegen Mord.«

»Na schön. Aber hätte das nicht Zeit bis morgen gehabt? Oder noch besser, bis Montag?«

»Hat es nicht, Emil! Weil der Mann Killer losgeschickt hat, und die sind einer alten Frau und zwei kleinen Kindern auf der Spur! Wir dürfen keine Zeit verlieren!«

»Du kannst einen ja ganz schön erschrecken mit deinen Schauergeschichten, mitten in der Nacht!«

»Das ist mein täglich Brot, mein Lieber! Aber ehrlich, Emil, es ist wirklich ernst.«

»Und was hat das mit mir zu tun?«

Magnus versuchte, seine Ungeduld zu zügeln. Sonst war Emil doch nicht so schwer von Begriff. Vielleicht lag es an der Uhrzeit. »Hör zu: Wir haben vermutet, dass mit dem Mord, mit dessen Aufklärung ich befasst bin, ein Erpresser beseitigt werden sollte. Die Morde, die vielleicht noch kommen und die wir verhindern müssen, sollen vermutlich Zeugen des ersten Mordes aus dem Verkehr ziehen. Hast du das begriffen?«

»Hm.«

»Wir hatten Hartmann in Verdacht, wussten aber nichts Genaues und konnten vor allem nichts beweisen. Jetzt habe ich aber Papiere, die zu bestätigen scheinen, dass er erpresst wurde.«

»Na, prima.«

»Ja. Aber ich bin eben nicht ganz sicher. Zum Beispiel könnte ja der Erpresser etwas gefälscht haben. Darum muss ich dir das alles zeigen, und dann können wir ihn festnehmen.«

»Endlich sagst du, was ich tun soll. Ich fiebere schon vor Tatendrang.«

»Man hört's deiner Stimme an. Also – wo können wir uns treffen?«

Emil knurrte: »Wenn du dich nicht an meinem Anblick in einem leider schon etwas schäbigen Bademantel störst, dann könntest du hierher kommen. Ich mache inzwischen einen Kaffee.«

»Gut. Ich bin in zwanzig Minuten da.«

»Moment noch, Herbert! Ich bin nicht sicher, ob ich alles richtig verstanden habe. Warum muss das sofort sein? Ich meine, er wird doch nicht in der Nacht zum Sonntag abhauen ...«

»Emil! Ich will ihn unter Druck setzen, damit er seine Killer zurückpfeift! Bisher hatte ich dafür nichts in der Hand. Aber jetzt – das ist unsere Chance! Und es kann um Minuten gehen.«

»Na schön, dann komm. Aber klingele nicht an der Haustür! Meine Frau schläft sicher wieder. Ich lehne sie an. Die Tür, meine ich.«

48

Auf dem Flughafen Frankfurt war nicht so viel Betrieb wie bei ihrem Abflug, stellte Erwin Schwarzenberg fest. Aber das war ja auch nicht verwunderlich zu dieser frühen Tageszeit. Es war zwar nicht mehr dunkel, aber das Licht, das durch die großen Glasflächen in die Halle fiel, musste noch durch Kunstlicht unterstützt werden.

»Und jetzt?«, fragte Helga. Sie ging neben dem Karren mit dem Gepäck her, den ihr Mann gerade die Rolltreppe heraufbugsiert hatte.

»Der Zug geht erst in eineinhalb Stunden«, sagte Erwin, als ob das eine Antwort wäre.

»Sollen wir schon mal zum Hauptbahnhof fahren?«

»Mir kommt da eine Idee!« Erwin setzte sie gleich in die Tat um und steuerte den Gepäckkarren auf eine Telefonzelle zu.

»Was willst du?«, fragte seine Frau. »Im Krankenhaus kannst du doch jetzt noch nicht anrufen!«

»Nein, ich werde mit unserem ehemaligen Schwiegersohn telefonieren.«

»Was willst du von ihm?«

»Ich hoffe, dass er uns etwas mehr sagen kann als die spärlichen Informationen von Lotte. Immerhin geht es auch um seine Kinder.«

»Ja, das ist wahr.«

Erwin stellte den Karren ab, betrat die Zelle und begann, im Telefonbuch von Frankfurt zu blättern. »Und wenn ich ihn mit meinem Anruf aus dem Schlaf reiße, kann ich's auch nicht ändern«, knurrte er.

»Na, na, Erwin, sei nicht so garstig! Dass er von Ute geschieden ist, heißt ja nicht, dass er ein Faulpelz ist.«

Erwin antwortete nicht. Darüber hatten sie schon oft genug geredet. Seiner Meinung nach musste jemand, der sich von seiner Tochter Ute trennte, entweder boshaft oder nicht ganz zurechnungsfähig sein.

Jetzt hatte er die Nummer gefunden und wählte.

»Hier ist der automatische Anrufbeantworter von Christian Wendt. Ich bin zurzeit nicht zu erreichen. Sie können mir nach dem Signalton eine Nachricht hinterlassen!«

»Morgen, Christian. Hier ist dein ehemaliger Schwiegervater. Wenn du da bist, nimm bitte ab! Es ist sehr wichtig.«

Jetzt meldete sich eine verschlafene Stimme. »Ich bin da. Morgen.«

»Morgen. Wir sind gerade von unserem Urlaub in Schottland zurückgekommen, weil wir gehört haben, was passiert ist. Aber nur von einer Nachbarin. Vielleicht kannst du uns mehr sagen.«

»Ich bin gestern spät von einer Dienstreise aus Holland zurückgekommen und habe noch keine neuen Informationen ...«

»Dann bitte ich wenigstens um die alten.« Erwins Stimme klang wieder leicht aggressiv, so dass seine Frau ihm die Hand auf den Arm legte, um ihn zur Gelassenheit zu mahnen.

»Großmutter hat mich angerufen und alles erzählt, was auf dem Hof passiert war, wenigstens in groben Zügen. Wahrscheinlich hat die Nachbarin es euch genauer berichtet, als ich es weiß. Jedenfalls wollte sie, dass ich die Kinder zu mir nehme. Aber das ging einfach nicht, weil ich diese wichtige Dienstreise nach Amsterdam geplant hatte. Wir haben ein bisschen diskutiert, und dann hat sie wütend aufgelegt.«

»Mich wirst du nicht so einfach los.«

»Will ich doch gar nicht! Jedenfalls habe ich mir Sorgen gemacht, auch wenn du das vielleicht nicht glaubst. Großmutter hat gesagt, es könnte sein, dass die Verbrecher hinter ihr und den Kindern her sind. Und die Polizei schien das wohl nicht so dramatisch zu sehen, jedenfalls zu dem Zeitpunkt. Daraufhin habe ich einen Detektiv beauftragt, sich um die drei zu kümmern, beziehungsweise ihren Schutz zu übernehmen.«

»Ach ...«

»Ja. Von Holland aus habe ich vorgestern bei der Detektei angerufen, die den Mann geschickt hat. Die haben mir gesagt, alle vier –

also Großmutter, Thomas, Marilena und der Detektiv – seien mit einer Reisegruppe unterwegs.«

»Einer - was?«

»Mit einer Gruppe von Japanern auf der Märchenstraße durch Nordhessen.«

»Willst du mich auf den Arm nehmen?«

»Nein. Ich fand das anfangs ja auch komisch. Aber der Chefdetektiv hat mir zu erklären versucht, dass das für Großmutter der einzige Weg war zu fliehen. Aber Genaueres musst du dir von ihnen selbst erklären lassen.«

»Hm. Dann gib mir doch mal die Telefonnummer von der Detektei. Die können mir sicher sagen, wie ich mit den dreien Verbindung aufnehmen kann.«

»Ja, Moment.«

Erwin suchte einen Zettel und einen Stift aus seiner Tasche.

»Was ist?«, fragte Helga. Er winkte nur ab und flüsterte: »Erkläre ich dir gleich alles.« Dann laut: »Ja, ich höre!« Er notierte die Nummer.

»Gut, dann versuche ich das mal. Und hast du was von Ute gehört?«

»Da habe ich gestern noch angerufen. Da war sie gerade wieder zum Bewusstsein gekommen. Sie haben Hoffnung, dass sie alles wieder hinkriegen.«

»Gott sei Dank! Können wir sie besuchen?«

»Das weiß ich nicht. Aber ich kann dir auch die Telefonnummer des Krankenhauses geben, beziehungsweise der Station.«

»Tu das!«

Erwin notierte. »Mach's gut.«

»Moment!«, sagte Helga und griff nach dem Hörer. »Guten Morgen, Christian!«

»Morgen, Mutter. Ich hoffe, ihr hattet wenigstens einen schönen Anfang des Urlaubs, ehe euch die Schreckensnachricht erreicht hat!«

»Ja, danke, hatten wir. Und, Christian: Danke für deine Mühe, den dreien zu helfen!«

»Bitte. War doch selbstverständlich.«

»Wir werden dann wieder auf dem Hof sein. Und wenn das Telefon repariert ist, kannst du dich bei uns auf dem Laufenden halten.«

»Danke. Mache ich.«

»Mach's gut.«

»Ihr auch.«

Sie legte auf.

Erwin knurrte: »Warum bedankst du dich denn auch noch bei ihm?«

»Ein Dankeswort hat noch nie geschadet.«

»Überhaupt – du weißt doch gar nicht, was er gemacht hat. Oder hast du ihn gehört?«

»Nein, aber du hast von einer Detektei gesprochen. Die hat er doch beauftragt, nicht wahr?«

»Ja, da rufe ich jetzt gleich mal an. Allerdings – Sonntag früh ...«

»Sag mir erst, was Christian von Ute wusste. Was Gutes? Du hast ›Gott sei Dank‹ gesagt.«

»Sie ist bei Bewusstsein, und die Ärzte sehen gute Heilungschancen. Mehr wusste er auch nicht. Vielleicht können wir heute Nachmittag einen Besuch machen.«

»Gott sei Dank!«

Erwin wählte. Nach einer Weile legte er auf. »Hab ich mir doch fast gedacht. Probieren wir's später noch mal.«

Sie verließen die Telefonzelle und sahen sich nach einem Fahrplanaushang der Bahn um.

49

Eine junge Frau öffnete die Tür – viel jünger als Hartmann –, schlank und schön, wenn auch noch ungeschminkt und nur provisorisch gekämmt, was aber bei ihrem vollen, schwarzen Haar keineswegs störte.

»Magnus, Mordkommission«, sagte der Hauptkommissar, zeigte flüchtig seinen Ausweis und betrat an der verdutzten Frau vorbei den eleganten Flur. Zwei uniformierte Beamte folgten ihm. »Ist Herr Hartmann zu sprechen?«

»Nein - äh - schon, aber er ist noch beim Schwimmen.«

»Beim Schwimmen?«

»Im Pool. Da hinten. Sein Frühsport. Aber was wollen Sie denn von ihm?«

»Geht's hier lang?«

»Ja, aber . . . Hören Sie mal! Sie können doch nicht einfach . . .«

Schon war Magnus durch die Terrassentür in den Garten geschritten.

»Herr . . . äh . . .«, rief die Frau ihm nach. Er drehte sich um und sagte: »Bringen Sie doch bitte ein Handtuch und etwas zum Anziehen für Herrn Hartmann!«

Der Hartex-Chef hatte sie bemerkt, stemmte sich am Beckenrand hoch und trat zu ihnen. Er hat eine gute Figur, dachte Magnus mit einem unterschwelligen Neidgefühl. Und das steigerte seine Aggressivitat noch.

»Herr Hartmann, ziehen Sie sich bitte an! Ich habe dringend mit Ihnen zu reden!«

»Guten Morgen!«, sagte der betont.

»Ach ja, guten Morgen. Aber ich fürchte, so gut wird er nicht.«

Jetzt brachte die Dame ein Handtuch und Wäsche.

»Darf ich?«, fragte Hartmann und zeigte auf die Terrassentür.

»Bitte«, sagte Magnus und bedeutete einem der Polizisten durch Handzeichen, den Hausherrn zu begleiten und darauf zu achten, dass er sich nicht aus dem Staub machte.

Er blickte sich um. Ein prächtiges Anwesen! Neuer Swimmingpool in einem Garten mit uralten Bäumen. Das Haus auch schon aus der Zeit, als man ein großes Einfamilienhaus in Luxusausführung noch Villa nannte, gediegen und trotzdem modern. Kann einer mit schlichtem, ehrlichem Außenhandel so viel Geld verdienen?, dachte Magnus. Aber gleich verbot er sich den Gedanken wieder. Es sollte, wurde erzählt, noch zwei oder drei Möglichkeiten geben, schnell zu viel Geld zu kommen, nicht nur Betrug.

»Da bin ich.« In großem Gleichmut trat der Hausherr nun vollständig bekleidet aus der Terrassentür. »Darf ich Ihnen etwas zu trinken anbieten, Herr Kommissar?«

»Nein. Danke.« Magnus zwang sich zur Ruhe. Die Gelassenheit des anderen sollte ihm keine Überlegenheit verschaffen.

»Dann setzen Sie sich doch wenigstens!« Hartmann deutete auf einen der weißen Gartenstühle, aber Magnus blieb stehen.

»Herr Hartmann, womit hat Grau Sie erpresst?«

»Wie bitte?«

»Keine Ausflüchte! Wir wollen uns doch diese albernen Spielchen ersparen! Ich habe genug Beweise.«

»Beweise dafür, dass Grau mich erpresst hat? Interessant. Nun, warum fragen Sie dann?«

»Um Ihnen die Chance zu geben, alles offen auf den Tisch zu legen.«

Hartmann schüttelte langsam den Kopf. »Ich habe nichts auf den Tisch zu legen. Ich bin ein ehrlicher Geschäfts . . .«

Magnus fühlte sich unter Zeitdruck. Er zog einige der Papiere aus seiner Tasche. Es waren die Faxe, die ihm aus Alsfeld zugegangen waren, die Originale waren noch in Emils Besitz.

»Erkennen Sie, was das ist?«

»Moment. Halten Sie mal still, damit ich das in Ruhe lesen kann.« Nach einer Weile fuhr er fort: »Es scheint, als handele es sich dabei um Geschäfte meiner Firma. Aber das scheint nur so.«

»Ach. Und warum sollten die Papiere nicht echt sein?«

»Weil da Artikel aufgeführt sind, die nicht zu unserem Sortiment gehören. Ich weiß noch nicht mal, ob es erlaubt wäre, so etwas auszuführen, zumal in diese Staaten.«

»Und wie erklären Sie sich, dass Ihre Firma hier steht?«

»Eine Fälschung! Eine andere Erklärung gibt es nicht. Die Briefbogen kann jemand geklaut haben. Oder nachgedruckt. Außerdem ist das ja nur ein Fax.«

»Keine Sorge, das Original haben wir auch.«

»Was wollen Sie überhaupt von mir? Ich denke, Sie sind von der Mordkommission. Dann dürfte Sie doch das hier gar nichts angehen.«

»Dazu kommen wir noch. Aber wenn Sie es so eilig haben, auf den Mord zu sprechen zu kommen - mir soll's recht sein.«

»Was für einen Mord denn?«

»Sie spielen den Ahnungslosen recht überzeugend, Herr Hartmann. Aber gut, damit alles seine Ordnung hat, will ich Ihnen genau erklären, was ich Ihnen vorwerfe. Herr Grau, Ihr Hauptbuchhalter, hat diese Papiere hier an sich gebracht. Sie beweisen Ihre schmutzigen Geschäfte. Grau hat sich abgesetzt und Ihnen gedroht, sie den Behörden zu übergeben, wenn Sie nicht zahlen. Vielleicht hat er sie Ihnen auch zum Kauf angeboten. Sie haben zwei Killer angeheuert - vielleicht sind es auch Männer aus Ihrem Betrieb, das werden wir noch rauskriegen. Die haben Grau erschossen und versucht, es als Unfall zu tarnen . . .«

»Wenn man täglich mit Kriminellen zu tun hat, sieht man wohl hinter jedem Busch einen Mörder. Das nehme ich Ihnen nicht übel. Aber ich bitte doch . . .«

»Als Ihre Leute merkten, dass sie beobachtet worden waren, machten sie auch gleich Jagd auf die Zeugen. Außerdem hatten sie leider das Beweismaterial nicht gefunden und vermuteten es wohl bei der Familie, bei der Grau sich einquartiert hatte. Warum sie es da suchten, weiß ich noch nicht. Vielleicht hat Grau etwas in der Richtung gesagt. Das werden wir noch rauskriegen . . .«

»Na, dann kriegen Sie mal!«

»Herr Hartmann, begreifen Sie endlich, dass Sie in einen Mordfall verwickelt sind! Und begreifen Sie vor allem, dass Sie vielleicht bald in drei weitere Morde verwickelt sein können, wenn Sie die Killer nicht zurückpfeifen!«

»Was für Killer, verflucht noch mal?« Allmählich verlor Hartmann doch etwas von seiner Gelassenheit.

»Sie können sich nicht mehr heraushalten! Je früher Sie alles zugeben und uns sagen, wie wir die Leute finden können, desto besser für Sie!«

»Ich weiß nicht, wovon Sie reden.« Manche geben beim Frontalangriff nach, aber manche werden bockig, wusste Magnus. Dieser hier schien zu der zweiten Sorte zu gehören. Schade. Und gefährlich für die, die er schützen musste.

»Abführen!«, sagte er zu den uniformierten Beamten.

»Ich protestiere!«, rief Hartmann.

Aber Magnus trat schon ins Haus und tat, als hörte er ihn nicht.

50

Während Erwin Schwarzenberg das Taxi bezahlte, stieg seine Frau Helga schon aus und blickte sich um. Eine Scheibe am Wohnhaus war eingeschlagen, das Tor zur Scheune stand offen, unterm Kirschbaum lag noch die Leiter. Sonst war noch nicht viel Unordnung zu bemerken.

Das änderte sich bald. Als Erwin das Gepäck herausgehoben und dem Taxifahrer einen Gruß nachgewinkt hatte, ließen sie einen Koffer erst mal stehen und gingen mit dem übrigen Gepäck ins Haus.

Helga blieb stehen, als wäre sie vor eine Wand gelaufen. Ihr Blick wanderte über das Chaos im Flur und in der Küche, deren Tür offen stand, und ihr wurde schwindelig. Erwin ließ das Gepäck einfach fallen und stützte seine Ehefrau, damit sie nicht vor Schreck umkippte, und wohl auch, um selbst ein wenig Halt zu finden.

»Erwin!«, stammelte sie nur, bleich im Gesicht.

Er sah sie an und bekam richtig Angst um sie. »Komm, setz dich mal hier auf die untere Treppenstufe!« Sie gehorchte, ohne zu überlegen, was sie tat.

»Erwin! Das . . . das . . . das kann doch nicht wahr sein! Wie sollen wir das je wieder . . . Meine schönen Pflanzen, sieh doch! Und die Gardinen! Sind das überhaupt Menschen, die so was machen?«

»Denk dran, Helga, das alles sind nur Gegenstände. Nicht wichtig im Vergleich zu den Menschen. Und die sind zumindest alle noch am Leben.«

Er ging weiter in den Flur hinein und blickte ins Wohnzimmer.

»Hier sieht es fast noch schlimmer aus. Aber bleib erst mal sitzen, du musst ja nicht alle Hiobsbotschaften auf einmal . . .«

»Nein, ich will jetzt alles sehen!«, sagte sie und stemmte sich hoch. Wortlos sah sie durch die Tür ins Wohnzimmer, ohne aber hineinzugehen. Es stimmte, hier war es noch schlimmer, aber sie schwieg und blieb tapfer stehen. Das Schlimmste war der Schock des ersten Eindrucks gewesen. Jetzt war sie schon gefasst.

»Apropos Hiobsbotschaft«, murmelte Erwin. »Wie ging noch mal der bekannte Ausspruch? Der Herr hat's gegeben . . .«

»Der Herr hat's genommen, der Name des Herrn sei gelobt.«

»Siehst du!«

»Du meinst das nicht ironisch, oder?«, fragte sie.

»Nein, ganz und gar nicht.«

»Dann hast du Recht.«

Er nahm sie in den Arm. »Also, meine Liebe, wo fangen wir am sinnvollsten an?«

»Hol erst mal den Koffer rein und bring das Gepäck nach drüben. Dann haben wir schon mal einen Kubikmeter Ordnung.«

»Gut. Und wir sollten alles gründlich inspizieren. Dann die Fenster dichtmachen.«

»Nein, erst sollte einer zu Lotte fahren und telefonieren. Mach du das am besten. Wenn der Koffer drin ist. Ich fange dann mal hier in der Küche an.«

»Okay. Ich rufe in der Klinik an, bei der Detektei und am besten auch gleich bei der Polizei, damit die wissen, dass wir da sind. Und die Störstelle von der Telekom.«

»Gut«, nickte sie und stapfte über Scherben und Abfälle hinweg in die hintere Ecke, wo sie immer die Müllsäcke aufbewahrte, fand sie aber nicht. »Und lass dir von Lotte ein bisschen genauer erzählen, was passiert ist.«

»Jawoll«, sagte Erwin Schwarzenberg energisch, weil ihn auf einmal ein Gefühl von Trotz ergriffen hatte, sich nicht unterkriegen zu lassen, ein Pioniergeist, wie ihn die ersten Siedler im Wilden Westen gehabt haben mochten, die mit fast nichts in eine Einöde voll feindlicher Indianer kamen.

51

»Warum dürfen wir denn nicht mitgehen zu dem Herrn Kules?«, fragte Thomas mit Schmollmund.

»Der heißt nicht Herr Kules, sondern Herkules.«

»Ist doch egal. Warum nicht, Uroma?«

»Ach, Thomas, das habe ich dir doch schon erklärt. Weil es zu gefährlich ist. Du weißt doch, dass die Verbrecher hinter uns her sind.«

»Aber Dirk kann doch auf uns aufpassen.«

»Herr Steinhaus kann auch nicht alles. Eine Gefahr ist es immer. Und man muss sich ja nicht unnötig in Gefahr begeben.«

»Dirk macht das schon richtig. Er hat 'ne Pistole und wenn einer kommt – peng, peng!«

Seine Uroma seufzte: »Außerdem muss ich heute mal hierbleiben, das verstehst du doch sicher, oder? Ich bin eine alte Frau, weißt du ...«

Marilena mischte sich ein. »Sei doch froh, wenn Uroma mit uns ›Mensch, ärgere dich nicht‹ spielt.«

»Ich ärgere mich aber! Ich meine, ich will nicht so 'n doofes Spiel spielen. Und dauernd hier drin hocken.«

Seine Uroma schwieg und schüttelte nur den Würfel in der hohlen Hand.

»Außerdem ist doch der Polizist jetzt da. Der kann doch auf euch aufpassen und Dirk auf mich.«

Henriette Sailer warf eine drei.

»Du fliegst raus!«, rief Marilena triumphierend.

»Ich spiele nicht mehr mit«, sagte Thomas, fast schreiend und stand auf. Der Schemel, auf dem er gesessen hatte, kippte um.

»Bleib doch sitzen, Thomas!«

»Nein, ich gehe jetzt raus!«, trotzte der. Er hatte schon die Türklinke in der Hand, als er erschreckt zusammenfuhr. »Bleib!«

Verblüfft drehte der Junge sich um. Wirklich, es musste Uroma gewesen sein, die diesen Befehl gerufen hatte, denn außer ihr und seiner Schwester war da niemand. Er konnte sich nicht erinnern, seine Urgroßmutter jemals so wütend gehört zu haben.

Aber seltsam, auf einmal hatte sie Tränen in den Augen. Sie streckte schweigend die Arme nach ihm aus. Thomas ging langsam auf sie zu, ohne darüber nachzudenken, was und warum er es tat. Sie nahm ihren Urenkel in die Arme, drückte ihn an sich und weinte. Thomas wusste nicht, was das bedeuten sollte.

Es klopfte kurz, und ohne ein ›Herein‹ abzuwarten, trat Dirk Steinhaus ins Zimmer. »Entschuldigung – ist was? Ich habe einen Schrei gehört.«

Zunächst antwortete ihm niemand. Frau Sailer konnte nicht sprechen, und die Kinder wussten nicht, was sie sagen sollten. Erst nach einer Weile erklärte Marilena: »Uroma hat mit Thomas geschimpft, weil er wegwollte.«

»Ach so«, meinte der Detektiv verlegen. »Entschuldigung – dann gehe ich wieder.«

»Nein, es ist meine Schuld«, presste die alte Frau heraus. Sie ließ ihren Urenkel los, zog ein Taschentuch aus ihrer Handtasche hervor und tupfte sich das Gesicht trocken.

»Es tut mir Leid, ich . . . ich . . .«

»Das alles geht über Ihre Kräfte, Frau Sailer, das verstehe ich sehr wohl.«

Sie nickte nur.

»Kommt, Kinder, wir machen irgendwas in der Hotelhalle. Wir lassen eure Uroma mal ein bisschen allein. Einverstanden?«

»Okay«, nickte Thomas.

Marilena stand auf und legte den Arm um die alte Frau.

»Musst nicht traurig sein, Uroma. Ich bin bei dir!«

»Eben«, murmelte Dirk leise. Aber das Kind verstand nicht, was er damit meinte. In diesem Moment klingelte sein Handy.

»Steinhaus.«

»Kranich. Wie steht's bei Ihnen?«

»Kein neuer Zwischenfall. Heute bleiben wir im Hotel. Wronski von der Mordkommission ist auch da. Zurzeit schläft er; er hat in der Nacht aufgepasst.«

»Die Eltern – nein, die Großeltern der Kleinen haben angerufen. Sie sind jetzt wieder zu Hause und wollen die drei abholen.«

»Moment!« Steinhaus nahm den Hörer vom Ohr und berichtete Frau Sailer: »Ihre Tochter und Ihr Schwiegersohn sind wieder da. Sie wollen Sie abholen.«

»Gott sei Dank«, seufzte die alte Dame.

»Chef, haben Sie ihnen die Nummer unseres Hotels gegeben?«

»Nein«, antwortete Kranich, »Frau Sailer soll bei Lotte anrufen, wer immer das sein mag.«

»Kenn ich, das ist die nächste Nachbarin.«

»Der Mann hat mir auch die Nummer gegeben. Schreiben Sie mal mit.«

»Moment.« Dirk Steinhaus suchte in seinen Taschen vergeblich nach einem Stift. Er machte Schreibbewegungen in der Luft, und da begriff Thomas. »Hier!« Er fischte einen Bleistiftstummel aus seiner Hosentasche und reichte ihm den Karton, in den das Mensch-ärgere-dich-nicht-Spiel gehörte.

»Jetzt!« Dirk notierte. »Alles klar, Chef, wir melden uns da.«

»Und lassen Sie von sich hören, wenn sich abzeichnet, wie es weitergehen soll.«

»Auch heute am Sonntag?«

»Sie wissen doch, Steinhaus – ein guter Detektiv kennt weder Feierabend noch Wochenende.«

»Klar, Chef. Feier . . . – wie hieß das Wort noch gleich?«

»Tschüss.«

Das Gespräch war beendet, und Steinhaus tippte schon die eben notierte Nummer ein, während er erklärte: »Sie möchten bei Lotte anrufen. Da ist Ihr Schwiegersohn jetzt, weil auf dem Hof das Telefon noch kaputt ist.«

Er reichte das Handy an Frau Sailer.

Die betrachtete es skeptisch, als traute sie dem Ding nicht recht, weil kein Kabel dran war, hielt es aber dann richtig ans Ohr.

»Scheint besetzt zu sein.«

»Dann versuchen wir's gleich noch mal«, meinte Dirk, nahm das Handy zurück und schaltete es aus.

»Kinder, freut ihr euch?«, fragte Henriette Sailer. »Oma und Opa sind aus Schottland zurück. Sie wollen uns abholen.«

Marilena schmollte etwas. »Ja, schon, aber eigentlich wollte ich gerne morgen das Dornröschenschloss sehen.«

»Da kannst du immer noch mal hinkommen . . .«

Thomas sagte: »Meinst du, es ist zu Hause nicht mehr gefährlich, wenn Oma und Opa da sind? Ich meine, wenn das richtige Killer sind, hat Opa doch auch keine Chance.«

Dirk beruhigte ihn: »Ich kann ja mitkommen. Ob ich nun euch auf der Reise begleite oder euer Haus bewache – das kommt auf dasselbe raus.«

»Ich wäre schon froh«, meinte Frau Sailer, »wenn wir wieder nach Hause könnten.«

Dirk schaltete das Handy wieder ein und drückte auf Wahlwiederholung. »Jetzt läutet es.« Er reichte das Gerät weiter.

»Schwarzenberg bei Sandner.«

»Erwin, du? Wie freue ich mich, deine Stimme zu hören.«

»Mutter! Und ich bin froh, dass du wohlauf bist, nach all den . . . das bist du doch, oder?«

»Ja, ja, ein bisschen erschöpft, aber sonst gesund. Und die Kinder auch.«

»Kaum ist man mal nicht da, passieren solche Sachen.«

»Du willst uns holen, Erwin?«

»Ja, natürlich. Es ist allerdings noch ein furchtbares Durcheinander hier im Haus. Und heute Nachmittag wollen wir Ute im Krankenhaus besuchen. Ich frage mich also, ob es nicht besser ist, wenn ich erst morgen komme. Dann könntest du wenigstens in ein ordentliches Zimmer. Im Moment ist alles verwüstet. Aber wenn du möchtest, kann ich euch natürlich auch noch heute Abend holen.«

Henriette Sailer zögerte. »Na ja, einerseits ... aber du hast sicher Recht, wenn es da so wüst ist ... und Marilena wollte auch gerne morgen mit zum Dornröschenschloss ...«

»O ja!«, warf das Mädchen ein.

»Wann seid ihr denn da? Vormittags? Dann könnte ich am späten Nachmittag kommen?«

»Warte, Erwin, ich gebe das Telefon mal an Herrn Steinhaus. Das ist der Detektiv, der uns beschützt. Mit dem kannst du die Zeit ausmachen. Der kann dir auch die Adresse unseres Hotels sagen.«

»Ja, gut.«

Sie reichte das Handy dem jungen Mann, und während der weitersprach, strahlte sie ihre Urenkel an und sagte leise, um das Telefonat nicht zu stören: »Jetzt wird alles gut.«

52

Hauptkommissar Magnus musste das Telefon sechsmal klingeln lassen, bis sich eine verschlafene Stimme meldete: »Hä?«

»Magnus.«

»Morgen, Chef Herbert!«, klang die Stimme seines Assistenten aus dem Hörer.

»Morgen? Ach so, du hast geschlafen. Nicht, dass das etwas Ungewöhnliches wäre, aber in diesem besonderen Fall ausnahmsweise gerechtfertigt.«

»Es freut mich, dass ich bei meinem Vorgesetzten so viel Verständnis finde. Was gibt's Neues?«

»Berichte du erst!«

»Die Nacht war ruhig. Ob sich heute Vormittag irgendwelche dramatischen Ereignisse abgespielt haben, kann ich noch nicht sagen. Dein Anruf hat mich ja gerade erst aus dem Schlaf geschreckt. So, jetzt bist du dran.«

»Auch ich war in der Nacht tätig, ohne allerdings dafür . . .«

»Kannst du mir nicht dein vorbildhaftes Verhalten verheimlichen? Es legt sich immer so deprimierend auf meine Psyche, wenn ich erkennen muss, wie viel mir noch fehlt, bis ich meinen großen Meister erreicht habe.«

»Also: Was die Kerle gesucht haben, war offensichtlich Material, mit dem der ermordete Herr Krohn, der eigentlich Grau hieß, seinen Chef erpresst hat. Oder jedenfalls erpressen wollte. Emil Kröger vom Dezernat für Wirtschaftskriminalität prüft das gerade.«

»Hast du mir gestern Abend gesagt – die Urlauber hatten das im Koffer.«

»Genau. Und damit hatte ich eine Handhabe gegen Hartmann. Den hab ich heute Morgen festgenommen.«

»Hm«, knurrte Wronski, »dann haben die Killer ja eigentlich gar keinen Grund mehr, unserer Uroma und ihren süßen Kleinen was anzutun.«

»Richtig. Das Problem ist nur, dass sie das gar nicht wissen.«

»Wieso?«

»Na, du bist wirklich noch nicht ganz ausgeschlafen.«

»Siehst du – das ist es, was ich meinte: Der Abstand zu meinem großen Vorbild ist so offensichtlich . . .«

»Ich habe Hartmann natürlich gesagt, er soll die Killer zurückpfeifen. Aber er leugnet alles. Klar, dass er dann nichts unternehmen kann, sonst bestätigt er ja meine Anschuldigungen.«

»Klar. Und wenn du ihn freilässt?«

»Daran habe ich auch schon gedacht. Aber erstens kann ich da Ärger kriegen, wenn er die Gelegenheit nutzt, um Beweismittel verschwinden zu lassen oder gar sich selbst. Und zweitens, und das ist noch wichtiger, wird er . . .«

»Darf ich mal, Chef? Er wird vermuten, dass er überwacht wird, einschließlich seiner Telefone usw., und darum auch nichts unternehmen.«

»Richtig. Ich sehe, so aussichtslos ist dein Versuch gar nicht, mir nachzueifern.«

»Das baut mich jetzt ungemein auf, Chef!«

Magnus berichtete sachlich weiter: »Den Vormittag habe ich mit Verhören zugebracht. Einige Kollegen haben mit mir recherchiert, ob die zwei Killer – oder vielleicht auch mehr – Mitarbeiter von Hartex sind. Es scheint aber nicht so. Es wird niemand vermisst. Es gibt auch niemanden, auf den die Beschreibung so richtig zutreffen könnte. Vermutlich hat Hartmann also irgendwelche zwielichtigen Gestalten aus der Frankfurter Unterwelt engagiert. Oder auch von anderswo. Aber irgendwo müssen wir ja mit der Suche anfangen. Und dafür sollten wir ein Phantombild haben.«

»Angefertigt nach der Erinnerung von Uroma Sailer.«

»Genau. Geh doch mit ihr zu unseren Kollegen in Kassel und lass dort eine Zeichnung anfertigen. Sobald wie möglich.«

»Heute, am Sonntag?«

»Ich habe euch schon telefonisch angemeldet. Die Begeisterung des Zuständigen hielt sich zwar in Grenzen, aber wenn er deinen Arbeitseifer sieht, wird ihn das ungeheuer motivieren.«

»Großartige Idee. Du hast übrigens Glück, dass unsere Schützlinge heute im Hotel geblieben sind.«

»Die Kollegen sollen mir die Phantombilder sofort durchgeben. Aber das habe ich ihnen schon gesagt.«

»Ich werde sie lieber noch mal daran erinnern.«

»So, das war's«, sagte Magnus. »Ach – noch was: Was haben Frau Sailer und die Kinder denn für weitere Pläne?«

»Ich weiß nicht, ich habe ja heute noch nicht mit ihnen gesprochen. Heute Abend rufe ich dich noch mal an.«

»Tu das! Mach's gut!«

»Gehab dich wohl, großer Meister!«

53

Durch den Schlosspark Wilhelmshöhe schlenderte ein junges Paar. Er war nicht größer als sie, hatte pechschwarze Haare und asiatische Gesichtszüge. Sie hatte dunkelblondes langes Haar und wirkte wie eine Kasseler Studentin.

Zwei alte Frauen auf einer Bank beobachteten, wie die jungen Leute sich losließen – sie hatten sich an den Händen gehalten – und vor einer Blumenrabatte niederknieten.

»Siehst du die?«, fragte die eine Frau.

Die andere nickte und murmelte nach einer Weile: »Es ist ja nicht so schlimm, wenn die jungen Männer von Japan oder Korea oder wie das da alles heißt, wenn die hier studieren wollen. Aber müssen sie sich auch noch an die deutschen Mädchen ranmachen?«

Der junge Asiate stellte das Mädchen hinter die Blumen, hockte sich davor nieder und nahm die Kamera ans Auge. Dann rief er etwas in einer fremden Sprache.

»Guck«, kommentierte die eine Beobachterin, »er will sie fotografieren.«

»Die scheint ihn sogar zu verstehen. Er hat was gesagt, und da ist sie ein Stück zurückgegangen.«

»Ja. Komisch. Ich hab kein Wort davon verstanden.«

Die jungen Leute redeten weiter und lachten. Die zwei auf der Bank registrierten erstaunt, dass auch das blonde Mädchen diese fremde Sprache benutzte. Nur ein Wort kam drin vor, das deutsch klang, auch wenn die Frauen nicht wussten, was es bedeutete: »Schärfentiefe«. Der junge Mann wiederholte lernbegierig: »Schärfentiefe« und legte sich ins Gras, um die Blumen mit ins Bild zu kriegen.

»Ist sicher ein Japaner.«

»Warum? Kann doch auch ein Chinese sein, oder so was.«

»Die Kamera! Japaner haben immer Kameras. Die machen die ja auch. Unser Thorsten hat auch eine japanische Kamera.«

»Hm. Kann sein.«

Ein lautes und fröhliches »Hallo!« lenkte ihre Aufmerksamkeit zur Seite, wo eine Frau im mittleren Alter auf das junge Paar zustürmte und dabei winkte.

Der Japaner erhob sich aus seiner ungemütlichen Lage.

»Soll ich mal ein Foto von Ihnen beiden machen?«, rief die Frau so laut, dass man es an diesem sonnigen Spätsommernachmittag im Park fast als ruhestörenden Lärm bezeichnen konnte.

»Ja, gern, Frau Melzer«, sagte das Mädchen.

»Die kennen sich«, schloss messerscharf die eine der Frauen. Die andere nickte. Das konnte die erste zwar nicht sehen, weil sie den Blick fest auf die Szene gerichtet hatte, aber eine Bestätigung brauchte sie ohnehin nicht.

»Am besten so, dass man den Herkules dahinter sieht«, rief die Dame. »Muss ich hier drücken?«

Der Japaner erklärte es ihr mit Zeichen.

»Die kann aber sicher kein Japanisch«, vermutete die Frau rechts auf der Bank.

Die Dame – diese Bezeichnung drängte sich auf bei der Bekleidung und dem reichlichen Schmuck – ging etwas in die Knie. Das wirkte jetzt nicht mehr so damenhaft. »Bitte lächeln!«, brüllte sie die beiden an. Und dann: »Rücken Sie doch ruhig etwas näher zusammen!« Bei den beiden änderte sich aber nicht viel. Es klickte.

»Bin mal gespannt, wie die aus der Hocke wieder hochkommt«, meinte die linke Frau.

Sie hatte die Schwierigkeiten der Fotografin richtig vorausgesehen. Die wäre fast zur Seite gekippt. Sie legte die Kamera ins Gras, stützte sich mit den Armen ab, um die Beine zu strecken, nahm dann den Apparat auf und reichte ihn lächelnd dem jungen Mann.

»Danke schön!«, sagte der, laut und deutlich.

»Siehst du«, kommentierte die eine Frau, »er kann auch Deutsch.«

»›Danke schön‹ kann doch jeder. Ist ja auch das Mindeste, was man können muss, wenn man hier ist.«

Die Dame, die eben mit Frau Melzer angesprochen worden war,

sagte: »Waren Sie schon in der Gemäldegalerie? Na ja, vielleicht haben Sie ja jetzt keinen Blick für alte Bilder. Aber immerhin schöne Sachen. Wollen Sie nicht mal Rembrandts Frau Saskia sehen?«

Was das Mädchen antwortete, konnten die beiden auf der Bank nicht verstehen. Sie beobachteten nur, wie die jungen Leute weitergingen, die Dame, als sie sich noch einmal umdrehten, ungeniert winkte, und dann in die entgegengesetzte Richtung davonsegelte.

»Kennst du eine Frau, die Saskia heißt?«, fragte die erste der Kasseler Bürgerinnen. Die zweite schüttelte den Kopf. »Nee. Nie von gehört.«

54

Die Sonne schien ins Zimmer, als Erwin Schwarzenberg aufwachte. Wieso . . . ach, jetzt wusste er es wieder: Weil in ihrem Schlafzimmer alles durcheinander und kaputt war, hatten sie sich in einem der Gästezimmer einquartiert.

Seine Frau drehte sich um und blinzelte: »Du bist wach?«

»Ja. Morgen!« Er beugte sich hinüber und gab ihr einen Kuss auf die Wange, auf der sich die Falten des Kissens abgedrückt hatten. »Wir haben zwar eigentlich noch Urlaub, aber ich muss sagen, zum Dichten bin ich heute nicht aufgelegt.«

»Versteh ich«, murmelte Helga leise in ihr Kissen hinein. Nach einer Weile legte sie sich auf den Rücken und sagte zur Zimmerdecke: »Ich nehme heute vorlieb mit einem Vers, den es schon gibt: ›Befiehl du deine Wege, und was dein Herze kränkt, der allertreusten Pflege des, der den Himmel lenkt . . .‹« Erwin fiel mit ein: »Der Wolken, Luft und Winden gibt Wege, Lauf und Bahn, der wird auch Wege finden, da dein Fuß gehen kann.«

Eine Weile schwiegen beide.

»Dann sehen wir mal, was für einen Weg wir durch das Chaos

finden«, sagte Erwin, schlug die Decke zurück und schwang die Beine aus dem Bett. »Au!«

»Was ist?«

»Muskelkater wahrscheinlich. Von den stundenlangen Aufräumarbeiten gestern.«

»Gut, dass wir kein Vieh mehr haben. Wir werden alt, Erwin.«

»Was soll da erst deine Mutter sagen!«

»Das habe ich mich oft gefragt in den letzten Stunden.«

Erwin stand auf. »Ich muss mich fertig machen. Am Ende kommt der Mann von der Telekom, um das Telefon zu reparieren, und wir liegen noch im Bett.«

Sie nahm das als Aufforderung, auch aufzustehen. »Hast du sonst noch jemanden bestellt? Für die Fenster zum Beispiel?«

»Noch nicht. Ich will erst mal sehen, was ich selber reparieren kann.«

»Gut, dass wir die Küche einigermaßen in Ordnung haben. Sonst würde mich der Gedanke an Frühstück eher abschrecken.«

»Und dann machen wir einen Plan, wie wir am sinnvollsten vorgehen. Gegen zwei fahre ich dann los nach Kassel.«

55

Frau Melzer erklärte, und Sigrid übersetzte:

»Mitten in diesem großen Waldgebiet, das die hessischen Landgrafen für ihre Jagd vorbehalten hatten, liegt ein ehemaliges Jagdschloss, Sababurg. Gleich werden wir die beiden Turmhauben vor uns auftauchen sehen. Niemand weiß genau, warum man dieses Schloss mit Dornröschen in Verbindung bringt. Vielleicht, weil es damals, als die Märchen niedergeschrieben wurden, eine von Dornen überwucherte Ruine war. Man kann sich gut vorstellen, dass die Brüder Grimm diesen Bau vor Augen hatten, als sie die Geschichte so formulierten, wie wir Sie kennen. Sie kennen doch Dornröschen, nicht wahr?«

Nicken und zustimmende Rufe bestätigten es ihr, als die Frage übersetzt war.

»Inzwischen ist die Anlage schön restauriert. Wir werden uns hier eine gute Stunde aufhalten. Es stehen Ihnen drei Möglichkeiten offen, diese Zeit zu nutzen. Sie können die Reste des Schlosses ansehen. Es gibt dort auch manchmal Theateraufführungen, aber da Sie die Sprache nicht verstehen, habe ich das nicht für uns eingeplant. Sie können im Gasthaus einkehren. Oder Sie können einen Gang durch den Wildpark machen. Der ist auch schon zu landgräflicher Zeit entstanden. Die Tiere, die Sie da sehen, sind aber noch nicht so alt.«

Man lächelte höflich.

»Was machen wir denn, Uroma?«, fragte Marilena. »Ich will das Schloss sehen, aber auch die Tiere!«

»Na, vielleicht schaffen wir ja beides. Ich war auch noch nicht hier, Kind, ich kann dir nicht sagen, wie weit das ist.«

Thomas warf ein: »Ich will alle drei. Das Schloss und die Tiere sehen und ein Eis essen.«

Wenige Minuten später steuerte Egon den Bus auf einen Parkplatz, und alle stiegen aus. Die Kinder wollten vorauslaufen, aber Henriette Sailer rief sie zurück: »Bleibt immer bei uns, Kinder! Wir können ja gleich Herrn Steinhaus fragen. Wenn er mit euch geht, dürft ihr euch von der Gruppe entfernen, sonst nicht.«

»Da kommen sie beide.«

Steinhaus und Wronski stiegen aus dem roten Passat, sahen sich gründlich um und kamen heran.

»Einer könnte mehr ein Auge auf die Kinder haben, der andere mehr auf die Uroma, wo wir nun schon zu zweit sind. Wie finden Sie den Vorschlag?«, fragte Steinhaus.

»Zuerst mal hätte ich noch einen ganz anderen Vorschlag. Dass wir nämlich das alberne ›Sie‹ abschaffen.«

»Okay. Ich bin Dirk.«

»Michael.«

»Also, willst du mal die Flöhe hüten?«

»Wir werfen eine Münze. Wenn die Zahl oben ist, passt du auf die Kinder auf, weil du den Job ja bezahlt kriegst. Und wenn Wappen oben ist, dann ich, weil das Wappen für die Staatsgewalt steht, die ich verkörpere.« Er hatte endlich ein Markstück in seiner Hosentasche gefunden, warf es hoch, fing es mit der Rechten wieder auf und präsentierte es auf seinem linken Handrücken. »Zahl. Ans Werk!«

Jetzt waren sie bei der Reisegruppe angekommen.

Hier war ziemlicher Betrieb. Mehrere Busse standen da und viele PKWs.

»Guck mal da, Uroma!« Eine Kutsche mit zwei Pferden kam langsam vorgefahren. Einige Leute saßen darin, aber zwei Plätze waren noch leer.

»Einsteigen, meine Herrschaften!«, rief der Kutscher. »Für nur zwanzig Mark machen Sie eine beschauliche Rundfahrt durch den Wildpark. Na, ihr zwei Kinder, wie wär's? Habt ihr Lust?«

»O ja, Uroma, darf ich?«

Frau Sailer sah sich um. Dirk Steinhaus hatte alles mitbekommen. »Es sind nur zwei Plätze. Wenn nur Marilena fahren will, kann ich sie begleiten. Dann sollte Thomas aber bei Ihnen bleiben, Frau Sailer.«

»Ich will auch mit!«, protestierte Thomas.

Der Kutscher rief: »He, dann kommst du eben zu mir auf den Kutschbock, willst du?«

Thomas sah seine Uroma an. »Darf ich? Hast du so viel Geld?«

»Ja, gut, dann fahrt beide mit! Aber bleibt immer schön bei Herrn Steinhaus, und tut, was er sagt. Zahle ich bei Ihnen, Herr Kutscher? Für den Herrn und die zwei Kinder.«

»Vierzig sind's dann. Die Kinder fahren für den halben Preis.«

»Wann sind Sie wieder hier?«

»In etwa 25 Minuten, meine Dame.«

»Gut, dann könnt ihr euch anschließend noch das Schloss ansehen.«

Dirk half Marilena hinauf und setzte sich neben sie. Sie strahlte wie eine Prinzessin, die die Hochzeitskutsche besteigt, um sich mit ihrem Traumprinz zu vermählen. Nicht weniger glücklich kletterte Thomas auf den Kutschbock. Der Kutscher schnalzte, und gemächlich setzte sich das Gefährt in Bewegung.

Nach drei Minuten etwa fuhren sie an einem Schild vorbei, das den Weg zum Tierpark nach links anzeigte. Sie blieben aber auf der Straße.

»Warum fahren wir nicht da links ab?«, fragte Dirk Steinhaus den Kutscher. Auch die andern Fahrgäste schienen sich zu wundern. Es kam aber keine Antwort.

»He!«, rief Dirk. »Haben Sie mich nicht gehört? Warum antworten Sie nicht?«

Der Kutscher knallte mit der Peitsche, und die Pferde fielen in Trab.

»Was soll das?« Dirk stand von seinem Sitz auf und zupfte den Kutscher an seinem Mantel. Der knallte noch einmal mit der Peitsche. Die Pferde begannen zu galoppieren.

Michael Wronski hatte der Kutsche nachgeschaut, und jetzt ging bei ihm ein Warnlicht an. Da stimmte etwas nicht! Er lief der Kutsche nach, aber nur kurz, besann sich dann eines Besseren, rannte zurück zu seinem Auto, sprang hinein und brauste los.

Das dauerte aber einige Zeit. Inzwischen war Dirk zwischen anderen Fahrgästen auf die vordere Bank getreten und hatte den Kutscher an den langen, ungepflegt wirkenden Haaren gepackt, die unter einer Wollmütze hervorquollen. Er drehte den Kopf herum. Der Mann grinste.

»Sofort anhalten!«

Der Kutscher grinste weiter, machte aber keine Anstalten, die Pferde anzuhalten. Dirk griff in die Zügel. Er hatte noch nie eine Kutsche gelenkt, aber er vermutete, dass man daran ziehen musste. Es ging nur schlecht, weil er keinen richtigen Halt hatte.

Da griff er zum letzten Mittel. Er zog seine Pistole heraus und hielt sie dem Kutscher vor die Nase. »Sofort anhalten!« Der Mann kriegte schreckgeweitete Augen, starrte nur auf die Waffe und tat gar nichts.

»Sofort!«, schrie Dirk.

Da endlich reagierte der Kutscher. Er riss die Zügel, und nach mehrfachem »Brrr« kamen die Pferde zum Stehen.

Gerade noch rechtzeitig, denn der rote Passat von Michael Wronski fuhr schräg davor und drängte die Pferde an die Seite, fast in den Straßengraben. Sie scheuten und waren unruhig, blieben aber stehen. Wronski sprang aus seinem Auto.

»Was ist hier los?«

Eine ähnliche Frage hatte Steinhaus auch gerade gestellt, mit ziemlichem Nachdruck, und der Mann antwortete reichlich eingeschüchtert: »Meine Güte, gleich mit 'ner Knarre! Verstehen Sie keinen Spaß?«

»Sagen Sie bloß, das sollte ein Spaß sein!«

»Na klar, was denn sonst?«

Wronski zeigte seinen Ausweis. »Polizei. Geben Sie mir klipp und klar Antwort, weshalb Sie das gemacht haben!«

»Polizei? Meine Güte, so 'ne große Geschichte! Ich hab doch bloß Spaß gemacht . . .«

»Machen Sie mit allen Ihren Fahrgästen solche Scherze?«

»Nein, natürlich nicht. Da käme ich ja gar nicht auf meine Kosten. Aber wenn ich's bezahlt kriege . . .«

»Was heißt das? Wer hat Ihnen was bezahlt?«

»Na, so 'n Mann. Hat mir drei Blaue gegeben, bar auf die Kralle. Ich soll sehen, dass ich die Kinder einlade und dann plötzlich schnell die Straße runterfahre. Es geht um 'ne Wette, hat er gesagt. Nur ein kleiner Spaß. Nicht weiter als bis da vorne an den Waldrand. Na, sagen Sie doch selbst – so schnell verdient kein Kutscher 300 Mark.«

Wronski und Steinhaus sahen sich an.

Die Erkenntnis, dass sie ausgetrickst worden waren, kam ihnen gleichzeitig.

»Scheiße! Fahr du mit der Kutsche zurück!« Wronski sprang in seinen Wagen. Da an der schmalen Straße ein Wendemanöver zu lange gedauert hätte, raste er rückwärts in Richtung Parkplatz.

»Zurück! Aber schnell!«, brüllte Steinhaus den Kutscher an. Dem schien langsam zu dämmern, dass es hier offenbar nicht nur um einen Scherz ging.

»Ich kann hier nicht wenden.«

»Da vorne mündet ein Feldweg. Beeilen Sie sich gefälligst!«

Der Kutscher trieb die Pferde an.

Als Wronski in die Nähe des Parkplatzes kam, liefen die Japaner gestikulierend auf ihn zu. Er hielt an und stieg aus.

Frau Melzer war aufgelöst. »Sie haben Frau Sailer mitgenommen. Gerade eben. Da rüber sind sie gefahren.«

Sigrid redete dazwischen. »Zwei Männer. Sie haben uns fast umgefahren. Sind einfach mit ihrem Geländewagen zwischen uns gebraust, haben Frau Sailer geschnappt ...«

»Und mit der Pistole rumgefuchtelt!«

»... und ins Auto gezerrt und weg!«

Wronski war schon am Telefonieren und hörte nicht mehr zu. Die Frauen redeten trotzdem weiter, und die ganze Reisegesellschaft unterhielt sich aufgeregt.

Jetzt kam die Kutsche an.

Steinhaus sprang auf die Straße und hob die Kinder heraus, die überhaupt noch nicht begriffen, was los war.

Frau Melzer hatte einen neuen Zuhörer und berichtete in allen Einzelheiten, nur nicht in der richtigen Reihenfolge.

Sigrid nahm die Kinder zu sich, führte sie etwas zur Seite und versuchte ihnen möglichst schonend beizubringen, dass ihre Uroma entführt worden war.

Der Kutscher stand eine Weile verlegen herum und kam dann auf Wronski zu. »Also, Herr Kommissar, oder so, ich wusste das ja nicht! Ich wollte doch nicht ... Eine Entführung! Wenn ich das geahnt hätte ...«

»Ja, ja, jetzt lassen Sie uns mal in Ruhe!«, sagte der Polizist, nur mühsam beherrscht.

». . . Niemals hätte ich . . . Hier, die 300 Mark will ich nicht haben! Nehmen Sie sie! Mit so was will ich nichts zu tun haben! Er hat gesagt, es sei Spaß . . .«

»Hauen Sie ab mit Ihren 300 Mark!«, brüllte Wronski ihn an. Erschreckt schlich sich der Mann davon.

Steinhaus legte Wronski die Hand auf die Schulter. »Ruhe bewahren!«, knurrte er leise.

»Hast Recht«, erwiderte der. »Ich ärgere mich am meisten über mich selber.«

»Stimmt«, nickte der Privatdetektiv, »wir haben uns an der Nase herumführen lassen wie blutige Anfänger.«

»Liebe Gäste!«, erscholl ein zartes Stimmchen. Alle wandten sich um. Da stand ein junges Mädchen, das als Dornröschen verkleidet war. »Ich heiße euch herzlich willkommen auf meinem Schloss. Darf ich euch bitten, mir zu folgen.«

Für die Kinder kam das gerade recht, sie etwas abzulenken.

»Kommt, wir gehen mit Dornröschen!«, sagte Sigrid und folgte ihr, Thomas an der rechten, Marilena an der linken Hand.

Der Professor aus Kobe bemerkte, dass Frau Melzer etwas hilflos dastand, weil ihre Übersetzerin im Augenblick wegen einer wichtigeren Aufgabe nicht zur Verfügung stand. Er erklärte laut auf Japanisch, dass dies Dornröschen sei, dass man ihr ins Schloss folgen und die schrecklichen Ereignisse von eben der Polizei überlassen solle.

»Ein Werbegag für die Touristen«, meinte Steinhaus. »Schade, dass mir im Moment nicht der Sinn danach steht.«

Wronski knurrte: »Ich wünschte, die Kerle würden in einer Dornenhecke hängen bleiben und elend umkommen.«

»Oder hundert Jahre stillhalten.«

»Ich hab eine Ringfahndung angefordert. Aber ehrlich gesagt habe ich wenig Hoffnung, dass das was bringt.«

»Und jetzt?«

»Jetzt habe ich eine der unangenehmsten Aufgaben vor mir, die ich mir vorstellen kann. Ich muss meinem Chef das alles erzählen.«

»Hm – ich auch!«

56

Herr Schwarzenberg betrat die Hotelhalle und sah sich um.

Von der Rezeption lächelte ihm eine Dame freundlich entgegen. Er lächelte also zurück und ging auf sie zu.

»Guten Tag, kann ich Ihnen helfen?«

»Ist die japanische Reisegruppe von ihrem Ausflug zurück?«

»Noch nicht. Das wird auch sicher noch einige Zeit dauern. Sind Sie vielleicht Herr Schwarzenberg?«

»Ja.«

»Dann soll ich Ihnen bestellen, Sie möchten bitte einen Herrn Kranich anrufen. Ich habe die Nummer notiert – hier, bitte.«

»Danke.«

»Dort drüben sind zwei Telefonzellen.«

Erwin hatte ein komisches Gefühl in der Magengegend, das er sich nicht recht erklären konnte. Kurz darauf hatte er den Detektiv am Apparat, mit dem er schon einmal telefoniert hatte.

»Ich habe schlechte Nachrichten für Sie, Herr Schwarzenberg. Leider konnten wir Ihre Schwiegermutter nicht so schützen, wie wir es uns vorgenommen hatten. Die Gangster haben sie entführt.«

»Entführt?«

»Ja, leider. Auch die Polizei war da. Sie sehen also, dass man uns keinen Vorwurf ...«

»Entführt? Eine alte Frau von sechsundachtzig Jahren?«

»In ein Auto gezerrt und mitgenommen, ja. Aber wir werden alles tun, und die Polizei selbstverständlich auch, um sie so schnell wie möglich ...«

»Aber warum?«

»Das hat wohl mit dieser Geschichte zu tun, die auf Ihrem Hof passiert ...«

»Natürlich hat es damit zu tun!«, brüllte Erwin. Er wollte den Mann nicht angreifen, aber es platzte einfach aus ihm heraus. »Aber was wollen die von einer alten Frau? Ich versteh das nicht! Und was unternehmen Sie jetzt?«

»Ich mache Ihnen einen Vorschlag, Herr Schwarzenberg. Rufen Sie Herrn Magnus an. Das ist der verantwortliche Kriminalhauptkommissar. Sie stellen dort nicht jeden zu ihm durch, aber bei Ihnen ist das ja etwas Besonderes. Ich gebe Ihnen mal die Nummer.«

Vom Präsidium bekam Erwin nur die Auskunft, dass Hauptkommissar Magnus nicht zu sprechen sei. Wegen der Zuspitzung des Falles sei er unterwegs nach Kassel.

Erwin überlegte eine Weile und fasste dann zwei Entschlüsse: erstens, hier zu warten, bis sich etwas Neues ergab, und zweitens, seiner Frau vorerst nichts von der neuesten Entwicklung zu berichten.

57

Was in den Gedanken von Henriette Sailer vorging, war eine unkontrollierte Mischung aus Vorwürfen und Selbstvorwürfen, Gebeten, Versuchen sich auf den Weg, den sie nahmen, und eventuelle Rettungsmöglichkeiten zu konzentrieren, sowie Panikattacken. Nichts davon war konkret. Als das Auto schließlich irgendwo anhielt, hätte sie nicht sagen können, wie lange sie gefahren waren und in welche Himmelsrichtung, noch nicht einmal, wie es eigentlich dazu gekommen war. Und weil sie sich auch nicht darüber klar war, ob sie Widerstand leisten, sich fügen oder sich nur scheinbar fügen sollte, tat sie gar nichts.

Die beiden Männer zerrten sie aus dem Auto, und der Kleinere, Kräftigere stieg wieder ein, wendete und fuhr zurück. Der Lange mit dem blonden Pferdeschwanz stieß sie in ein Gebäude hinein, das wohl ein alter Stall oder dergleichen war. Frau Sailer blickte sich noch schnell um, mehr intuitiv als in nüchterner Absicht, und stellte fest, dass sie hier in einer einsamen Gegend waren. Jedenfalls lag kein anderes Gebäude in ihrem Blickfeld.

Es war ja noch heller Nachmittag, aber drinnen war es dämmrig.

Ein penetranter Tiergeruch schlug ihnen entgegen. Mit ihrer Erfahrung als Bäuerin merkte Henriette Sailer gleich, dass dies früher ein Schafstall gewesen war, der aber später auch noch anders, vielleicht als vorübergehender Unterstand für Kühe, benutzt worden sein musste.

Jetzt begannen sich ihre Augen an das Dämmerlicht zu gewöhnen. Der junge Mann, bei dem dieser Prozess natürlich schneller ging, hatte sie schon zehn oder fünfzehn Meter durch den Raum gezerrt.

Der Boden war gestampfter Lehm mit verschiedenen Spuren der früheren Verwendung. Die Wände waren Fachwerk, offenbar auf die traditionelle Art mit Astgeflecht und Lehm ausgefüllt. Über sich konnte sie direkt das Ziegeldach sehen. Am entgegengesetzten Ende fehlten einige Ziegel, aber in der Ecke, zu der sie jetzt gingen, war es anscheinend dicht. Hier kam das wenige Licht durch zwei winzig kleine, völlig verdreckte Fensterchen voller Spinnweben.

»Nun los! Da hin!«

Der Mann deutete auf die Ecke, die von der Eingangstür am weitesten entfernt war. Da stand ein ziemlich großer Tisch an der Wand und rechts und links davon je ein alter, hölzerner Stuhl. Eine Kiste mit Wasserflaschen und mehrere Kartons deuteten darauf hin, dass man vorbereitet war, sich nötigenfalls hier länger aufzuhalten.

Der Mann drehte den einen Stuhl so, dass er mit der Rückenlehne zur Wand stand, und schob die alte Frau darauf. Rechts von ihr war der Tisch. Der Gangster nahm ein Stück kräftigen Draht und bog es ihr zweimal um das linke Handgelenk. Das schmerzte, aber Frau Sailer verzog nur das Gesicht und sagte nichts. Der Mann führte beide Enden des Drahtes zu einem Stück Balken, der schräg von einem Ständer in der Wand zum Dach hinaufführte. Dort bog er den Draht herum und verzwirbelte die Enden mit einer Zange.

Ohne Werkzeug würde sie sich nicht losmachen können. Ihr Handgelenk tat weh, und außerdem musste sie den linken Arm immer etwas hochhalten.

»So, Oma, damit du mir nicht wegläufst. Ich will ja auch mal ein

Schläfchen machen. Vor allem an die frische Luft. Dieser Gestank hier ist nichts für mich.«

Der Mann steckte sich eine Zigarette an.

»Da, wenn du Durst hast. Du siehst, Oma, so böse bin ich gar nicht.« Er nahm eine Flasche mit Mineralwasser aus dem Kasten, schraubte sie auf und stellte sie auf den Tisch, in die Reichweite von Frau Sailers rechtem Arm.

»Zu futtern gibt's auch was, aber das eilt ja noch nicht.«

Zum ersten Mal, seit sie überfallen worden war, sagte sie etwas: »Was . . . was haben Sie vor?«

Der Kerl lachte. »Das möchtest du wohl gerne wissen, was? Sei ganz beruhigt, du wirst es schon noch erfahren! Wir werden dich so lange hier behalten, bis du uns verraten hast, wo die Sachen von dem Grau sind.«

»Von wem?«

»Ach so, du kennst ihn ja als . . . äh, Krohn, glaube ich.«

»Den Sie erschossen haben?«

»Richtig, Oma! Gut beobachtet. Vielleicht sogar ein bisschen zu gut.«

»Ich habe keine Sachen von Herrn Krohn.«

»Nein, nicht bei dir. Aber du weißt, wo sie sind.«

»Ja. Bei der Polizei.«

»Hä? Sieh an, die Oma will mich auf den Arm nehmen!«

»Ich erkläre Ihnen nur, was mir der Polizist, der uns begleitet, erzählt hat. Wahrscheinlich hat der Herr Krohn – oder Grau – die Sachen in den Koffer unserer Kinder gesteckt, und die haben sie mit nach Schottland genommen . . .«

Der Mann brüllte sie an. »Halts Maul, Oma! Meinst du, ich lasse mich von dir für dumm verkaufen? Bevor mein Kollege ihn umgelegt hat, sagte Grau: ›Fragt doch die Leute hier‹, oder so ähnlich. Und sonst war ja da keiner. Nur du und die Kleine und die Frau auf der Leiter.«

»Glauben Sie mir doch! Inzwischen sind die Papiere schon bei der Polizei.«

»Du spinnst, Oma!«

Er ging vor dem Tisch auf und ab. »Na ja, wir werden es schon aus dir rausholen. Notfalls holen wir uns noch eins von den Kindern. Ja, ich weiß« – er blieb stehen und sah sie von oben herab an –, »alte Leute sind manchmal besonders störrisch, weil sie denken: Ich kratze ja sowieso bald ab. Aber wenn wir die Kinder hätten – das wäre doch ein schönes Druckmittel, findest du nicht?«

»Aber ... aber Sie können doch gar nichts von mir erpressen, weil ich nichts weiß! Ich sage Ihnen doch, die Polizei hat alles!«

Ihre Stimme klang gepresst. Sie bemühte sich, nicht zu kreischen.

»Vielleicht ist die junge Dame aus dem Kirschbaum eher bereit, uns zu helfen. Wir haben uns schon erkundigt. Sie liegt in Gießen. Dann werden wir ihr wohl mal einen Besuch abstatten müssen. Aber erst halten wir uns an dich, das ist einfacher.«

»Ich schwöre Ihnen, es ist alles umsonst, was Sie da versuchen! Die Sache ist längst aufgeflogen. Sie wissen es nur noch nicht!«

»Und jetzt glaubst du wohl, ich sage: Ach, so ist das. Na, dann nichts für ungut. Sie können wieder gehen, meine Dame? Ha! So einfältig kannst du doch nicht sein, Oma!« Dann, kurz entschlossen: »Wir reden später weiter, wenn mein Kollege wiederkommt.« Er trat seine Zigarette aus, zündete sich eine neue an und ging hinaus. Dabei murmelte er: »Ein Gestank hier. Ist ja nicht auszuhalten.«

58

Erwin Schwarzenberg stand wohl zum fünfundzwanzigsten oder auch dreißigsten Mal auf, ging nach draußen und sah sich um. Gerade wollte er wieder hineingehen, da bog der Bus um die Ecke.

Er konnte sich an die Bemalung erinnern. Der Bus war ja schon öfter mit Gästen bei ihnen auf dem Hof gewesen.

Nachdem sich die Türen zischend geöffnet hatten, stiegen lauter

Japaner aus. Die Kinder sah Erwin nicht, auch nicht an einem der Fenster, als er sie mit den Augen absuchte.

Unter den Fahrgästen, die ausstiegen, war jetzt eine Frau, die nicht asiatisch aussah. Erwin trat auf sie zu.

»Guten Tag, sind Sie die Reiseleiterin?«

»Ja, Melzer ist mein Name.«

»Schwarzenberg. Ich bin der Schwiegersohn von Frau Sailer und der Großvater der Kinder, die . . .«

»Ach ja, Herr Schwarzenberg! Äh . . . wissen Sie schon . . .?«

»Dass meine Schwiegermutter entführt wurde? Ja. Wo sind denn die Kinder?«

»Die kommen mit der Polizei und dem Detektiv. Da war noch einiges zu klären, aber ich nehme an, dass sie auch bald da sind. Es tut mir sehr Leid, Herr Schwarzenberg, dass das passiert ist. Wir haben uns alle so an Ihre Verwandten gewöhnt und sie richtig ins Herz geschlossen! Auch unsere japanischen Gäste. Glauben Sie mir . . .«

»Ja, danke«, sagte Erwin und wandte sich ab, das abrupte Abbrechen des Gesprächs nur durch ein angedeutetes Lächeln mildernd. Er hatte jetzt nicht die Nerven, den Redeschwall der Dame über sich ergehen zu lassen.

Und wieder hieß es: warten. Die Japaner standen in kleinen Gruppen herum und unterhielten sich. Die Stimmung war gedrückter, als man es bei einer Touristenschar eigentlich erwartet.

Allmählich wurde das Foyer leerer.

Erwin Schwarzenberg nahm eine Zeitung zur Hand, die hier auslag. Er begann zu lesen, konnte sich aber nicht konzentrieren. Als er merkte, dass er denselben Artikel gerade zum dritten Mal las, legte er die Zeitung wieder weg.

Da kamen sie! Ein junger Mann öffnete die Tür und sah sich um. Dann folgten seine Enkel. Er stand auf.

»Opa!«

Die beiden rannten auf ihn zu, und er nahm sie in die Arme.

»Die Uroma ist weg, Opa!«, berichtete Marilena. »Die haben sie einfach mitgenommen!«

Thomas fiel ihr ins Wort: »Wir waren nicht da, weil wir mit der Kutsche gefahren sind. Sonst hätten wir . . .«

Sie redeten beide durcheinander. »Die haben den Mann totgeschossen, bei uns auf dem Hof, und Mama mit der Leiter . . .«

»Wenn Dirk da gewesen wäre, hätte er's ihnen gezeigt, aber sie haben ihn weggelockt . . .«

»Hast du Mama im Krankenhaus besucht? Uroma hat gesagt, dass es ihr schon besser geht, aber sie muss noch lange . . .«

»Die Polizei hat alles genau von uns wissen wollen, und wir haben . . .«

»Moment mal, Kinder! Moment! Wenn ihr gleichzeitig redet, kann ich ja keinem richtig zuhören! Gleich könnt ihr mir alles erzählen. Aber jetzt muss ich erst mal mit eurem Bodyguard sprechen.«

»Mit wem?«, fragte Marilena.

Der Mann trat lächelnd auf sie zu. »Guten Tag. Steinhaus.«

»Der Detektiv, nicht wahr?«

»Ja, der eigentlich nicht nur Ihre Enkel, sondern auch Ihre Schwiegermutter beschützen sollte. Es tut mir Leid, dass . . . na ja, irgendwie hat's nicht geklappt. Dabei habe ich mir so viel Mühe gegeben.«

»Machen Sie sich keine Vorwürfe. Absolute Sicherheit gibt's wohl nicht gegen solche rücksichtslosen Verbrecher.«

»Der Polizist, der dabei war, ist jetzt in der Kasseler Polizeizentrale. Da laufen die Fäden zusammen für die Fahndung. Sie werden sicher mit den Herren sprechen wollen. Wenn es Ihnen recht ist, bleibe ich so lange mit den Kindern hier. Ich nehme an, man wird Ihnen einen Beamten zum persönlichen Schutz schicken, wenn Sie das wollen. Jetzt, wo die Gefahr für die Kinder offensichtlich ist. Das ist für Sie natürlich billiger als ein Privatdetektiv.«

»So. Hm, darüber habe ich noch nicht nachgedacht.«

»Aber vielleicht werden bei dem Großeinsatz jetzt die Kerle auch bald geschnappt, und dann ist der Spuk vorbei.«

»Schön wär's.«

59

Ich muss mich konzentrieren!, dachte Henriette Sailer. Aber sie dachte es wirr und unkonzentriert.

Gott, hilf mir beim Nachdenken! Mach mich ruhig! Zeig mir eine Lösung!

Also, mal ganz von vorn. Die Gefahr ist real. Das ist die erste wichtige Feststellung. Es ist nicht ein böser Traum, aus dem ich bald erwache. Ich bin tatsächlich gefangen, die Kinder sind in Gefahr, Ute ist in Gefahr. Das darf ich nicht verdrängen. Es ist so.

Zweitens: Kann ich irgendetwas tun? Kann ich mich befreien? Der Draht ist steif, und mit den Fingern kann ich ihn nicht aufdrehen. Meinen Arm drehen, um ihn zu lockern? Au! Das geht auch nicht. Wo ist die Zange? Da drüben. Er hat sie extra weit weggelegt.

Kann ich irgendeinen Trick anwenden, um ihn zu überlisten? Scheinbar auf ihn eingehen? Das wäre vielleicht eine Möglichkeit. Ich könnte sagen, ich wüsste, wo das liegt, was er sucht. Und ihn dann dort hinlocken, wo die Polizei . . . aber wo könnte das sein? Und die sind dafür sicher viel zu vorsichtig. Wenn sie merken, dass ich sie belogen habe, wird alles nur noch schlimmer.

Ich muss sie überzeugen, dass es keinen Sinn hat. Aber sie glauben mir nicht. Wie kann ich es ihnen klarmachen? Sie sollen bei ihrem Chef anrufen, ihrem Auftraggeber! Aber der sitzt, hat der Herr Wronski gesagt. Sie können ja nicht seine Sekretärin fragen.

Wie hieß der Auftraggeber denn? Wenn ich ihnen den Namen sage, wissen sie, dass es stimmt. Aber wie hieß der Mann noch? Ich komme nicht drauf. Ich glaube, den hat mir der Polizist gar nicht gesagt, sonst würde ich mich sicher erinnern.

Hätte er mir doch den Namen genannt! Verrückt, dass alles nur an so einer Kleinigkeit hängen soll! Wenn wir das gewusst hätten! Aber mit dieser Entwicklung hat niemand gerechnet. Hätten wir aber rechnen sollen!

Ich gehe mal das Alphabet durch, vielleicht komme ich auf den Namen. A, Adam, Abraham, A . . . A. B, Beier, Bollmann . . ., ach, ist doch Quatsch. Ich habe den Namen sicher nie gewusst. Vielleicht wusste noch nicht einmal Herr Wronski ihn. Es ist zum Verrücktwerden!

Keine Panik! Nachdenken! Was könnte ich sonst tun? Das Herz klopfte ihr bis zum Hals. Es schmerzte auch etwas. Sie hatte immer ein gesundes Herz gehabt. Aber seit ein paar Jahren nicht mehr. Und jetzt war sie ja auch eine alte Frau. Und entführt werden und tagelang in Angst schweben und auf der Flucht sein, das ist wahrscheinlich anstrengender als Kartoffeln ausmachen oder Kühe melken.

Der Mann kam wieder rein. Fluchend über den Gestank kam er trotzdem herüber und setzte sich auf den zweiten Stuhl im Raum, so dass der lange Tisch zwischen ihnen war.

Jetzt war auch klar, warum er wieder hereingekommen war: Er wollte etwas essen. Er öffnete einen der Kartons und warf eine Packung Kekse auf den Tisch.

»Willst du, Oma? Sollst uns nicht verhungern, ehe du uns dein Geheimnis verraten hast.«

Frau Sailer schüttelte den Kopf.

Den Mann schienen die süßen Kekse auch nicht zu reizen. Er wühlte weiter und brachte luftdicht verpackte Wurst zum Vorschein. Er riss den Kunststoff auf und biss in die Wurst.

»Hm, gut!«

Er lehnte sich zurück und kippte den Stuhl auf zwei Beine, bis die Rückenlehne gegen die Fachwerkwand stieß. Einige Augenblicke saß er so da und kaute genießerisch. Dann schien ihn etwas zu stören. Er setzte sich wieder gerade, zog die Pistole aus dem Hosenbund, wo er sie unter der Jacke getragen hatte, und legte sie neben sich auf den Tisch. Dann lehnte er sich wieder zurück und biss in seine Wurst.

Henriette Sailer war wie elektrisiert. Die Pistole! Wenn sie da herankäme!

Aber die Waffe war viel zu weit weg. Der lange Tisch war dazwischen. Und sie war angebunden!

Keine Pistole, ein Revolver, so nannte man das wohl. Wie in den amerikanischen Western, mit einer Trommel, die sich bei jedem Schuss drehte. Den letzten Western musste Henriette Sailer wohl vor dreißig oder fünfunddreißig Jahren gesehen haben. Aber sie konnte sich an diese Revolver erinnern, weil sie darüber gesprochen hatten. Erwin, ihr Schwiegersohn, war mal im Schützenverein gewesen. Einige Jahre nur.

Da lag das Ding! Wenn sie es nur erreichen könnte!

Hätte sie überhaupt den Mut zu schießen?

Vielleicht. Vielleicht auch nicht. Doch, hätte sie! Sie hatte zwar so ein Mordinstrument nie in der Hand gehabt, und sie hatte auch ziemlichen Respekt davor. Aber wenn sie die Chance hätte, würde sie sie nutzen. Nur hatte sie die Chance nicht!

Sie brauchte den Mann ja nicht totzuschießen. Nur auf die Beine zielen, das reichte schon. Oder ihm nur drohen. Natürlich müsste sie sich bemühen, sehr zornig auszusehen, wild entschlossen. Sonst würde der sich nicht einschüchtern lassen.

Eine uralte Frau mit einem Revolver! Würde vielleicht eher einen komischen als einen gefährlichen Eindruck machen. Da müsste sie eben finster blicken und wüst schreien und einen Warnschuss abgeben, dann könnte es Eindruck machen.

Ich hänge wieder Hirngespinsten nach, statt nüchtern zu überlegen, dachte sie. Also – welche Chance . . .

Sie wollte sich auf ihrem Stuhl etwas zurücksetzen und stützte sich dazu auf dem Tisch ab. Da gab der ein wenig nach.

Eine Idee durchzuckte sie wie ein Blitz.

So konnte sie an den Revolver kommen!

Das Blut schoss ihr in den Kopf, ihr wurde ein wenig schwindelig. Ruhig! Ganz ruhig überlegen!

Der Kerl hatte die Augen zugemacht und döste vor sich hin. Gut.

Sie beugte sich vor und betrachtete das Untergestell des Tisches. Es war ein Tisch, wie man ihn in Bierzelten aufstellt, mit zwei Metallbügeln, die je zwei Beine bildeten. Die Bügel waren zusammenklappbar, um die Platten aufeinander legen zu können.

Eine leichte Konstruktion, das ganze Ding konnte nicht besonders schwer sein.

Es geht! Es muss gehen! Wenn sie auf ihr Ende der Tischplatte drückte, das etwa vierzig Zentimeter über die Metallbeine überstand, musste sich das andere Ende des Tisches heben. Der Revolver würde zu ihr herüberrutschen!

Sollte sie es versuchen? Wenn ja, sagte sie sich fest entschlossen, dann aber auch richtig! Sonst würde alles schlimmer als vorher. Dieser Mann war ihr Feind. Sie durfte nicht milde sein, wie das ihre Art war, sondern hart, finster, wütend. Wenigstens musste es so wirken.

Der Mann schnaufte und nahm sich noch ein Wurststück.

O nein, jetzt ist er wieder aufmerksam! Ich habe zu lange gezögert!

»Iss auch 'ne Wurst, Oma! Schmeckt gut!«

»Nein . . . nein, danke«, stotterte sie.

Er sah kurz herüber, und Frau Sailer versuchte, gleichgültig unter sich zu schauen. Jetzt kaute er wieder, aber er hatte die Augen offen.

Die geschlossenen Augen waren wichtig. Wenn er nur aus den Augenwinkeln merkte, dass der Tisch sich an seinem Ende hob, reichte ein Reflex mit dem Arm, und sie hatte keine Chance mehr.

Ruhig atmen! Gleichgültig aussehen! Vielleicht schläft er ja gleich.

So ein Revolver muss doch eine Sicherung haben, oder nicht? Man kann ihn doch nicht in den Gürtel stecken und mit sich herumtragen, ohne ihn zu sichern. Wie schnell konnte sich sonst aus Versehen ein Schuss lösen! Aber wie funktioniert das? Es muss schnell gehen. Ich muss sofort gucken, ob da irgendwo ein Hebel ist. Und wenn, muss ich den umlegen. Wenn das Ding dann nicht schießt, muss ich ihn wieder zurück . . . denn es kann ja sein . . . Ruhig, ganz ruhig!

Der Mann machte tatsächlich wieder die Augen zu!

Oder war das eine Falle? Ach Unsinn, einer alten Frau wie mir traut der doch so was nicht zu!

Jetzt! Eine bessere Gelegenheit kommt nicht wieder! Nun los doch! Henriette Sailer musste sich förmlich selbst zwingen.

Sie legte ihren Unterarm auf den Tisch, ganz vorn an die Kante, und drückte. Er wackelte zwar, aber hob sich nicht am anderen Ende. Fester! Sie legte ihr ganzes Gewicht darauf.

Auf einmal ging alles ganz leicht und wie von allein. Der Tisch stand schräg, sehr steil sogar. Zuerst fiel die Wasserflasche um. Dann rutschte der Revolver zu ihr herüber, schneller als sie sich vorgestellt hatte. Allerdings etwas schief, so dass er an ihren Ellenbogen stieß und auf den Boden fiel, ehe sie danach greifen konnte. Sie nahm ihr Gewicht von der Kante. Der Tisch krachte runter und schreckte den Mann auf. Anscheinend brauchte der aber eine Schrecksekunde, um zu begreifen, was geschah.

Frau Sailer bückte sich. Aber sie kam nicht tief genug hinunter. Der Draht hinderte sie. Was jetzt?

Mit dem Fuß erreichte sie den Revolver, schob ihn so weit wie möglich nach links und bückte sich erneut. Jetzt kam sie dran. Mit der Waffe in der Rechten richtete sie sich wieder auf.

In diesem Moment erst sprang der Mann hoch.

Frau Sailer richtete die Waffe auf ihn.

»Bleiben Sie stehen!« Es klang zu zaghaft, zu ängstlich, darum sagte sie es gleich noch einmal, lauter: »Bleiben Sie stehen!«

»He, was soll das?«, stotterte der Mann, eher verwirrt als erschreckt.

Jetzt erst fiel ihr ein, dass sie nicht nach einem Sicherungshebel gesehen hatte. Aber sie traute sich nicht, die Augen von dem Mann abzuwenden. Dann musste sie eben ausprobieren, ob das Ding schoss.

Sie richtete die Waffe kurz nach oben und zog am Abzug. Der laute Knall und der Rückstoß erschreckten sie selbst. Aber es ging! Sie konnte schießen, sie konnte sich wehren!

Ein lange nicht gekanntes Hochgefühl überkam sie.

In die Stille nach dem Schuss polterten Brocken eines Dachziegels, den sie getroffen hatte, auf den Boden.

»Gehen Sie in einem großen Bogen um mich herum! Kommen Sie mir nicht näher als vier Meter!«

Ihre Stimme klang jetzt auf einmal fest und kräftig, ohne dass sie schauspielern musste. Der Mann rührte sich nicht.

»Wird's bald?« So wütend hatte sie nicht mehr geschimpft, seit der letzte Hund der Familie, als er noch jung war, sein Geschäft auf ihren Teppich gemacht hatte.

Der Mann bewegte sich.

»Da, nach links! Und dann nehmen Sie die Zange und machen mich los!«

Als der Kerl vor ihr stand, ohne den Tisch dazwischen, schien ihm das Absurde der Situation erst richtig zum Bewusstsein zu kommen. »Hören Sie . . .«

»Stehen bleiben! Wenn Sie näher kommen, schieße ich!«

»Aber Sie . . . Sie werden mich doch nicht töten wollen, das . . . Sie, eine alte Dame, ich bitte Sie . . .«

Henriette Sailer hörte nicht zu, was er sagte. Sie wollte gar keine Argumente hören, um nicht unsicher zu werden. Sie hörte nur, dass der Kerl auf einmal ›Sie‹ zu ihr sagte.

»Das ist doch lächerlich, gute Frau!« Er schien über dem Reden selbstsicherer zu werden. »Kommen Sie, geben Sie mir die Waffe, und wir vergessen das Ganze!« Er kam einen Schritt näher.

Frau Sailer zog ab. Sie wollte vor ihm in den Boden schießen, dicht vor ihm, um ihn zu warnen. Aber sie hatte nicht damit gerechnet, dass der Rückstoß die Waffe etwas nach oben riss. Wie sollte sie auch! Jedenfalls traf die Kugel ein wenig höher, als sie gezielt hatte, und bohrte sich in den linken Fuß des Mannes.

Der schrie auf.

Erschrocken ließ Henriette Sailer den Revolver sinken. Das wollte sie nicht! Aber nein – jetzt keine Schwäche zeigen! Es war nun mal geschehen. Sollte er ruhig glauben, dass sie brutal auf seinen Fuß gezielt hätte!

»Also weiter! Oder soll ich noch mal schießen? Ins Bein vielleicht? Oder in den anderen Fuß?«

»Verdammt noch mal, ich bin verletzt!«, brüllte er.

»Ich weiß. Dann rutschen Sie eben da rüber. Los! Ich zähle, und bei drei folgt der nächste Schuss. Eins ...«

»Ist ... ist ja gut, ich mache alles, was Sie sagen!«

Er rutschte unter vielerlei Flüchen zu der Zange, richtete sich stöhnend auf und kniff den Draht ab.

»Rutschen Sie da rüber, weit genug von mir weg, und lassen Sie die Zange liegen!« Er gehorchte.

Als er weit genug weg war, legte Frau Sailer den Revolver auf den Tisch und kniff mit der Zange den Draht an ihrem Arm durch. Es strengte an und dauerte eine Weile. Währenddessen stöhnte und fluchte der Mann weiter.

Und jetzt? Sie musste fliehen. Sollte sie den anderen mit dem Draht fesseln? Nein, es war zu gefährlich, wenn sie ihm zu nahe kam. Mit dem zerschossenen Fuß konnte er ja doch nicht laufen.

Henriette Sailer eilte davon. Auf halbem Weg zur Tür fiel ihr ein, dass der Revolver noch auf dem Tisch lag. Den sollte sie ihm besser nicht dalassen. Sie kam zurück, nahm die Waffe an sich und rief dem Mann noch zu: »Ziehen Sie Ihr Unterhemd aus, und binden Sie es fest um den Fuß!« Dann eilte sie davon.

Als sie ins Freie trat, wurde ihr wieder schwindelig. Wahrscheinlich, weil nun all die Spannung von ihr abfiel. Sie stützte sich an der Wand und blieb eine Weile so stehen.

Jetzt spürte sie auch wieder ihr Herz. Seltsam – jetzt, wo das Schlimmste vorbei war? Aber vielleicht hatte es ja die ganze Zeit geschmerzt, und sie hatte nur in der Aufregung nicht darauf geachtet.

Langsamer, als es in dieser Situation eigentlich gut war, machte sie sich auf den Weg. Schließlich konnte der andere plötzlich auftauchen. Aber schneller ging es nicht.

Der Feldweg, der an der Scheune vorbeiführte, wies in der einen Richtung deutlich mehr Reifenspuren auf. Sie meinte, sich auch zu erinnern, dass sie von dort gekommen waren. Also ging sie in die Richtung.

Nach etwa zehn Minuten war sie auf einer kleinen Anhöhe und sah ein Dorf. Bis sie dort war, brauchte sie aber noch einmal etwa eine halbe Stunde. Dabei achtete sie immer darauf, dass sie sich schnell verstecken konnte, falls ein Geländewagen auftauchen sollte.

Beim ersten Haus klingelte sie.

Nach einer Weile öffnete ein alter Mann die Tür, fast so alt wie sie.

»Guten Tag, entschuldigen Sie die Störung, aber es geht um etwas Wichtiges. Dürfte ich mal Ihr Telefon benutzen?«

»Na ja, wenn's sein muss. Ein Ortsgespräch? Oder weiter?«

»Ich nehme an . . . ich weiß nicht. Eins - eins - null.«

»Notruf?«

Henriette Sailer drängte ins Haus, an dem Mann vorbei.

»Ja. Und können Sie mir auch noch sagen, wie das Dorf hier heißt?«

Als keine Antwort kam, sah sie sich um und bemerkte, wie der Mann erschrocken auf den Revolver in ihrer Hand starrte. Sie legte ihn auf eine Kommode. »Also, wo bin ich hier?«

Während der Frage tippte sie schon die drei Ziffern ein.

60

Es klopfte.

Dirk Steinhaus ging zur Tür und fragte laut: »Wer ist da?«

»Ich bin's«, rief Frau Melzer. Sie schien schon zu wissen, dass jeder sie an ihrer machtvollen Stimme erkennt, der sie einmal gehört hat, so dass es nicht nötig war, ihren Namen zu nennen.

Dirk öffnete. »Kommen Sie herein, Frau Melzer!«

»Ich wollte mich nur erkundigen, ob Sie drei mit uns zu Abend essen, Herr Steinhaus. Ich muss die Zahl der Mahlzeiten angeben. Offen gestanden würde ich mich freuen, wenn wir wenigstens noch diese Gelegenheit hätten, uns zu verabschieden. Ein paar öffentliche freundliche Worte ...«

»Ich weiß nicht ...«

»Natürlich ist mir sehr wohl bewusst, dass Sie in Sorge sind, solange Sie nicht wissen, was mit Frau Sailer ist. Und vielleicht ist Ihnen nicht nach Essen zumute, aber essen muss man nun mal, und Kinder sehen vielleicht auch nicht so den Ernst der Lage. Sie können ...«

»Ich fürchte, das sehen Sie falsch«, wagte Steinhaus zu unterbrechen. »Die beiden haben sehr wohl Angst um ihre Uroma. Aber das ist nicht der Hauptgrund, weshalb ich Ihnen nicht zusagen kann. Die Entscheidung muss Herr Schwarzenberg treffen. Und der ist noch bei der Polizei.«

»Ach so, na gut, das muss ich akzeptieren. Nun ja, wenn Sie sich noch kurzfristig entschließen sollten mitzuessen, wird die Küche sicher noch etwas für Sie haben. Aber sehen werden wir uns doch auf jeden Fall noch, nicht wahr? Sie fahren nicht einfach davon, ohne uns ›Auf Wiedersehen‹ zu sagen?«

»Nein, nein! Es sei denn, Herr Schwarzenberg kommt erst sehr spät, wenn schon alle schlafen, und will dann gleich los.«

Frau Melzer wandte sich den Kindern zu, die etwas verstört wirkten und viel ruhiger als sonst nebeneinander auf der Bettkante saßen. »Ach, ich werde euch so vermissen!« Sie legte den Kopf etwas schief, so dass das lange rechte Ohrgehänge auf ihrer Schulter aufsetzte. »Besonders mein goldiges Rotkäppchen!«

Auf einmal verschwand das Lächeln aus ihrem Gesicht, und sie richtete den Kopf wieder auf. »Wir wollen doch alle hoffen, dass es gut ausgeht mit Frau Sailer.«

»Ja, natürlich«, sagte der Detektiv. Mehr fiel ihm nicht ein.

»Also, dann ...« Einer plötzlichen Regung folgend machte sie zwei Schritte auf die Kinder zu, streichelte dem einen mit der linken, dem anderen mit der rechten Hand über den Kopf, wandte sich um und verließ in ungewohnter Schweigsamkeit das Zimmer.

Dirk verschloss die Tür wieder von innen und setzte sich auf den Stuhl den Kindern gegenüber.

»Wo waren wir stehen geblieben?«

Thomas wusste es noch genau. »Du wolltest uns erzählen, wie du den Kerl erwischt hast, der heimlich die Disketten kopiert hatte.«

»Ja, stimmt. Aber weißt du, wenn ich mir das so überlege, sind das keine richtigen Geschichten für Kinder.«

»Warum nicht? Ich find's toll!«

»Weil Kinder keine Geschichten von Verbrechern und solchen Dingen hören sollten.«

»Erzähl ein Märchen!«, bat Marilena.

Thomas triumphierte: »Na, kommen da etwa keine Verbrecher vor? Die schießen auch und bringen sich um und so was!«

»Gar nicht!«

»Klar! Rotkäppchen wird gefressen, und die sieben Geißlein auch und . . .«

»Die kommen aber wieder raus!«

Dirk mischte sich ein. »Thomas hat schon Recht. Der Rattenfänger von Hameln zum Beispiel bringt die Kinder weg, und sie verschwinden in einem Berg. War's nicht so?«

»Genau!«, bestätigte Thomas.

Marilena fragte: »Da kommen wir jetzt nicht mehr hin, stimmt's?«

»Wenn eure Mutter wieder gesund ist, wird sie sicher mal mit euch nach Hameln fahren. Dafür braucht ihr ja keinen Bus.«

»Aber auch mit dem Schiff?«

»Wenn ihr sie ganz lieb bittet . . .«

Thomas überlegte: »Gut, dass wir nicht entführt worden sind.«

»Hätte gut sein können«, nickte Dirk.

Marilena meinte: »Vielleicht hat Gott uns ja auch geholfen, weil wir gebetet haben.«

»Glaube ich nicht«, meinte Thomas. »Dann hätte er ja auch Uroma beschützen müssen. Meinst du, Gott passt auf uns auf, aber Uroma lässt er reinrasseln?«

»Hm!« Darauf wusste Marilena keine Antwort. Nach einer Weile sagte sie: »Wir müssen für sie beten!«

»Könnte nichts schaden«, meinte Thomas.

»Kannst du beten, Dirk?«

Der guckte die Kinder nicht an, betrachtete nur eingehend seinen rechten Daumennagel, als sei darunter ein tiefes Geheimnis verborgen, und murmelte: »Nee, nicht so.«

»Warum nicht?«, fragte Marilena. »Das ist doch ganz leicht.«

Das Summen seines Handys ersparte ihm eine Antwort.

Er schaltete es an und meldete sich.

»Hier ist Schwarzenberg. Ich rufe aus dem Polizeipräsidium an. Sie können den Kindern sagen, ihre Uroma ist wieder frei.«

»Toll!« Dirk nahm das Handy vom Ohr und sagte: »Euer Opa ist dran. Ich soll euch sagen, eure Uroma ist frei!«

Die zwei strahlten. Dirk fragte: »Wissen Sie Näheres? Wie hat die Polizei sie gefunden?«

»Gar nicht. Sie hat sich selbst befreit.«

»Was?«

»Ja, das scheint eine tolle Geschichte zu sein. Aber viel mehr Einzelheiten weiß ich auch noch nicht. Sie hat sich nur vorhin hier telefonisch gemeldet. Im Moment ist die Polizei dahin unterwegs. Ich fahre gleich hinterher. Es dauert also noch eine Weile, bis ich zurückkomme. Aber vielleicht kann ich dann meine Schwiegermutter sofort mitbringen.«

»Hoffentlich hat sie alles gut überstanden. Ich meine, das ist doch nervlich eine ziemliche Strapaze.«

»Ja, sicher. Man wird sie wohl erst gründlich untersuchen.«

»Gut, Herr Schwarzenberg, fahren Sie nur! Ich bleibe bei den Kindern.«

»Danke.«

Dirk schaltete das Handy aus.

»Jetzt ist es doch gut ausgegangen!«, sagte Marilena. »Also kann es doch Gott gemacht haben. Meinst du nicht, Dirk?«

»Doch, schon möglich.«

»Mensch, Dirk«, fiel Thomas ein, »jetzt hast du's vergessen! Du hättest doch Opa fragen können, ob wir zum Abendessen gehen sollen!«

»Stimmt!«, stellte Dirk fest. »Ach, wisst ihr – wir gehen einfach!«

61

»Na, ihr habt aber wieder endlos geschwatzt!«, knurrte der alte Mann, als seine Frau hereinkam. »Drei Stunden mindestens!«

»Du unterhältst dich ja kaum mit mir. Da muss ich eben zu den Nachbarinnen gehen. Hanni war auch da. Wir haben uns nett unterhalten.«

»Daran habe ich keinen Zweifel!«

»Weißt du, dass Lores Schwiegersohn bei seiner Firma rausgeflogen ist? Sie haben ...«

Als der Satz plötzlich abbrach, sah der Mann von seiner Zeitung auf, um den Grund für dieses ungewohnte Ereignis festzustellen. Sonst hörte seine Frau nie auf, bevor sie eine Geschichte zu Ende erzählt hatte.

Wie zur Salzsäule erstarrt stand sie mitten im Zimmer und deutete auf die Kommode. Dort lag ein Revolver. Ein Fremdkörper in diesem altmodisch gemütlichen Zimmer; er wirkte nicht nur so, er war es auch. Zwischen dem Trockenstrauß in der blaugrauen Tonvase und der Porzellanfigur lag er. Es sah aus, als schickte sich die Tänzerin, die die weiße Porzellanfigur darstellte, an, mit einem eleganten Sprung über den Lauf der Waffe zu setzen.

»W ... was ... was ist das?«

»Ach das! Ein Revolver.«

»Ein ... ein ... Karl-Erich!«

»Beruhige dich, er gehört mir nicht.«

»Wem denn?«

»Einer Frau . . . Sie kam hier rein und wollte telefonieren.«

»Einer Frau?«

»Beruhige dich, sie ist schon älter. Sogar älter als du.«

»Willst du mich auf den Arm nehmen?«

»Die Zeiten sind vorbei.«

»Eine alte Frau mit einem Revolver?«

»Stimmt.«

»Wo ist sie jetzt?«

»Auf dem Klo. Sie hat mich darum gebeten. Das konnte ich ihr doch nicht gut verwehren, oder?«

»Karl-Erich, das . . . das . . . soll das ein Witz sein?«

Eine Antwort erübrigte sich, denn gerade jetzt klang das Rauschen der Wasserspülung herüber.

Der Mann war zufrieden, dass er nicht weiter diskutieren musste, und widmete sich wieder seiner Zeitung. Seine Frau stand schweigend und untätig – zwei Zustände, die bei ihr selten gleichzeitig zu beobachten waren – mitten im Zimmer und starrte zwischen ihrem Mann, der Waffe und der nach hinten führenden Tür hin und her. Tatsächlich öffnete die sich bald, und eine Frau kam herein, wirklich alt und entschuldigend lächelnd.

»Guten Tag, mein Name ist Sailer. Ihr Mann war so freundlich . . .«

Der Dame des Hauses hatte es immer noch die Sprache verschlagen, was nicht mehr vorgekommen war, seit ihre Tochter vor etwa dreißig Jahren den Eltern eröffnet hatte, dass sie den dicken Henner heiraten wollte. Jetzt war der Schreck ähnlich.

Aber die Stille hielt nicht lange an, denn eben fuhr ein Auto vor; man konnte es durchs Fenster sehen, ein Mann stieg aus und klingelte.

»Willst du nicht öffnen?«, fragte der Hausherr nach etwa acht Sekunden, ohne die Zeitung wegzulegen. Als sich nach weiteren acht Sekunden nichts bewegte, stand er selbst auf, ließ die Zeitung zu Boden fallen und ging zur Tür.

»Das wird die Polizei sein«, meinte die alte Dame, die nicht in dieses Haus gehörte. Die andere, nicht ganz so alte, nickte, als sei dies das Selbstverständlichste auf der Welt, so dass es sich erübrigte, etwas dazu zu sagen.

»Da bin ich wieder, Frau Sailer«, stellte der junge Mann, den der Hausherr eingelassen hatte, fröhlich fest, und zu den anderen: »Guten Tag. Ich bin Michael Wronski.«

»Das ist meine Frau«, stellte der dazugehörige Mann vor.

Die Vorgestellte war immer noch sprachlos.

»Haben Sie ihn?«, fragte Frau Sailer.

»Ja, den mit dem zerschossenen Fuß. Der andere ist noch nicht zurückgekommen. Aber es sind Leute da postiert. Wenn er auftaucht, schnappen sie ihn. Es war ein Kinderspiel mit dem, nachdem Sie ihn kampfunfähig gemacht und entwaffnet hatten. Wenn Sie mal eine neue Stelle suchen – melden Sie sich doch bei der Polizei!«

Das Lächeln von Frau Sailer wirkte gezwungen. Wronski hatte einen Scherz gemacht, also musste sie wohl lächeln, aber ihr war nicht danach zumute.

»Sollte der andere nicht in den nächsten Stunden auftauchen, werden wir aus seinem Kollegen schon herausholen, wo er ist«, fuhr Wronski fort. »Leider müssen wir ihn erst ärztlich versorgen lassen. Das gehört sich so in unserer Gesellschaft. Aber dann . . .« Plötzlich grinste er. »Passt ja richtig in unseren märchenhaften Zusammenhang. Rucke di guh, Blut ist im Schuh, heißt es bei Schneewittchen.«

»Aschenputtel!«, korrigierte Frau Sailer.

»Oder so, meinetwegen. Ach, übrigens: Ihr Schwiegersohn kommt.«

»Mein Schwiegersohn?«

»Ja. Ich hatte vorhin Funkverbindung mit der Zentrale und habe durchgegeben, wo Sie sind. Damit Sie nicht wieder auf der Straße stehen müssen und winken, wie vorhin, als wir kamen. Am Ende sieht Sie noch der andere Gangster da stehen, ehe wir ihn schnappen.«

Der alte Mann hatte sich noch nicht wieder hingesetzt, nur die Zeitung aufgehoben und ordentlich zusammengefaltet. Jetzt bemerkte er: »Da kommt er schon. Jedenfalls fährt ein Auto vor.«

»Ich sehe nichts!«, bemerkte Wronski nach einem Blick aus dem Fenster. »Ich höre noch nicht mal etwas.«

»Ich aber. Ich merke es am Bellen von Kühnles Hund.«

Tatsächlich hielt wenige Augenblicke später ein Auto vor dem Haus. Frau Sailer sah durchs Fenster, dass ihr Schwiegersohn ausstieg. Sie eilte zur Tür. Wronski folgte ihr langsamer.

Jetzt erst schien sich die Erstarrung bei der Hausherrin zu lösen. »Halt!«, rief sie den beiden nach. »Halt! Nehmen Sie das da mit!« Sie zeigte auf den Revolver, traute sich aber nicht, ihn anzufassen und den beiden nachzutragen. »Gehen Sie nicht, ohne das Ding mitzunehmen!«

Während Frau Sailer und ihr Schwiegersohn sich vor der Tür umarmten, kam der junge Polizist lächelnd zurück und nahm die Waffe an sich.

62

Dämmerung senkte sich über Wiesen und Felder. Die Sonne schickte von Westen her noch ein paar letzte Strahlen blinzelnd durch das Geäst der Bäume.

Die letzten hundert Meter fuhr Erwin Schwarzenberg merkwürdig langsam, fast andächtig.

»Warum fährst du nicht schneller?«, fragte Thomas von hinten, erhielt aber keine Antwort.

Dann fuhren sie in den Hof. Sofort sprangen die Kinder heraus, riefen: »Oma!«, und liefen zur Haustür.

Erwin Schwarzenberg schaltete den Motor aus. »Warte, ich helfe dir, Mutter!«, sagte er und war erstaunt, dass sie nicht widersprach, sondern geduldig sitzen blieb, bis ihr Schwiegersohn ausgestiegen und um den Wagen herumgekommen war und die Tür auf ihrer Seite geöffnet hatte.

Vor dem Wohnhaus gab es laute Begrüßungsszenen. Die Großmutter hatte sie kommen sehen und kam ihnen entgegen. Sie umarmte beide Kinder auf einmal. Hinter ihr traten Lotte und Lisbeth aus dem Haus, in Kitteln. Dann kam noch im blauen Arbeitsanzug Otto, Lisbeths Mann.

Erwin trat heran. Er ging langsam, denn er stützte seine Schwiegermutter. »Was macht ihr denn alle hier?«

»Ein bisschen aufräumen und sauber machen«, erklärte Lotte mit einer wegwischenden Handbewegung, die aber nicht das Putzen demonstrieren, sondern klarmachen sollte, dass dies nicht der Rede wert sei.

»Und Otto repariert die Fenster«, erklärte Helga. Sie kam den beiden die letzten drei Schritte entgegen, nachdem sie sich aus der Umklammerung der Enkel gelöst hatte, und nahm ihre Mutter wortlos in die Arme.

»Sie fühlt sich nicht gut«, sagte Erwin.

»Mutter!«, flüsterte Helga dicht an ihrem Ohr. »Danke für alles, was du getan hast!«

»Ich musste es doch tun!«, antwortete Henriette Sailer ebenso leise. »Und ich bin Gott dankbar, dass ich es konnte.«

Jetzt erst kam Helga die Bemerkung ihres Mannes zu Bewusstsein. »Es geht dir nicht gut?«

»Das Herz. Und überhaupt – ich bin sehr müde.«

»Komm, ich bringe dich rauf. Da kannst du dich gleich hinlegen. Schaffst du die Treppe, wenn ich helfe?«

»Aber sicher.«

»Ich habe schon gesehen, dass du Mühe hattest auszusteigen. Ist ja auch verständlich – nach all den Abenteuern!«

Lotte, Lisbeth und ihr Mann begrüßten die alte Freundin, aber nur kurz. Sie merkten, dass sie nicht viel Kraft hatte.

Während Helga mit ihr langsam die Treppe hinaufging, sagte Erwin: »Entschuldigt mich einen Moment. Ich will Dr. Hannemann anrufen. Er sollte heute Abend noch mal nach ihr sehen.«

»Ich mache inzwischen den Kindern was zu essen«, beschloss Lisbeth und ging in Richtung Küche. »Ich habe schönen Schinken mitgebracht. Oder wollt ihr lieber Käse?«

Wie auf Kommando drehten alle drei sich um, als ein Auto um die Ecke der Scheune kam und auf den Hof fuhr. Es hielt neben Schwarzenbergs Wagen.

»Papa!«, riefen Thomas und Marilena wie aus einem Mund und liefen ihm entgegen.

63

Herr Kranich kam ins Büro gerannt und rief: »Morgen!«

»Ah – Herr Kranich«, reagierte Frau Sartorius, seine Sekretärin, und nahm die Hände von der Tastatur. »Tee oder Kaffee? Morgen ist allerdings leicht übertrieben, es ist gleich elf.«

»Zehn Uhr einundfünfzig«, bestätigte Kranich nach einem Blick auf die Armbanduhr. »Ich war die halbe Nacht bei einer Observierung.«

»Ich mache Ihnen ja keinen Vorwurf, Chef! Wie käme ich dazu! Es war eine reine Feststellung.«

»Wo ist Steinhaus?«

»Im Bett, nehme ich an. Was sagten Sie, Tee oder Kaffee? Er hat mehrere Nächte durchge . . .«

»Rufen Sie ihn mal an! Er soll sofort kommen und seinen Bericht schreiben. Vorher kann ich doch dem Mann keine Rechnung schicken.«

»Aber Chef!« Sie wandte sich ihm zu, in der einen Hand die Kanne für Tee, in der anderen die für Kaffee. »Den werde ich jetzt nicht anrufen!«

»Das ist Revolution! Meuterei ist das!«

»Und was Sie machen, ist Ausbeutung und Unterdrückung!«

»Na gut, Tee, dann beruhige ich mich vielleicht wieder. Aber vier Minuten ziehen lassen!«

»Wird gemacht, Chef. Außerdem muss Herr Steinhaus noch zur Polizei, seine Aussagen machen.«

Kranich war inzwischen in seinem Büro hinter dem Schreibtisch, hatte aber die Tür offen stehen lassen. Er grummelte vor sich hin: »Hoffentlich schadet das nicht unserem Image, dass er die alte Frau nicht beschützen konnte.«

»Wie sagten Sie ganz richtig, Herr Kranich?«, rief sie hinüber.

»Ach nichts!«

»Wir können doch wirklich stolz auf unseren Mitarbeiter sein, nicht?«

»Ja, ja.«

64

Magnus, Wronski und der stämmigere von den beiden Verbrechern – oder richtiger: den mutmaßlichen Verbrechern – saßen schweigend auf ihren Stühlen. Der mit dem blonden Pferdeschwanz war nicht da, sein verletzter Fuß musste behandelt werden.

Es klopfte, und zwei uniformierte Beamte führten den Exportunternehmer Hartmann herein.

Der Gefangene auf dem Stuhl sah ihn scharf an. Magnus und Wronski beobachteten beide genau.

»Was ist los?«, fragte Hartmann. »Was soll ich hier?«

Wronski sagte leise: »Du wirst doch nicht seine Suppe auslöffeln wollen?«

Der besann sich noch einige Augenblicke, dann nickte er.

»Sagen Sie es bitte klar und deutlich!«, mahnte Magnus.

»Ja, das ist der Mann, der uns den Auftrag gegeben hat.«

Magnus nickte, ließ sich aber darüber hinaus seine Zufriedenheit nicht anmerken.

Hartmann erwies sich als begabter Mime. »Was soll das? Wer ist das überhaupt? Was wollen Sie eigentlich?«

»Abführen! Alle beide!«, befahl Magnus.

»Aber ich habe nicht geschossen! Ich hab den Grau nicht umgelegt, das war der Olaf!«, behauptete der Stämmige, während einer der Polizisten ihn am Oberarm hochzog.

Hauptkommissar Magnus murmelte: »Da wollen wir uns doch lieber auf die Zeugen verlassen.«

Die Tür schloss sich hinter Beamten und Gefangenen.

Michael Wronski sah seinen Chef verwundert an. »Du warst aber schnell fertig! Wolltest du nicht noch ein bisschen nachbohren?«

Der lehnte sich zurück und faltete die Hände hinter dem Nacken. »Kommt noch. Jetzt genieße ich einen der seltenen Augenblicke des Triumphes.«

»Aha.«

»Ja, verstehst du, tagelang, manchmal wochenlang Frust, aber dann ...«

»Das verstehe ich.«

»Ich weiß, dass du das verstehst. Deinen Frust sehe ich ja jeden Morgen, wenn du das Büro betrittst. Oder ich kann ihn an der Uhr ablesen.«

»Sprechen wir mal lieber von deinem Frust, den zu bekämpfen dir offenbar viel besser gelingt als mir.«

Herbert Magnus atmete tief durch, den Blick zur Zimmerdecke gerichtet. »Es legt sich wie ein Alptraum auf einen, bis dann irgendwann ... na ja ...«

»Wie beim eisernen Heinrich.«

»Bei wem?«

»Heinerich, der Wagen bricht.«

»Du sprichst in Rätseln!«

»Nein, in Märchen!«, erklärte Michael Wronski. »Ich kenne mich da aus, seit ich mich in Kinderbetreuung üben musste. Dem Heinrich hatten sich die Alpträume sozusagen wie die eisernen Reifen von Wagenrädern um die Brust gelegt. Als sein Prinz in einen Frosch verwunschen worden war.«

»Kann ich ihm nachfühlen.«

»Aber als der schöne Königssohn durch den Kuss der Prinzessin wieder zum Vorschein kam, sprangen bei seinem treuen Heinrich die Alpreifen. Du musst dir das Verhältnis der beiden ungefähr so vorstellen wie meins zu dir. Es klang, als wenn der Wagen bricht . . .«

»Du meinst, du bist der schöne Prinz und ich der eiserne Heinrich?«

»Nein, nein!« Wronski hob abwehrend die Hände. »Ich bin doch der treue Diener!«

»So. Na, dann beschäftige dich mal mit diesen Papieren da.«

»Ach, Herbert! Nun gönn mir doch auch ein paar Minuten, um den Triumph zu genießen.«

65

Frau Melzer und der Professor aus Kobe saßen auf den weißen Bänken vorn auf dem Schiff. Es war heute kühl, und sie hatten dickere Jacken an.

Beide blickten nach rechts hinüber, wo Sigrid und ihr japanischer Freund Kato an der Reling standen. Dicht aneinander gedrängt, aber wohl weniger, um sich warm zu halten.

»Wenn man so flach hinübersieht und nichts von der Weser sehen kann, scheint es, als führe das Schiff über die Wiesen«, stellte Frau Melzer fest.

Der Professor nickte. »Zwischen die Kühe. Nein, zwischen den Kühen.«

Auf dem linken Ufer wurde gehupt. Alle wandten den Blick hinüber. Die Straße führte hier dicht am Fluss entlang. Eben überholte sie dort ihr Bus mit den aufgemalten Märchenbildern. Sie konnten Egon, den Fahrer, erkennen, wie er grüßend die Hand hob. Dann sahen sie den Bus nur noch von hinten.

Sigrid kam heran, und Kato folgte ihr. »Wenn Sie mich brauchen, rufen Sie mich ja, Frau Melzer, nicht?«

»Ja, ja, machen Sie mal getrost eine Pause. Hier auf dem Schiff kann ich ja doch nichts erklären, weil ich keinen Lautsprecher habe.«

»Ich bin ja auch noch da«, sagte der Professor.

Sigrid ließ sich aber auf der Bank nieder, die ihnen gegenüberstand. Kato setzte sich daneben. Er schien ein wenig enttäuscht, dass die traute Zweisamkeit an der Reling beendet war.

»Können wir denn bald mit einer Märchenhochzeit rechnen?«, fragte Frau Melzer in der ihr eigenen direkten Art.

Sigrid wirkte etwas verlegen. Ohne zu antworten wandte sie sich an Kato und übersetzte ihm die Frage. Der sagte etwas auf Japanisch, und Sigrid lachte. Der Professor übersetzte: »Er sagt, er ist nicht ein Prinz und hat kein Schloss. Das Einzige, was ist wie im Märchen, das sei die Schönheit der Prinzessin.«

»Es gibt ja auch Märchen, in denen arme Leute heiraten«, meinte die Reiseleiterin.

»Und sie lebten alle Tage glücklich bis an ihr Ende – so heißt es doch, nicht?«, lächelte Sigrid.

»Ich kenne das Ende, der Schluss, nein, den Schluss anders«, meinte der Literaturprofessor. »Und wenn sie nicht gestorben sind, dann leben sie noch heute. Vielleicht in hundert oder tausend Jahren sie sagen das von Ihnen.«

Sigrid blickte Kato überlegend an. »Vielleicht – weil wir Christen sind – sagt man in hundert oder tausend Jahren von uns: Obwohl sie gestorben sind, leben sie heute noch.«

Es dauerte einige Augenblicke, bis der Professor das verstanden hatte.

Frau Melzer verstand es nicht. Sie dachte auch nicht darüber nach.

66

Als das Glöckchen zu hören war, rannte Helga Schwarzenberg sofort die Treppe hinauf. Das Glöckchen war schon seit mehreren Generationen in der Familie benutzt worden, um am Heiligen Abend die Kinder zur Bescherung in die Feststube zu rufen. Jetzt hatte Helga es ihrer Mutter ans Bett gestellt, damit sie sich bemerkbar machen konnte, wenn sie Hilfe brauchte.

Sie sah gleich, dass ihre Mutter das Glöckchen noch in der Hand hielt. Offenbar hatte ihr die Kraft gefehlt, es auf das Nachtschränkchen zurückzustellen. Jetzt öffnete sie die Hand, das Messingglöckchen rollte über die Bettdecke und fiel scheppernd auf den Bettvorleger.

Helga hob es auf und fragte leise: »Kann ich dir helfen? Brauchst du was, Mutter?«

»Nicht mehr viel, Kind«, antwortete sie noch leiser.

»Wie – was meinst du?«

»Es geht zu Ende.«

Einige Augenblicke schwieg Helga erschreckt. Natürlich war ihr der Gedanke an den Tod ihrer Mutter nicht neu, aber so plötzlich, und dass sie selbst ihn ankündigte ...

»Sag nicht so was, Mutter!«

»Es ist wahr. Ich spüre es.«

»Ich rufe sofort den Doktor ...« Sie sprang auf und war schon fast an der Tür, als der Ruf sie zurückhielt, ungewöhnlich laut, fast scharf: »Helga!«

Sie kehrte um und setzte sich auf die Bettkante. »Was ist, Mutter? Ich dachte ... du hast doch gesagt ...«

»Ich bitte dich herzlich, Kind, und ich weiß ... ich weiß, du wirst mir die Bitte nicht ... nicht abschlagen.« Sie sprach nun noch leiser, und Helga musste sich hinunterbeugen, um sie zu verstehen. »Gönne mir die vielleicht letzten Minuten ohne ... ohne Hektik zu verleben. Ganz still, weißt du, ganz still.«

Helga schossen auf einmal Tränen in die Augen. Sie nickte nur, sagen konnte sie jetzt nichts.

Henriette Sailer schwieg eine Weile, bis sie wieder etwas mehr Kraft gewonnen hatte. »Warum sagst du nichts? Wenn . . . wenn du wieder sprechen kannst« – sie lächelte – »bitte – das Vaterunser.«

Helga konnte wieder sprechen. Das Vaterunser musste ja nicht schön klingen. »Amen«, bestätigte ihre Mutter am Schluss.

Dann bat sie: »Schreib doch bitte an die Familie Rühl in Wetter. Ich lasse ihnen nochmals herzlich danken. Und auch an meine Verwandten, die . . . du weißt schon.«

»Obwohl sie die Kinder nicht aufnehmen wollten?«

»Ja, trotzdem. Tu ihnen irgendetwas Gutes, bitte.«

Helga nickte.

»Und noch etwas: Wenn die Kinder wieder zurück sind vom Besuch im Krankenhaus – segne sie! Für mich, an meiner Stelle, ja? Und erzähl ihnen biblische Geschichten! Ich weiß, du hast es schon manchmal getan, aber ich habe es zu wenig getan und vielleicht . . . vielleicht kannst du es . . . ausgleichen.«

Sie seufzte schwach.

»Du hast dich zu sehr angestrengt in den letzten Tagen, Mutter! Wäre ich doch nur nicht in Urlaub gefahren! Eine sechsundachtzigjährige Frau und dann so was! Das hat dich so viel Kraft gekostet!«

»Wem willst du Vorwürfe machen, Mädchen? Dir selbst? Gott? Es ist doch alles gut! Es ist alles gut.«

Ein Auto fuhr in den Hof, die Türen klappten. Helga stand auf und ging zum Fenster. »Sie sind es. Möchtest du, dass die Kinder an dein Bett kommen? Oder ist dir das zu viel Unruhe?«

Als ihre Mutter keine Antwort gab, kam sie wieder heran und sah, dass sie gestorben war. Seltsam, es war jetzt gar kein Schock mehr. Sie schloss ihrer Mutter die Augen und blieb noch einige Augenblicke stillsitzen. Erst, als unten polternd die Haustür geöffnet wurde und die Kinder riefen, stand sie auf und ging die Treppe hinunter.

Unten im Flur traf sie ihren Mann und die Kinder, die sie gesucht hatten.

»Wo warst du, Großmutter?« »Mama geht es besser.« »Aber sie

muss immer noch stillliegen.« »Herzliche Grüße sollen wir dir bestellen.« Sie redeten wild durcheinander.

Dann fiel Marilena ein: »Uroma sollen wir auch grüßen. Ich gehe mal rauf und sag's ihr.«

»Bleib hier, Marilena. Uroma ist . . . nicht da.«

»Wo ist sie denn?«

»Sie ist zu Hause.« Helga warf ihrem Mann einen Blick zu, und der verstand.

»Wie denn - zu Hause? Sie war doch schon zu Hause!«

Thomas fragte: »Meinst du, sie ist im Himmel?«

Helga nickte, hockte sich und nahm ihre Enkel in die Arme.

Außerdem erschien von *Eckart zur Nieden:*

Die Überwinder

Kriminalroman

288 Seiten, ABCteam-Paperback, Bestell-Nr. 111 137

Als die Leiche eines jungen Mannes an der A 45 gefunden wird, führen die Ermittlungen der Kriminalpolizei schon bald zu einer religiösen Gemeinschaft mitten im hessischen Bergland. Doch nicht nur Kommissar Magnus will mehr über diese Leute wissen, die sich selbst »Die Überwinder« nennen. Auch Uwe Zehntfennig, Pianist und Hobbydetektiv, interessiert sich für die merkwürdige Lebensgemeinschaft – denn irgendetwas stimmt nicht mit der Gruppe um den redegewandten Bruder Tobias. Als er Christina begegnet, beginnt für Uwe eine abenteuerliche Fahrt durch Gefühle und Gefahren . . .

Ein packender Krimi, eine meisterhafte Studie menschlichen Verhaltens und eine ungewöhnliche Auseinandersetzung mit dem Glauben – und zugleich eine wunderschöne Liebesgeschichte.

ONCKEN VERLAG WUPPERTAL UND KASSEL